花散るまえに

佐藤雫

集英社

目次

装画　坂根輝美
装丁　須田杏菜

花散るまえに

散りぬべき　時しりてこそ　世の中の　花も花なれ　人も人なれ

序

雲が流れている。

風の匂いに夏の終わりを感じるこの季節は、さざなみの音が心地よい。桔梗《ききょう》の花が咲き乱れる庭には、鳥たちが羽を休めている。

青い湖に臨むこの庭が、玉《たま》は好きだった。

湖の水を引き込んだ池に鷺《さぎ》が佇《たたず》んでいることもあれば、鴨の親子が茂みの中から現れることもある。櫓《やぐら》の軒に燕《つばめ》が帰ってくるのは毎年のことだ。

とても戦国の城とは思えぬ穏やかさが、庭には満ち溢《あふ》れていた。

近江国《おうみのくに》と京の都を繋《つな》ぐ要衝の地、坂本《さかもと》。この坂本城は、天下布武《てんかふぶ》を掲げる織田信長《おだのぶなが》にとって、畿《き》内《ない》の掌握に欠かせぬ砦《とりで》だ。だが、空を行く鳥にとっては、湖畔の憩いの場なのだ。

鳥が集《つど》い、美しい花が咲くのは、城主の人柄を花鳥も感じ取るからだろうか。

この坂本の城主は、玉の父、明智光秀《あけちみつひで》。

桔梗が咲き揺れるこの庭を訪れた者は、こう思うだろう。

明智家の御紋ゆえに、光秀はこの城の庭に桔梗をたくさん植えたのだ、と。

主君、織田信長からこの近江国滋賀郡を与えられ築城を始めたのは、三年前。玉がまだ九歳の時だった。光秀は、長い浪人生活を経て、織田家の重臣として城持ち大名《だいみよう》となった。その誇りと喜びで、この湖城《こじよう》を明智の家紋の桔梗で染め上げたのだ、と。

(綺麗な、青)

桔梗の花蕾《はなつぼみ》を、戯れるように指先で突いていると、不意に光秀の声がした。

「玉、ここにおったか」

「父上」

庭に面した簀子縁《すのこえん》から、光秀が玉に微笑《びしよう》を向けていた。玉は、この父の姿しか知らない。周囲の者が光秀のことを「怜悧《れいり》な知将」や「信長の右腕」と言っても、玉にとっては温和な父親以外の何者でもない。

「客間に、桔梗の花を飾ってはくれぬか」

「お客様がいらっしゃるのですか?」

光秀は目元の笑みはそのままに頷《うなず》いた。客人の名は言わなかった。

光秀のそばに控えていた家臣の青年が「光秀様、よいのですか」と少しばかり懸念するように言った。明智家の重臣で、光秀の従弟《いとこ》でもある明智左馬助《さまのすけ》だった。

「よいのだ。玉には、会わせてやりたい」

「しかし、粗相があっては……」

二人のやり取りの意味が摑《つか》めず、玉は小首を傾《かし》げた。

左馬助は、光秀の従弟ということもあり、玉自身、幼い頃より見知った間柄だ。時には父に代わって、玉を叱責することさえある生真面目な家臣だった。姫の素行は家臣の責任、と言わんばかりに、左馬助は玉を見やる。玉は胸を張って言い返した。

「案ずるな、左馬助。美しい花を選《よ》りすぐって見せよう」

玉の言葉に、光秀は「頼もしい姫だ」と笑い、左馬助は、本当に大丈夫だろうか、と言いたげな顔をした。

光秀と左馬助が客間の方へ向かうと、玉は侍女に鋏《はさみ》を持ってこさせた。花色や葉の艶《つや》が美しい桔梗をじっくりと選ぶ。

花筒《はなづつ》に活《い》けた桔梗を客間に持って行くと、光秀の談笑が襖《ふすま》の向こうから聞こえた。左馬助は廊《ろう》に控えていた。

「もうお客様がいらしているの？」

玉の問いかけに、左馬助が顔を上げた。

「さようにございます」

玉は鬢《びん》を手で撫《な》でつけ、襟元《えりもと》や小袖《こそで》の裾《すそ》を正す。

「ねえ、私の顔に何もついていない？」

稚《いとけな》い問いにも、左馬助は「ついておりません」と真顔で返す。

玉は左馬助に限らず、侍女でも郎党でも、こうして親しく振る舞う。それは、父、光秀が誰に対しても尊大な態度をとらない姿を日頃から見ているからかもしれないし、母、熙子《ひろこ》が大らかに玉を育ててくれたからかもしれない。

玉は今でこそ、坂本城主の姫の身分だが、かつて光秀が主君を持たぬ浪人だった頃は、寺の門前町《もんぜんまち》で暮らしていたこともあった。玉にとって、今の「姫様」と呼ばれる身分が、こそばゆくなる時すらあるのだ。

「ちゃんと可愛《かわい》らしいお顔をなさっています」

「まあ」

左馬助が生真面目にそんなことを言うものだから、玉は笑ってしまった。つい、笑い声が高くなりかけて、慌てて口を閉じる。襖の向こうの客人に、聞かれてしまったかもしれぬ。左馬助は低い声で言った。

「あとで、光秀様に叱られますぞ」

「あら、私は父上から叱られないわ」

事実、光秀は玉をめったに叱らない。少々、姫にしては奔放に過ぎる振る舞いにも微笑《ほほえ》んでいる。それだけ、光秀は玉を可愛がっているということなのだが、左馬助は「いいえ此度《こたび》ばかりは、叱られましょう」と言う。

玉は、客人が相当な人物であることを察し、気を引き締め直す。「失礼いたします」と部屋の中に声をかけた。

「入りなさい」

光秀の声が応《こた》えた。左馬助が襖を開け、玉は桔梗の花筒を脇に置いて手をついて一礼した。

顔を上げて目に入ったのは、上座に座る光秀の穏やかな笑み。玉はさりげなく二人の客人に目をやった。

上品な濃蘇芳《こきすおう》色の肩衣《かたぎぬ》姿の武将と、青磁《せいじ》を思わせる淡浅葱《うすあさぎ》色の水干《すいかん》姿の少年が姿勢正しく座していた。少年の元服《げんぷく》前の背格好からして、十二歳の玉とさして変わりない年頃だろう。おそらく、客人は父子《おやこ》だ。

玉は部屋に入ると、光秀と客人の間に座した。伏し目で「庭の桔梗が見頃でございましたゆえ、お持ちいたしました」とすまして言う。光秀は「うむ」と返すと、そのまま続けた。

「こちらは、長岡《ながおか》の青龍寺《しょうりゅうじ》城主、細川藤孝《ほそかわふじたか》殿と、その御嫡男《ごちゃくなん》の与一郎君《よいちろうぎみ》だ」

長岡といえば、京の都の南西、桂川《かつらがわ》沿いの土地の名だ。都に近い土地の城主であることからして、光秀同様、織田信長から信頼を寄せられている家臣に違いない。

「玉にございます」と挨拶をして、視線を上げた。と同時に、父子の姿に見入ってしまった。

（なんと、お綺麗な）

思わず口に出そうになる。父子ともに端整な顔立ちをしているが、与一郎という名の少年の方は、まだあどけなさの残る輪郭《りんかく》に、長い睫毛《まつげ》や形の良い唇が、纏《まと》う衣さえ替えれば、さぞ美しい少女になるのではないかと思わせるほどだ。

戦国乱世の成り上がり武将とは違う。これが、脈々と受け継がれてきた家門の品だろうか。以前、坂本城を訪ねてきた羽柴秀吉《はしばひでよし》という名の、信長の草履《ぞうり》取りから出世した武将には、かような雰囲気は微塵《みじん》も感じられなかった。

（細川家といえば、かつては足利《あしかが》将軍家の重臣一族ではなかったかしら）

光秀は日頃から、明智家の立場や世の流れ、武将たちの人となりなど、包み隠さず話していた。だから、細川家、と聞けばどういった家柄なのかは、玉にもなんとなくわかる。

織田信長が、その武力によって将軍足利義昭《よしあき》を権力の座から追い落とすまでは、細川家といえば、室町幕府の重臣一族だった。

乱世の昨今、室町幕府も滅びたことを考えれば気後《きおく》れするほどの相手ではない。細川家の立場も、今は明智家と同様に織田信長に仕える家門の一つに過ぎない。しかし、その建前《たてまえ》をも凌駕《りょうが》するほどの風格が、細川父子からは感じられた。

ほんの一瞬、与一郎がこちらを見た。そのまなざしに、玉はどきりと胸が鳴った。

(なんて寂《さび》しそうなまなざしなのだろう……)

それは、強い風に煽《あお》られて、流れゆく雲の切れ間に、澄んだ空が覗《のぞ》いた時のような。美しくもどこか寂しさを感じさせる目だった。

与一郎は、表情を変えることなく視線を元に戻した。玉にまるで関心がないというか、そこに玉がいるのを認識したかすらわからぬほどの淡泊な態度だった。

その態度に玉がややむっとしていると、父親の細川藤孝の方が、桔梗の花に目をやって言った。

「やはり、明智家の城。ご家紋の花を庭に咲かせておられるのですな」

応えようとする光秀と玉の声が重なってしまった。

「私は、この花色が好きなので……」

「父は、この花色が好きなので……」

全く同じことを父娘《おやこ》が同時に言ったものだから、二人は苦笑いして顔を見合わせた。その様子に、藤孝は目を細めた。

「光秀殿は、誠に素晴らしい姫をお持ちですな」

藤孝の褒め言葉に、玉は素直に喜んだ。

「細川様にそうおっしゃっていただけて、嬉しゅうございます」

その勢いのまま、玉は問うた。

「坂本城まで、いかなるご用事でいらしたのですか？」

「これ、玉」

窘《たしな》める光秀に、藤孝は「構いませぬ」と応じてくれた。

「坂本城には実に素晴らしき姫君がいる、と信長様よりお聞きしたのですよ」

「まあ、信長様が？　どうして、私のことをご存知なのでしょう？　私、信長様とお会いしたことがないのに」

驚く玉に、藤孝の方が驚いたように「ほう」と言い、光秀は「まことに不躾《ぶしつけ》でお恥ずかしい」と苦笑いする。

玉はいつもこうして、わからないことや気になることがあると「どうして」と問い返すのだ。いつもなら光秀は、打てば響く娘の反応を愉《たの》しむように答えてくれるのだが、今日は少し違った。

「玉、少しは控えよ」

何かを隠したような言い方に、玉はすかさず訊《き》き返した。

「どうしてですか？」

「また、玉のどうしてが始まったな」

笑ってはぐらかそうとする光秀に、玉はわざと拗《す》ねた口調で言った。

「父上が教えてくださらないのなら、私が信長様にお訊きしに行こうかしら！」

「さようなことをすれば、私が信長様に叱られる」

父娘のやり取りを、藤孝はじっと見ている。その傍《かたわ》らで、与一郎はどこを見るともなく、口元を引き結んで黙っていた。

もう下がってよい、と光秀に促され、玉は納得のいかぬまま部屋を退出した。

部屋から出ると、廊に控えていた左馬助に、何か知っているの？　と目で問う。すると、左馬助は、いいえ何も、と答えるように、目をそらした。そのそぶりから、明らかに何かを知っている、と思った。

もやもやとしたまま、奥御殿に戻ると、部屋では姉の由《ゆう》が母の熙子と語らっていた。部屋の衣桁《いこう》には、仕立てたばかりの、白打掛《しろうちかけ》がかかっている。由は、摂津国《せっつのくに》伊丹《いたみ》にある有岡《ありおか》城に輿《こし》入《い》れすることが決まっていた。摂津の武将、荒木村重《あらきむらしげ》の嫡男である荒木村安《むらやす》の妻になるのだ。

「青海波《せいがいは》の紋様にしてよかった」

真新しい花嫁衣裳に、熙子が満足そうに言っている。由もその白打掛の袖に触れて「この打掛に身を包む日が、待ち遠しゅうございます」とうっとりとする。

むすっとしたまま部屋の入口に立つ玉に気づいたのか、由が「どうしたの？」と声をかけた。玉は「どうということではありませんけれど」とむくれて、二人の傍らに座った。由と熙子が顔を見合わせる。

「父上に頼まれて、客間に桔梗の花を届けたのです」

「そう」

熙子が微笑む。由が身を乗り出すようにして玉に問うた。

「それで、細川様はどのようなお方でしたか？」

「あら、どうして、姉上は客間にいらっしゃるのが細川様だとご存知なのですか？」

玉は目を瞬《しばたた》いた。すると、由の方が「どうして、玉が知らないの」と驚いた顔をした。熙子も「何も聞いていないのですか」と少し戸惑うように言う。

姉と母の反応に、玉は「どういうことですか」と小首を傾げた。それに熙子が返す。

「細川藤孝様の御嫡男、与一郎様とのご縁組を、信長様から命じられたのですよ」

あの寂しそうなまなざしをした少年の姿を思いながら「どなたがですか？」と問い返した。

「玉に決まっているではありませんか」

「私が？」

玉は頓狂な声を上げてしまった。熙子は頷いた。

「父上様は、玉に一目だけでも嫁ぐ相手を見せてやりたいと。それで、細川様を坂本城にお招きしたのですよ」

由も口をそろえる。

「父上ご自身は、幼なじみの母上と夫婦になりましたからね。娘を一度も会ったことのない相手に嫁がせるのが不憫《ふびん》だとお思いになったのでしょう」

あの優しい心根の光秀のことだ。主君と自分の立身のために、愛娘《まなむすめ》を有力な武家に嫁がせることは、心苦しいものがあったのだろう。

由は「私の縁組の時にも、父上は茶会と称して荒木様をお招きくださいました」とほんの少し頬を染めて言った。

荒木家も、明智家と同じく、織田家中の有力家臣だ。近江国坂本城の明智家と摂津国有岡城の荒木家が姻族となることで、信長の畿内掌握が一層、堅固となるのは確実だった。きっと、細川家との縁組も、その一環なのだろう。

「そんな……そうとも知らず」

由は呆《あき》れたように言い返す。

「玉は〈どうして、どうして〉といつも父上に問うてばかりなのに、そういうことには鈍いのだから」

「まあ、ひどい」

玉が頰を膨らませると、熙子が「まあまあ」と笑う。

「それで、玉はどう思いましたか？　細川様の御嫡男、与一郎様を見たのでしょう？」

「え……ええ」

突然、あの美しい少年が夫となる相手だと言われても、戸惑いしか浮かばない。やや淡泊に過ぎる与一郎の反応も、夫になる相手となると、にわかに不安を覚えてしまう。

それに、細川家は、かつては、足利将軍の側近を務めた家門だ。家格が釣り合うのだろうか、という懸念もよぎる。明智家は、もとは美濃国《みののくに》の守護代斎藤道三《さいとうどうさん》に仕えていた家門に過ぎない。それも光秀の代で没落し、信長の重臣となる前は、長い間浪人生活を強《し》いられていた。

玉の思いを察したのか、熙子がそっと言った。

「案ずることはありませんよ。光秀様と細川藤孝様は、織田家中でも御懇意の仲。それに与一郎様は、玉と同い年だとか」

「…………」

「与一郎様が元服なさるまでは、まだあと数年あるでしょう。それまでに、しかと嫁入り修業をせねばなりませんね」

断る余地はないとわかっていても、玉は素直に頷くことができなかった。

だが、そう思う心の一方で、あの少年のまなざしをもう一度見てみたいという思いもあった。

流れゆく雲の切れ間に、澄んだ空が覗いた時のような。

(どうして、あの人のまなざしは、あんなに寂しそうだったのだろう……)

第一部　ひとりの心

一

十六歳になった玉は、衣桁にかけられた白打掛に、一人で向き合っていた。

明日、この白打掛に身を包むのだ。坂本城から輿に乗り、細川家の青龍寺城へと嫁ぐ自分の姿を想像しながら、白打掛の袖に触れた。かつて、姉の由は、白打掛にうっとりとしていた。だが、あの時の姉のように「この打掛に身を包む日が、待ち遠しゅうございます」と言う気分には、どうしてもなれなかった。

無垢《むく》な白打掛に身を包み、坂本城を去る。その向かう先に待つ与一郎は、今はもう、元服して忠《ただ》興《おき》という名だ。忠の字は信長の嫡男、信忠《のぶただ》から偏諱《へんき》を賜ったと聞く。

「忠興様……」

白打掛の袖に触れながら、夫となる男の名を口にしてみた。だが、それは、玉にとっては他人の男の名と同じだ。顔つきすらも、もう、おぼろげだ。だが、どういうわけか、あの寂しそうなまなざしだけは、忘れられなかった。

そこへ、光秀が部屋に顔を覗かせた。

「玉」

「父上」

玉は白打掛から手を離すと、光秀の方を向いた。光秀は「少し、庭を歩かないか」と微笑を見せて玉を誘った。嫁ぐ娘と、最後のひと時を過ごしたいのだろう。玉は頷き返して父の背中に従った。

城の庭に出ると、湖風に桔梗の花が揺れていた。さざなみの音に、夏の終わりを感じる風……初めて与一郎、忠興に会った、あの日と同じ、風の匂いと花色だった。

玉はふっと涙が滲《にじ》みそうになった。光秀が静かに言った。

「あの日と同じ季節に嫁ぐとは、この縁《えにし》は、天のお心なのやもしれぬな」

「……そうでしょうか」

暮れゆく空に、湖水を引き込んだ池は煌《きら》めいていた。池を泳ぐ水鳥が藻を探している。陽《ひ》の光がたゆたう水面を啄《ついば》む姿は、まるで玻璃《はり》の破片を掬《すく》い取っているかのようだった。

二人は桔梗の花が咲く畔《ほとり》を、ゆっくりと歩いた。

「忠興殿は、よき青年だ。武勇に秀で、戦《いくさ》の勲功《くんこう》はむろんのこと、立ち居振る舞いにも疵《きず》一つない。さすがは名家の御嫡男よ……」

光秀は忠興の人柄を褒める。嫁ぐ娘への父なりの気遣いだろう。しかし、玉は「けれど」と遮ってしまった。

「とても、寂しそうなまなざしをした人でした」

光秀は歩みを止め「寂しそうなまなざし？」と玉を見やった。玉はたまらず言った。

「私は、ここに……坂本のお城に、父上のおそばにずっといることは叶わぬのですか？」

輿入れは明日だ。今さら何を言ったところで、どうにもならない。それに何より、明智家と細川家の縁組は、織田信長の命だ。断ることは主君の命に背くことと同じなのだ。

「……このようなことを申したところで、父上を困らせてしまうだけですが」

玉が消え入りそうな声で言うと、光秀は、思うところがあるのなら言ってよいのだ、と目で促してくれた。玉はやや黙してから、言うべき言葉を選びながら口を開いた。

「年頃になれば誰かの妻になって、子を産み、家を守る……女子《おなご》とはそういうものだと頭ではわかっているけれど、心は、私を産み育ててくださった父上と母上のおそばにいて、生まれた家を支えていけたらいいのに、と思ってしまうのです」

光秀は玉の言葉を訝《いぶか》しむことも、否定することもしなかった。玉の抱える思いを、沈黙で受け止めていた。

そうして、光秀は静かな口調で答えた。

「この世は、心のままにあろうとすることは難しい。だが、心のままにありたいと思うこと自体を、捨ててはならぬ」

「…………」

「いつかきっと〈光秀の娘でありたい〉と思うのと同じくらいに〈忠興の妻でありたい〉と……玉の心のままに生きようとする先に、そう思える日がくる。そう、私は願っている」

水鳥が一斉に飛び立った。羽音に二人は空を見上げる。そのまま、一緒に暮れゆく空色を見つめ続けた。陽の光が潤んだように滲み、そうして、陽の沈む刹那《せつな》に現れる深い青に、空が染まっていく。

（綺麗な、青）

玉がそう思った時、光秀がまるでそれに応えるかのように言った。

「人の優しい心を色にしたならば、きっとこんな色だろうな」

「心を色にしたならば……？」

「全てを赦《ゆる》し、全てを受け入れてくれる。夕空に包まれていると、そんな気持ちになれるから。……だから私は、この青色が好きだ」

ふと、玉は足元に揺れる桔梗の花を見やった。父が、この花を城の庭に咲かせている気持ちが、言葉になったような気がしたのだ。

「夕空の色は、桔梗の花色と、同じですね」

「桔梗の花色と同じか」

「ええ、優しい色にございます」

光秀は「優しい色か」と、玉の言葉に微笑んだ。

二

真珠のような月が浮かぶ夜だった。

忠興は、その玲瓏《れいろう》な月明かりのもと、黙していた。自分と同じ十六歳の新妻《にいづま》を前に、何と言葉をかけていいのかわからなかった。

青龍寺城の奥御殿。主君、織田信長の命により明智家から妻を迎え入れるにあたり、細川家の威信をかけて新造した御殿だった。

婚礼の儀も終わり、改めて二人きりになった部屋には、新枕《にいまくら》の床《とこ》が、皺《しわ》ひとつなく整えられている。ほんの少し身じろぎをする音ですら、月明かりに反響するのではないかと思うくらい、部屋は静まり返っていた。

玉という名の妻は、忠興をじっと見つめている。その黒目がちの眼《まなこ》は、己《おのれ》の顔を映す鏡かと思うくらい、澄んでいた。

綺麗な目だ、と思った。

それは、数年前に、坂本城で初めて玉を見た時にも思ったことだった。

だが、それが言葉にできない。いや、言葉にしていいのかわからない、と言った方がいいかもしれない。思ったことを、言葉にするのが苦手なのは、今に始まったことではなかった。黙っているから、何を考えているのかと相手に怪訝《けげん》に思われることも多い。

忠興はそれでいいと思っていた。今までずっとそうやって生きてきたし、言葉にしたところで、相手がその言葉をどう受け止めるかなど、本当のことはわかりようもないのだから。

先に口を開いたのは、玉だった。

「以前、お会いした時には、なかったような気がいたします」

玉は「ここです」と額《ひたい》を指して、小首を傾げる。忠興の額の傷を指しているのだ。

この傷は、去年、十五歳の時の戦で負傷した。先駆けて敵の城に突入した際に、投石に当たったのだ。額がぱっくり割れたのは、滴《したた》る血が目に入るのですぐにわかった。それでも怯《ひる》むことなく、敵陣に突入した武功は、織田信長から直筆の感状を与えられたほどだった。

そう伝えればいいのだが、伝えたいとも思わなかった。

その場しのぎに、忠興はぎこちなく口を開いた。

「もう、痛くはない」

言った後に、言葉を間違えたな、と思った。この程度の古傷が痛むはずなどないのだ。そして、それが初めて妻にかけた言葉だったと気づいたのは、すぐに玉の目が、戸惑うように見開かれたからだ。

「……と思うのだが」

忠興は取り繕うように付け足しながら、思う。

(ああ、やはり人と話すことは、好きではない)

すると、玉は、くすっと笑った。

今度は、忠興の方が目を見開く。笑われたことを不快に思ったからではない。人の笑う声に、こんな響きがあるのかと驚いたのだ。忠興の周りでは、少なくとも、細川家では聞くことのなかった響きだった。

「もう痛くなくて、よかった」

その言い方が、なんとも可愛らしかったが、忠興は黙した。

気の利いたことを言えばいいのだろうが、忠興にできるはずもない。そもそも、同じ年頃の女子と言葉を交わすことなど今までなかった。戦場《いくさば》は男ばかりだし、屋敷で仕える侍女とはほとんど口をきかない。五つ下の妹の伊也《いや》とはもともと親しくないし、向こうも好んで無口な兄に声をかけてくることもない。奥御殿から動くこともない母など、もってのほか。

「お美しい、母上様でした」

玉は、婚礼の時に見た母、麝香《じやこう》の姿を思い出したように言った。麝香は、息子の忠興から見ても、立ち居振る舞いが洗練されていると思う。

「忠興様は、母上様に似ていると思います」

「……………」

「でも、声は父上様に似ていらっしゃいますね」

「……………」

「お二人とも、私に優しいお言葉をかけてくださいました」

(玉は何もわかっていない)

父が名家の誇りを捨てきれないでいることも。母が格下の家柄から妻を迎えることを快くは思っていないことも。

細川家は、足利将軍家に仕える重臣の家門だった。だが、今はもう、将軍足利義昭は、天下布武を掲げる織田信長によって追放された。

父、藤孝は、戦乱の世で崩れゆく幕府を目《ま》の当たりにしながら、息子の忠興には「細川家の嫡男である誇りを忘れるな」と言い聞かせてきた。たとえ、幕府が消え去ろうとも、細川家を絶やすわけにはいかぬ。その父の気迫を感じながら、忠興は育てられた。末代までも続く家門を受け継ぐ者として、父親が求める「名家の嫡男」であらねばならなかった。

織田信長は、近江国安土《あづち》の湖畔に巨大な黄金の城を築きつつあり、細川家も生き残りをかけて、信長の配下として、忠誠を尽くしている。ここ数年は、西国の平定を目指す信長の命令で、大坂本願寺《おおさかほんがんじ》攻めや、大和片岡《やまとかたおか》城攻め、丹後《たんご》と丹波《たんば》の国衆《くにしゅう》との戦など、転戦の日々だった。父、細川藤孝に付き従って、嫡男である忠興も昨年よりひたすらに従軍していた。

そうして、信長の右腕として知将の名を馳《は》せる明智光秀の娘、玉を娶《めと》ったのだ。

もとは美濃の田舎武家に過ぎぬ明智の姫が、今、目の前にいる。幸せそうな、うっとりとした面持ちで、何かを言っている。

「きっと、あの父上様と母上様の御子《おこ》である忠興様は、お優しくて、武勇に秀で……」

(玉は、何もわかっていない)

そう言う代わりに、忠興は玉の唇を、己《おの》が唇で塞《ふさ》いだ。

玉の体が、弾《はじ》けるように竦《すく》んだ。

そこまで驚かれると思っていなかったので、忠興の方が戸惑って唇を離した。婚儀の夜の新枕で何をされるかくらい、心得ているものだと思っていた。

(それも、わからないのか?)

玉はほんの微《かす》かに目を潤ませて、忠興を見つめていた。

綺麗な目だ、と思った。

この目に映ることが、どこか恐ろしくなるくらい綺麗だった。

忠興は玉の目から逃れるように、もう一度口づけをすると、その華奢《きゃしゃ》な体を皺ひとつない新枕の床に押し倒した。

女人にかける言葉は知らなくとも、女人の扱いは知っている。

知っているというより、乳母からしかと教えられている。婚儀の夜の新枕でするべきことは、武家の嫡男として成すべきことだ。そこにさしたる感情は要《い》らなかった。

三

忠興との婚礼から十日ほどが経《た》とうとしていた。

だが、玉は、青龍寺城、いや、細川家に馴染《なじ》めない自分を感じていた。

まず、夫の忠興は無口で、にこりともしない。

今朝も、一言も声をかけてくれなかった。朝餉《あさげ》の汁椀《しるわん》を手に「美味《おい》しゅうございますね」と言うと、忠興は、なぜ声をかける、とでも言わんばかりの顔をしていた。

(黙々と食すと、こんなに美味しくないとは)

坂本城では思いもしなかった。光秀と熙子は、食事も子供たちと語らいながらとっていた。

義父の藤孝は、時折、玉の居室に様子を見にきては「城の暮らしにも慣れたか」と声をかけてくれる。だが、それは信長の命で迎えた嫁の様子を窺《うかが》う、習慣の一つのようだった。

それでも、夫より義父と話した回数の方が多いのではないかと思うほど、忠興は寡黙だった。仲《なか》睦《むつ》まじい光秀と熙子の姿が夫婦というものだと思っていた玉は、あまりに淡泊な忠興の態度に、哀しいというより、驚きの方が大きいくらいだ。

(あの人は、笑うということを知らないのかしら)

玉はこの城で忠興が笑っている姿を、見たことがなかった。

婚礼の夜、新枕の床で玉を見つめていた忠興は、坂本城で見た、少女のように美しかった姿からは想像もつかぬほど、逞《たくま》しい青年になっていた。

（だけど、寂しそうなまなざしは、変わっていない）

忠興はいつも、そのまなざしで、どこを見るともなく黙していた。

「忠興様は、どうして、さようにお言葉が少ないのですか？」と、率直に問いかけたこともある。だが、何を言っているのだ、と言いたげな顔をされた。端整な顔立ちの忠興が訝しむと、もともとの目元が涼やかなだけに、ますます冷淡な態度を取られた気分になる。

それが数日も続くと、さすがの玉も心が折れそうになってきた。

（ひょっとして、私のことがお嫌いなのかもしれぬ）

そんなことまで考えてしまう。織田信長が家臣同士の結束を強めるために命じた結婚だ。忠興にとっては、意に染まぬ相手だったのかもしれない。

気分を変えようと、身の回りの世話をする侍女たちに声をかけても「かしこまりました」「さようでございます」「恐れ入ります」と凝り固まった答えしか聞けず、かえって気落ちしてしまう。

そもそも細川家に仕えている侍女たちは、ほとんど口をきかないのだ。主人から何かを言われぬ限り、声を発してはならぬとでも躾《しつ》けられているのだろうか。

玉はため息交じりに部屋の外の廊を見やった。

そこには、一人の壮年の家臣が常に控えていた。

玉の警護のために付けられた、小笠原秀清《おがさわらひできよ》という細川家の家臣だった。今も呼べばすぐにくるだろう。だが、この壮年の家臣もすこぶる愛想《あいそ》がなかった。警護は名目であって、本当のところは玉の挙動を見張る役目でも言いつかっているのか、と思うほど、いつもいかめしい顔をしている。

明智家の坂本城では、家臣も侍女も分け隔てなく、笑い声や朗《ほが》らかな声が絶えなかった。たとえ戦支度《いくさじたく》をする時でさえ、母の熙子は「陰気になっては、ご武運に関わります」と、明るく振る舞い、侍女たちも生き生きと立ち回り、由や玉たちと一緒に、光秀の武運を願いながら支度をしていたものだ。

（ここは、静かすぎる）

玉は深いため息をついた。そのため息すら響いてしまう静けさだった。

そうして忠興と打ち解けられぬまま、信長から出陣の命が出た。それは、丹波国の小山《おやま》城攻めだった。

丹波は、在地領主である国衆が領国支配をしており、その大半が、信長に服属することを拒んでいた。反信長勢力の国衆が占める丹波の攻略は、以前より明智光秀が采配しており、玉と忠興の婚礼も、その戦の間隙《かんげき》に行われたのだった。だから、婚礼早々の出陣に、玉は驚かなかった。

忠興の出陣は、丹波攻略の総指揮を執る光秀の寄騎《よりき》としての出陣であった。きっと光秀は、娘婿としての立場で忠興が加勢することを、心待ちにしているだろう。

その戦支度が進む城で、玉も忠興の鎧具足《よろいぐそく》に不備がないかを確かめていた。侍女が納戸から鎧《よろい》櫃《びつ》を持ち出す。

鎧櫃には、細川家の九曜紋《くようもん》が輝いていた。細川家の九曜紋は、大きな円を中心に周りを八つの小さな円が囲んだ、九つの星を象《かたど》ったものだ。明智家の桔梗紋は花を象っているだけあって、どこか優しい印象を与えるが、九曜紋は力強さを感じる。

この家紋は、忠興が信長から直《じか》に賜ったものだと聞いている。忠興の諱《いみな》も、信長の嫡男、信忠から一字を与えられたのだ。それだけ、信長は忠興を高く評しているということでもあった。

(忠興様の戦支度に不足があってはならない)

忠興の母、麝香は、玉に忠興の戦支度の全てを任せている。新妻の技量を試されているのかもしれなかった。麝香とは婚礼の日以来、言葉を交わしていない。廊や広間で顔を合わせる時でも、微笑を向けるだけで声をかけてくることはなかった。

(忠興様の母君ゆえ、お美しい方だけれども……)

熙子にあったような大らかさは感じられなかった。

濃紺色の鎧直垂《ひたたれ》を広げた玉は「あっ」と小さく声を零《こぼ》した。侍女は、何か不備があったのかと怯《おび》えたように玉を見た。

その侍女は、玉より二つほど年下の、まだ奥仕えを始めて日の浅い、紘《いと》という名の侍女だった。

「袖が、綻《ほころ》びているのだけれど……」

玉は、紘を叱るつもりはなかった。玉との婚礼を挙げるまで、忠興は連戦の日々だった。時には、播磨国《はりまのくに》まで転戦し、三木《みき》城攻めをする信長の家臣、羽柴秀吉の加勢もしていた。きっと袖の綻びを繕わせる暇《いとま》もなかったのだろう。

だが、甲冑《かっちゅう》の下に着る鎧直垂は、縁起を担いで、「勝ち」に繋がる「褐色《かちいろ》」と呼ばれる濃紺に染めることが多い。その褐色の直垂が綻びている。不吉な思いに駆られ、玉は紘に裁縫道具を持ってくるように命じた。

だが、紘は「申し訳ないことにございます。お袖を直していなかったのは私の不備にございます」と恐縮するばかり。玉が「いいから、はよう針と糸を持ってきて」と言うと、紘は躊躇《ためら》う様子で、裁縫道具を持ってきた。

紘は「あの……」とおずおずとしていたが、玉は袖の綻びを繕い始めた。

ややあって、玉が顔を上げると、廊から、警護の家臣、小笠原秀清が部屋の中を睨《にら》むように覗き込んでいた。

「何か？」

玉は手を止めて言った。すると秀清は咳払いを一つしてから言った。

「奥方様御自《おんみずか》らが、針を持つなど。麝香様は、かようなことはいたしません」

秀清は紘の方を向くと、声を厳しくした。

「紘、お前がおそばにおりながら、なぜ奥方様に針仕事をさせておる！」

紘は泣きそうな顔で「申し訳ないことにございます！」と平伏した。

玉は「紘を責めるな」と秀清を制した。しかし、秀清は渋い顔で言った。

「万一、奥方様の手に針が刺さってしまっては」

玉は、そんなこと、と大らかに笑った。

「構わぬ。針仕事は、坂本でもよくしていた。針で指を刺したとて、大した傷では……」

「そういうことではございませぬ！　奥方様は、細川家御嫡男、忠興様の御正室にございます。その自覚はおありですか」

何と無礼なことを言うのかと、ついこちらの口調もきつくなる。

「夫の直垂を繕うのは、妻として当然のことではないのか」

「いいえ。万一、奥方様が傷を負えば、それは仕える者の不手際。忠興様が、ここにいる紘を御手打ちになったとて、奥方様は構わぬと？」

玉は驚いて何も言い返せない。正妻が針で指を刺すくらいで、侍女の不手際と手打ちにするというのか？　明智家では考えられない。

傍らに控える紘を見た。蒼白《あおじろ》い顔で押し黙り、うつむいている。秀清が発した言葉が誇張ではないことを察すると、玉は一つ息を吐いて、針を置いた。

「あいわかった。心配《こころくば》りが足りなかった」

ここはもう、自分の考えを押し通すべきではないと思った。

その場はそれで収まるかと思いきや、秀清は玉に向かって言いきった。

「ここは細川家でございます」

明智家と同じように振る舞われては困る、とでも言いたいのか。まるで、細川家と明智家は家格が違うという口調に、良かれと思ってやったことを全て否定された気分だった。

廊に下がった秀清の背中を、玉は睨みつけてしまう。

（坂本のお城に帰りたい）

正直な思いが口に出そうになって、そっと唇を噛《か》んだ。

こんな時、夫である忠興が笑ってくれたら、どれだけ救われるだろうか。きっと光秀なら、妻、熙子が落ち込んでいたら「どうしたのだ？」と微笑みかけるだろう。

（どうも、明智家とは何かが違う）

忠興の両親である藤孝と麝香の姿を思い浮かべた。婚礼の時に並ぶ二人の姿は、気品があって、美しささえ感じられた。あれが、京の都で将軍の側近として仕えてきた一族の誇り、とでもいうものだろうか、と見惚《みと》れてしまうほどだった。

しかし、光秀と熙子の夫婦の姿とは、何かが違った。

光秀は幼なじみでもある熙子のことをこの上なく大切にし、熙子もまた同じ想いで光秀を支えていた。それは、子供である玉から見てもわかるほどだった。

武家の妻として、嫡男を産むことが求められる世の中で、熙子は由と玉を産んでから、弟の十五郎《じゅうごろう》が生まれるまで、長い間、跡取りとなる男子に恵まれなかった。それでも、光秀は熙子だけを愛し続けた。

そんな心優しき夫に、熙子もまた寄り添い続けた。

光秀が、美濃で仕えた斎藤家の跡目争いに巻き込まれ、浪人の身分に落ちた時、熙子は臆することなくついて行った。主君を持たず、浪人として暮らす寺の門前町での貧しい日々を、熙子は帯や着物を売って支えた。売るものがなくなった時、熙子は、武士の魂ともいえる太刀と鎧だけは手離すまいと守り抜き、女の魂ともいえる長い黒髪を切って金に換えていた。

(忠興様と私だったら……)

もしも、忠興と玉が同じ状況に陥ったら。玉が男児に恵まれなくとも、忠興は側室を持たないだろうか。忠興が落ちぶれようとも、玉は自らの髪を切り落としてまで忠興に尽くすだろうか。どんなことがあっても、互いに寄り添い合う。その感情を、あの寡黙な夫に対して抱ける日はくるのだろうか。

ふと、姉の由のことを思い浮かべた。摂津国伊丹の有岡城主、荒木家に嫁いだ姉は今頃どうしているのだろうか。

（荒木様は、姉上にどんなお顔を向けているのかしら）

少なくとも、笑顔の一つや二つは交わしているだろう、と思えてならなかった。

「あの……」

おずおずとした声に呼ばれ、玉は思索が途切れた。侍女の紘が、繕い終わった直垂を玉に差し出していた。紘は廊に下がった秀清に聞き取られぬくらいの小さな声で言った。

「……あの、申し訳ないことにございました」

どうして紘が謝るのか、と玉は首を傾げた。紘は思いつめたように言った。

「私が、針仕事は侍女の仕事だと、奥方様に申し上げていれば、あのような不快な思いはさせずに済みましたのに……」

「よいのだ。強いた私の方が悪かった。慣れぬ婚家のしきたり、これからは、遠慮することなく教えておくれ」

玉の言葉に、紘はほっとしたように頬を染めた。


丹波出陣を控え、忠興は玉の表情が冴《さ》えなくなっていくことに気づいていた。

今宵はとりわけそう感じた。奥御殿の居室で、夕餉《ゆうげ》をとる間もずっと黙していた。

（いつもは、憚《はばか》りもなく話しかけてくるのに）

玉は普段は、食事をとりながら「これは美味しゅうございます」「近江では小鮎の煮つけが出ておりました」などと、忠興に語りかけていた。それは、玉と夫婦になって戸惑ったことの一つだった。食事は黙してとるものだと思っていたから。

いつだったか、「忠興様は、どうして、さようにお言葉が少ないのですか？」と、唐突に問いかけてきたことがあった。

忠興に対して「どうして」と問いかける者など、これまで、この細川家に誰もいなかったから正直、面食らった。自分でも愛想がないことはわかっている。だが、そもそも朗らかな性質《たち》ではないのだから仕方がないではないか、と訝しく玉を見たら、心底傷ついたような顔をされた。

（ついに、話しかけることを諦めたか？）

愛想のない夫に失望したのだろうか、と穿《うが》ってみる。

侍女たちが膳を下げた後も、思いつめたように口を結んでいる。

こんな時「どうしたのだ」と訊けばいいのだろうか。だが、玉の表情を曇らせる理由を知ったところで、結局、どうしたらいいのかわからない。

陽はすでに沈みゆき、部屋に面した庭は、雨の降りそうな匂いがしている。侍女が灯台に火を灯《とも》して去って行った。

長い沈黙が流れたが、それでもやはり、先に言葉を発したのは玉だった。

「私が針で指を刺したら、忠興様は侍女を御手打ちになさいますか」

不意に問われて、いったい何のことかわからなかった。

「針？」

「忠興様の直垂を繕っていた時に、秀清に止められたのです。万一、私の手に傷がついたとなれば、それは仕える者の不手際だと。忠興様が侍女を御手打ちになさるやもしれぬ、とも言われました」

「それは、そうやもしれぬ」

短く答えると、玉は目を見開いた。信じられぬ、とでも言いたげな表情だった。

「針で指を刺すだけで？　さようなことだけで、侍女を御手打ちに？　どうしてですか？」

詰め寄る玉に、忠興は若干気圧《けお》される。どう話せばうまく伝えられるか、言葉を慎重に選びながら言った。

「つまり、正妻であるそなたは、それだけ、細川家にとっては守るべき者だということだ」

玉はまだ納得できないのか、じっと忠興を見ている。その己を映す鏡のような目に、やはり、自分は人に何かを伝えるのが苦手だと思う。

「ゆえに、そなたは、誰にも傷つけられてはならぬ。……正妻が傷つけられるということは、細川家を傷つけられることと同じだから」

「細川家の誇りに関わることだから、妻は傷つけられてはならぬ、ということですか」

「……そういうことだ」

「あなた様は？　忠興様はどう思うのですか？」

「どう、思うとは」

「私が細川家の正妻だから、傷つけられてはならぬと言う。だけど、それは、忠興様がどう思うか、ではないでしょう。私がもしも傷つけられたとしたら、忠興様ご自身はどう思うのですか？」

「そのようなこと……」

考えたこともない。と言いかけて、やめておいた。

婚礼の夜からずっと感じていたが、玉の言葉は、本当に、真っ直ぐだった。名は体を表す、とは言うが、感情を包み隠すことのない言葉は、まるで、透き通った玻璃の玉のようだった。

その純粋すぎる言葉は、忠興には受け止めきれない。

黙したままの忠興に、玉はつのるように言った。

「坂本のお城では、母も、姉も、針仕事をしておりました。私も針仕事は得意でございました。父の直垂を一人で仕立てたこともございます」

「ならば、秀清に、玉には針仕事をさせてよいと命じる」

「そういうことではありません」

「……では、秀清を咎《とが》めればよいのか」

「違います！」

「ならば、どうしてほしいというのだ！」

忠興の強い口調に、玉が怯えた。その表情から忠興は目をそらした。

（ああ、いつもこうだ）

ただでさえ、自分の思いを言葉にするのが苦手なのだ。苛立《いらだ》ちに任せて出る言葉は、たいてい相手を傷つけてしまう。そうして、ひどく傷ついたような目で見られると、こちらが酷《ひど》いことをした気分になる。

（だから、黙している方が楽なのだ）

その沈黙の中で、玉がぽつり、ぽつりと言う。

「忠興様の、褐色の直垂を繕いたいと思う、その私の気持ちを、わかっていただきたかったのでございます」

「…………」

「戦でお召しになる褐色は、勝ち色に繋がる、大切な衣でございましょう？」

その語尾が、震えた。忠興がはっとした時には、玉の目から涙が溢れていた。

（なんで、泣いているのだ？）

「私は、忠興様に、ご無事に帰ってきていただきたくて……それで、それで」

玉の頬を、涙の粒が伝い、その涙が、細い頤《おとがい》から零れ落ちる。

受け止めきれずに、零れ落ちた玻璃が砕けてしまう……。

そうはさせたくない、と思った。瞬間、忠興は玉の頤に手を伸ばしていた。忠興の指先が濡れた。

その様に忠興は驚いた。戦場で浴びる返り血と同じ温かさなのに、どうしてこんなにも透き通っているのだろう、と思ったのだ。

忠興は玉の涙に濡れた指先をまじまじと見つめると、確かめるように口を開いた。

「私に……無事に帰ってきて欲しくて、泣いている、のか？」

玉がこくりと頷いた。

忠興はどう返したらいいのかわからない。どうすればいいのか、本当にわからなかった。今まで、忠興のために涙を流す人など、誰もいなかったから。

濡れた指先が、白く光った。顔を上げると、夜風に流れる叢雲《むらくも》の隙間から、月明かりが漏れていた。玉もその月影に気づいたのか、忠興と同じように視線を上げた。

月に叢雲、とは言うが、叢雲に見え隠れする月は厭《いや》ではなかった。むしろ、煌々《こうこう》と輝く月夜より、思いがけず雲の切れ間に見つけた光の方が、忠興にはずっと美しく見えた。たとえそれが、強い風に煽られて、流れゆく雲に掻《か》き消されてしまう儚《はかな》いものだとしても。

「雲間の月の方が、美しいこと……」

思っていることと同じことを、玉に言われて、忠興はどきりとした。

「ひょっとして、口に出していただろうか」

すると、玉はきょとんとした。

「いいえ」

「………」

「忠興様と同じことを、私も思ったのでございます」

そうして、涙に濡れた眦《まなじり》が、雲間の月明かりにほんのりと笑んだ。

明日に丹波出陣を控え、青龍寺城の表御殿では、藤孝を中心に、忠興、弟の興元《おきもと》、細川家の重臣が集い、軍議を開いていた。家臣たちの多くが表御殿にいるためか、玉のいる奥御殿はいつも以上に静まり返っていた。

空は爽やかな晴れ空で、高い天には蜻蛉《とんぼ》が飛んでいる。玉は戦支度も全て済ませ、あとは忠興の武運を祈ることしかできない。

雲間の月を見た夜、ほんの少しだが、初めて、忠興と心が通った気がした。何を考えているのかわからなかった忠興と、初めて、同じものを見て、同じことを思えた。

(これからも、少しずつでいい。あの人と同じことを感じたい)

そう願うほどに、どうか戦から無事に帰ってきてほしいと思う。戦功は、あればよいに越したことはないが、玉にとっては、なくとも構わなかった。とにかく、無事に、帰ってきてさえくれれば。すでに、父の明智光秀は丹波に布陣していると聞く。光秀が総大将であれば、無謀な戦にはならないだろう。玉にとっては、父への信頼が、夫を戦場へ送り出す心の支えでもあった。

その時、庭の向こうから、女人の悲鳴がした。

「何かしら……」

玉の傍らにいた紘や侍女たちが、不安げに互いの顔を見合う。廊に控えていた小笠原秀清もすぐさま玉の前に姿を現した。秀清は玉の無事を確認すると、悲鳴がした方へ向かった。

ややあって、様子を見に行った秀清が戻ってきた。

「伊也様のお部屋に続く渡廊《わたりろう》に、瀕死の鳩《はと》がおりました。烏《からす》か何かに襲われたのでございましょう。それに驚いた侍女が悲鳴を上げたまでにございました」

伊也は母親の麝香と過ごすことが多いのか、婚礼の日以来、玉に顔を見せたことがなかった。

「その鳩は今、生きているのか」

「はい」

玉はすぐにその渡廊へ向かおうとした。

「奥方様？」

驚く秀清に、玉は当然のごとく返した。

「まだ生きているのであれば、助けてやらねば」

秀清は「それは奥方様のなさることではございません」と止めようとしたが、玉は構わず渡廊へ向かう。その後ろを侍女たちがついてくるが、瀕死の鳩など見たくもない、という思いが顔に出ている者もいる。

渡廊に着くと、思っていた以上の人だかりができていた。侍女の悲鳴があまりに大きかったので、何事かと表御殿からも人がきた様子だった。軍議をしていたせいか、その人だかりの中には、細川家の重臣、松井康之《まついやすゆき》の姿もあった。

松井康之は玉の輿入れの際に、明智家の左馬助から輿を受け取る役を務めていた。細川家に忠実なところは秀清と同じだが、玉の振る舞いに厳しい眼差《まなざ》しを向けることや、苦言を呈することは今までなかった。

「奥方様」

玉がそこにいることに気づいた康之はすぐに畏《かしこ》まった。玉の傍らにいた秀清が康之に目で「私は止めたのですが……」と言いたげにする。康之は秀清に頷き返すと、周囲の者に「奥方様の御成《おな》りだ」と言った。

それに合わせて周囲の皆が次々と跪《ひざまず》き、人だかりに隠されていた伊也の姿が見えた。山吹《やまぶき》色の可憐な小袖は十一の少女らしく、怯えたように立ち尽くしている姿も稚かった。

「義姉上《あねうえ》様……」

玉の姿に、伊也は驚いたような表情をした。切れ長の目は、やはり兄妹、忠興とどこか似ている気がした。

伊也の足元に、傷ついた鳩の姿があった。血を滴らせた翼を痛々しく震わせている。

「まあ……かわいそうに」

玉はすぐさま伊也の方へ行くと、鳩を両手で掬い上げた。

「まだ息がある。血止めを塗って、温めてやれば助かるやもしれぬ」

だが、伊也は青ざめたまま何も言わない。

「案ずるな。坂本城でもこうして傷ついた水鳥を助けてやったことがあった。母上が薬を塗り、父上が作った竹籠に入れて寝ずに看病をしてやったものよ」

懐かしい日に笑みを零すと、伊也は蔑《さげす》むような口調で松井康之に命じた。

「康之、かような死にぞこない、ひと思いに殺しておやり」

伊也の言葉に、玉は唖然《あぜん》とした。

「死にぞこない……？」

玉は鳩を見た。血の滴る翼を震わせて、息も絶え絶えに胸を上下させている。

「伊也様は、なんと心無いことを申されるの」

「なんですって？」

慌てて康之と秀清が玉と伊也の間に入って取り成そうとする。玉は構うことなく近くにいる侍女に命じた。

「こうしている暇も惜しい。すぐに傷薬を。温かいお湯と、敷《し》き藁《わら》も探しておくれ。敷き藁は厩《うまや》に行けばきっと分けてもらえる」

鳩に触れることに怯える表情を浮かべる侍女もいた。その時、紘が、すっと進み出た。

「私にお任せくださいませ」

玉はその姿に安堵《あんど》を感じた。人形のように黙っている細川家の侍女たちの中で、紘もいつもどこか怯えたように辺りを窺いながら動いていた。だが、手当てに名乗り出た姿は凜《りん》としており、色白の頬が染まる様が、何とも言えず清らかだった。

「実家では、父が目白《めじろ》を飼っておりました。鳥の世話ならば、いくらか心得ております」

玉は紘に鳩を託すと「お行きなさい」と命じた。紘は託された鳩を抱えて、足早にその場を去った。

「死にぞこないを救おうなんて、さすがは、明智の姫でございますね」

伊也の言動に、周囲が凍りつく。

「どういう意味かしら」

傍らにいた秀清が慌てて玉を制し、康之も冷や汗を額に伊也を諫《いさ》めた。

「伊也様、お言葉が過ぎるかと」

しかし、伊也は怒ったように顔を赤くする。玉が強く返したことで、かえって引けなくなったのかもしれない。

「明智家など、もともとは美濃の田舎武家。そうやって、いい人を装って、のし上がってきたのでしょう」

そう伊也が言った瞬間、その幼い体が後ろにぐっとのけぞった。背後から、何者かに肩を強く摑まれたのだ。その相手が誰かわかると、周囲は「あっ」と息をのんだ。

そこにいたのは、忠興だった。

忠興は無言のままだったが、そのこめかみは微かに引き攣《つ》っている。

「あ、兄上様……いつの間にこちらに」

その言葉を最後まで聞かず、忠興は妹の体を引き寄せた。と思った瞬間、頬を叩き飛ばす音が渡廊に響いた。周囲が止めに入る間もなかった。

あまりの一瞬の出来事に、玉は何が起きているのかすぐにはわからなかった。顔を上げた途端に泣き出した伊也の頬は、真っ赤になっている。玉は、忠興が妹に手を上げたという事実を、ようやくのみ込んだ。

「忠興様、なんということを。妹君にございますよ！」

兄が妹を叩く、など考えられなかった。だが忠興は玉の言葉に応えることなく、妹を見据えて低い声で言った。

「そなた、玉に何と申した」

泣きじゃくる伊也は、答えることもできない。

「玉に、何と申したのか、と問うておる！」

かろうじて、康之が「忠興様、幼きゆえの失言にございます」と言うが、忠興は伊也を睥睨《へいげい》した。

「幼い？　分別のつかぬ年でもあるまい。私の妻に何と申したか、答えよ！」

伊也がようやっと、声を発した。

「明智家など……」

「明智家など、何と？」

耐えかねた玉が口を挟んだ。

「もう、おやめくださいませ忠興様！」

忠興は止めに入った玉を、まじまじと見た。なぜ止めに入るのかわからない、とでも言いたそうな目をしていた。

その時、「何の騒ぎだ」と落ち着いた声がした。忠興は、声の主《ぬし》に向かって姿勢を正した。

「父上……」

細川家当主の藤孝が、平然とした表情で立っていた。その隣には、忠興の三つ下の弟、興元の姿も見えた。興元は、頬を赤くした妹の姿に、じっと目を留めている。

玉は「私が……」と、自分のせいでこのような事態になったのだ、と申告しようとした。だが、それより先に、忠興が言った。

「我が妻に無礼を働いた妹を、叱責しておりました。出陣を控えた折、かような騒ぎを起こしましたこと、どうかお許しください」

淡々と告げる忠興の横で、伊也はすすり泣いている。その真っ赤な頬と涙から、忠興が妹に対して手を上げたことは、誰が見ても明らかだ。

だが藤孝は、たった一言しか言わなかった。

「つまらぬことで、騒ぐな」

藤孝は兄妹の喧嘩《けんか》に興味はない、とでも言うように立ち去った。こうなるに至った要因や、忠興と伊也、双方の言い分を聞くこともなかった。

藤孝が去る後ろを、弟の興元も何も言わずに追いかけた。兄を窺うことも、妹を庇《かば》うこともしなかった。むしろその唇には冷笑すら浮かんでいた。

いつの間にか、伊也も侍女に支えられて去っていた。周りに残っていた家臣たちもそれとなく散っていく。

だが、忠興は、玉の傍らから動こうとしなかった。

忠興は、どこを見るともなく黙していた。そのまなざしのまま、ぽつりと言った。

「玉が、傷つけられたから」

「…………」

「玉は、優しい人だ」

その寂しそうなまなざしには、さきほどまでの激高からは想像もできぬほど、深く静かな暗闇が漂っていた。

「だから、許せなかった」

一滴ずつ、絞り出すような言葉だった。

玉は、わかったような気がした。

忠興が多くを語ることをしないのは、何も心に思うことがないからではない。感情をうまく言葉にできない人なのだ。こうして、想いを絞り出すようにしなければ、言葉にならない。

(かわいそうな……)

ふと、傷ついた鳩の姿がよぎった。

血を滴らせた翼を痛々しく震わせている。傷ついた鳩を掬い上げた時の感情が込み上げてきたのだ。

「死にぞこない」と言い捨てた妹の伊也、妹に手を上げた兄を冷笑する弟の興元……そして、忠興の感情に一切の関心を示さぬ父の藤孝。母の麝香は、この騒ぎの最中《さなか》、顔すら見せなかった。

想いが言葉になる。その一滴を受け止めてくれる人が、忠興の周りには、いないのだ。

四

忠興は、細川家の軍勢を率いて丹波の小山城を攻め落とすと、同じく丹波の八上《やかみ》城攻めをする明智光秀の軍勢に合流した。父の藤孝は、信長の堺《さかい》下向のお供衆《ともしゅう》として、一時戦線を離脱し、八上城攻めの陣で光秀に対面したのは忠興単独だった。

「よう参った、忠興殿」

忠興を本陣で迎え入れた光秀は、娘婿の参陣に笑顔を見せた。

「城主波多野《はたの》氏の抵抗が強いゆえ、兵糧攻めも画策しているところだ」

兵糧攻め、と聞いて、正直、忠興は落胆した。籠城する相手が飢えて干上がるまで待つ戦だ。時ばかりがかかり、華々しい合戦でもなく士気も下がりやすい。

戦は、嫌いではなかった。むしろ、手向かう相手を殺せば褒め称《たた》えられる戦は、言葉を要する対《たい》峙《じ》よりもわかりやすくて、心が楽だった。

それは十五歳の初陣《ういじん》の時から、ずっと抱いている感覚だった。

己が振るう刃《やいば》で血飛沫《ちしぶき》が飛んだ時、忠興は言い知れぬ快感を覚えた。弟の興元は、刎《は》ね飛ばされた首を前に、怯えたように口を引き締めていたが、忠興は緩《ゆる》みそうになる口元を引き締めていた。

信長を裏切った武将、松永久秀《まつながひさひで》の支城、大和片岡城に攻め入った時には、投石で額を負傷しながらも、数々の首級を挙げた。その果敢さは、織田信長から直筆の感状を与えられたほどだった。忠興の精悍《せいかん》な見目と勇ましさとを気に入った信長は、忠興を小姓格に上げた。

没落した足利将軍の側近に過ぎなかった細川家が、忠興の存在によって、一躍、織田家中で存在感を示した。「忠興様は細川家にとって、誉《ほま》れの御嫡男」と家臣たちに褒めそやされ、この時ばかりは父、藤孝にも手放しで賞賛された。信長の直筆の感状を見た母の麝香も、晴れやかな笑みを向けてくれた。

戦は、忠興を肯定してくれるのだ。たとえそれが、人を殺《あや》めるということであっても。

兵糧攻め、に落胆する忠興に、光秀は言った。

「小山城攻めから休むことのない参陣、さぞ疲れたであろう」

「いえ……」

八上城を囲む明智光秀の本陣は、家紋の桔梗が染め抜かれた青い陣幕で覆われていた。青に包まれた陣中は、戦場であるというのに、殺伐とした雰囲気とはほど遠い。

光秀の落ち着いた声とも相まって、忠興は甲冑を纏っていることを忘れそうになる。鎧に身を包めば臆することなく人に対することができるのに、その鎧を剝がされたような心細さに陥りそうだった。

「玉はいかがしておる」

戦場とは思えぬ義父の和《なご》やかな問いに、忠興は「は……」と返す言葉に迷ってしまった。

「傷ついた鳩を、助けました」

咄嗟《とっさ》に出た答えに、後悔した。当たり障りなく「達者に過ごしております」と言えばよかったものを。

しかし、光秀は「ほう、鳩を」と微笑んだ。

「坂本の城でも、迷い込んだ水鳥の手当てをしたことがあったな。懐かしいものよ。して、その鳩は、いかがした」

「飛べるようになるまで、籠で飼うと玉は申しておりました」

鳩を助けるか否かで妹に蔑まれたことや、忠興が激高したことは黙しておいた。

「少々奔放なところもあるが、心優しい娘であろう。大切にしてやってくれ」

娘をいとおしむ父の姿は、とても戦場の総大将には見えなかった。

忠興は纏っている褐色の鎧直垂に視線を落とした。その袖口は丁寧に繕われ、もうどこが綻びていたかすらわからない。忠興の無事を祈り、戦勝の意を込めた褐色の直垂を繕う。その想いをわかってほしくて、泣いていた玉の姿を思い出す。

玉は、優しい。少なくとも、忠興が出会った人の中で最も。

「しかし、敵とはいえ、兵糧攻めとなれば餓死に追い込むのと同じ……」

光秀の言葉に、ここが戦場であることが呼び起こされた。

忠興とて、兵糧攻めは初めてのことではない。籠城する者の中には、将兵だけでなく、城下の住人も含まれている。無辜《むこ》の民までをも飢餓に追い込むことに、光秀は同情を露《あら》わにしている。

「苛烈を極めるほどに、敵方も戦意を失うと心得ます」

すると、光秀は忠興の答えに、真剣な声で返した。

「投降したものは、女子供はむろんのこと、将兵であっても陣営に招き入れねばなるまい」

「は……？」

「温かき粥《かゆ》を与え、苛酷な籠城に耐えたことをねぎらう。こちらには敵意はもうないことを伝えねば、降伏させたとて心は変わらぬ」

光秀が何を言っているのか摑み兼ねた。心が変わらぬのであれば、最初から斬り殺してしまった方がよいではないか。生かしたところで、またいつ反旗を翻すか知れたものではない。

だが、相手は義父であり、この八上城攻めの総大将である。従順に頷くことが正しいことであるのはわかっている。黙したままの忠興に、光秀は察するように「何か、申したいことがあるのか」と問うた。

「いえ、そのようなことは」

忠興はひやりとした。父、藤孝なら意に反する言動をすれば、たちまちに厳しい目で忠興を見据えるだろう。お前は何もわかっておらぬ、と。

しかし、目の前の義父は、忠興の言葉を待っていた。その面持ちが、どこか玉と重なる気がした。

「思うところがあるならば、申してみよ。そなたは、我が婿であり、ここに参陣する細川勢の大将であるのだ。遠慮はいらぬ」

「では、畏れ多くも申し上げます……」

光秀の促しに、忠興は言葉を選びつつ口を開いた。

「この八上城は、しばらく落とすことができておりません。長戦《ながいくさ》は、士気を下げるばかりかと」

「なるほど」

「それに、戦勝の知らせを待つ信長様は、和睦ではなく、必ずや、波多野の大将の首をご所望になられましょう。……薄濃《はくだみ》の肴《さかな》が、そのよき証《あかし》かと」

薄濃の肴、と聞いて、光秀は「ほう」と忠興を見た。

忠興は、四年前の正月祝いの宴《うたげ》で見せた信長の気性を引き合いに出したのだ。その逸話は藤孝から伝え聞いていた。

信長は妹、市《いち》が嫁いだ北近江の小谷《おだに》城主浅井長政《あざいながまさ》を、羽柴秀吉の軍勢によって攻め滅ぼしていた。信長の実妹を娶り、織田家と同盟関係にありながら、信長と敵対する越前《えちぜん》の朝倉《あさくら》氏と手を組んだことが戦の原因だった。信長は戦勝を祝し、浅井長政と父の浅井久政《ひさまさ》、そして朝倉義景《よしかげ》の頭蓋骨を漆《うるし》と金箔で飾り、薄濃とした。そればかりか、正月祝いの宴席で、その薄濃の髑髏《どくろ》を肴として、家臣たちに酒をふるまったという。

「信長様は敵対する者に容赦はなさいません。たとえ、降伏しようとも。……それが、信長様の強さの証でもあります。ゆえに、多くの者が付き従うのでしょう」

「そう、思うか」

「はい」

「だが、敵を生かす勝利、というものもある」

「敵を生かす勝利、でございますか」

「この丹波国は、長らく波多野氏が治めていたのだ。領主と領民の間には、長年の間に培われた信頼というものがある。その信頼を、我々、織田方は断ち切る立場なのだ。領民に信頼された領主を生かして服従させる、その方が、禍根を残さぬ治め方になる、とは思わぬか?」

「………」

「今は、わからずとも、そのうちわかる時がくる。いや、わからねばならぬ時がくる、とでも言おうか」

光秀の言葉は、穏やかなのに、どこか憂いを帯びていた。その憂いを敏《さと》く感じ取り、忠興はふっと思った。

この心優しき武将が、あの猛々《たけだけ》しい織田信長の信を得ている。一見、釣り合わぬようでいて、これ以上の均衡はないようにも思えた。

火炎のごとき信長の荒々しさに、湖水のごとき光秀の静けさ。時に敵の骸《むくろ》を肴にするほどの狂気を持つ信長を、光秀の冷静な心が包み込んでいる。何をしても許してくれる、何を言っても受け入れてくれる。水のように全てをのみ込んで。

信長自身も、そう心得ているところがあるのだろう。だから、古参の織田家臣を差し置いて、東国と畿内を結ぶ交通の要衝であり、安土城の喉元でもある坂本城に光秀を配している。そうして、今、反信長勢力の巣窟ともいえる丹波征圧を光秀に任せている。

だが、それは、光秀の方ばかりに大きな負担を強いる均衡のように思えてならなかった。均衡の取れていない均衡とでも言おうか。

何をしても許してくれる、何を言っても受け入れてくれる。

人の優しさを搾取《さくしゅ》する、脆《もろ》い均衡のように思ってしまうのは、自分の心が拗《ねじ》けているからなのだろうか。

玉は青龍寺城の庭を散策していた。

夫の出陣中であっても、変わらずにいることが玉にできることなのだと思う。母の熙子も光秀が戦や、城を留守にする時は「心配をしたところでなるようにしかならぬ」と、持ち前の大らかさで過ごしていた。

散策する玉の傍らには絃が付き従っている。いつもいかめしい顔をしている警護の小笠原秀清には「案ずるな、城中の庭だ。絃と二人で庭を歩きたい」と言って、今日は随従させていない。

庭には秋風に萩《はぎ》が揺れていた。

(桔梗の花は咲いていないのかしら)

優しい花色を探しながら逍遥《しようよう》し、桂川の流れを眺める。趣ある庭は、木々の枝ぶり一つ一つや庭石の配置まで、手入れが行き届き、城主である細川藤孝の美意識を随所に感じた。

藤孝は室町幕府の重臣の一族として生まれたからなのか、武将でありながらも和歌に造詣が深かった。古今《こきん》和歌集に関する秘伝の解釈である古今伝授《でんじゆ》を、都の公家、三条西実枝《さんじようにしさねき》から受けるほどの歌才だと聞く。その藤孝が城主となったこの青龍寺城も、戦国の城というよりは、庭園にいるのかと思いたくなるほどの奥ゆかしさがある。

これはこれで、十分に美しい庭ではあるのだが、玉はやはり坂本城の庭が恋しかった。桔梗の花が湖風に揺れて、鳥が戯れる庭……。玉は知らず知らずのうちに、青龍寺城の木々の葉音の中に、懐かしいさざなみの音を重ねていた。

玉は傍らの絃を見やった。絃は鳩が入った竹籠を持っていた。すっかり傷も癒え、籠の中の鳩は気持ちよさそうに、胸を膨らませている。今日は、庭に解き放ってやろうと、連れ出したのだ。

「絃のおかげだ」

玉が絃をねぎらうと、絃は「とんでもないことにございます」と恐縮する。もともとが色白だからか、さっと頬が染まる肌は、まるで桃の実のようだった。

「私はただ、薬を塗り、餌を与え、時折、話し相手をしていたまでのこと」

「話し相手？　鳥に？」

「はい。獣にも心はあります。日を見て、何を求めているのか、問いかければ、仕草で返してくれるものでございます」

紘は、次第に玉に対して持ち前の純粋さを見せるようになっていた。

（これからも、紘は私の側近くに置こう）

玉は籠の中に手を差し入れて、鳩を掬い上げた。

「さあ、お行き」

鳩をそっと促して両腕を上げる。鳩は玉の手の上で羽を伸ばすと、二、三、羽ばたきをして、飛び立った。

「ああ、よかった」

玉は鳩を目で追いかけた。鳩は庭木の楓《かえで》に降り立った。紘は「ご覧くださいませ、あの枝を」と指した。よくよく見ると、色づき始めた葉陰に、解き放った鳩とは別の鳩がもう一羽いる。まるで、玉が放った鳩が帰ってくるのを待ちわびていたかのように、その鳩は、両翼をぱたぱたとさせた。

「きっと、あの傷ついた鳩の夫でございましょう。私が、鳩の世話をしていた間も、ああして近くの枝からこちらを見ていたのです。鳩は、一生、つがう相手を変えぬといいますゆえ」

「まあ……。では、もしもあの時、死んでいたならば？」

「残された夫は、一生、独り身を貫くのでございます」

「なんと、けなげな。まこと、獣にも心はあるのだな。ひょっとしたら、人の心よりも、美しいのやもしれぬ」

すると、紘は真剣な表情で言った。

「この世で最も美しいものは、神の御心《みこころ》にございます」

「神の御心？」

紘は、言うか言うまいか迷うように黙った後、口を開いた。

「実は、私の父は、キリシタンなのです」

「キリシタン？」

キリシタンとは、仏教でもなく、日本古来の八百万《やおよろず》の神でもなく、遥々《はるばる》、遠い国の神を信じている者たちのことだ。近年、伴天連《ばてれん》宗（キリスト教）と呼ばれる宗教を信ずるキリシタンが増えている、ということは知っていたが、身近にキリシタンと名乗る者がいなかった分、玉は素直に驚いてしまった。だが、心に秘めた信仰を紘が明かしてくれたのは、嬉しかった。

「私は、キリシタンの神のことはよくわからぬが、何を信じたとて、誰にも咎められるものではないと思っている」

玉の言葉に、紘は「お心遣いありがたきことにございます」と微笑んだ。

交易を求める南蛮《なんばん》の商人とともに、伴天連宗の宣教師が多く入国していることは、玉も知っている。鉄砲や大砲といった西洋伝来の最新の武器を求める武将にとっても、宣教師たちは近しい存在であり、中には入信して領民にその教えを広める大名もいた。織田信長も入信こそしていなかったが、宣教師には好意的であった。

光秀も坂本城に南蛮商人とともに宣教師を招くことは幾度かあった。だが、明智家の菩提寺《ぼだいじ》は天《てん》台宗であるし、細川家も臨済宗の教えを守っている。こうして、キリシタンの考え方に直に触れるのは、玉は初めてのことだった。

新鮮な知識に触れたい思いで、玉は尋ねた。

「絃は、キリシタンなのだな」

「いいえ、私はまだ、洗礼を受けておりませんので正式にはキリシタンとは言えません。ですが、いずれは洗礼を受けたいと思っております」

「せんれい？」

「キリシタンとなるための儀式にございます。己の罪を洗い清め、神の御許《みもと》に新しい生を与えられるのです」

洗い清めねばならぬほどの罪とは何なのか、新しい生とは何なのか、次々と疑問が湧いて、玉は何から問おうかと迷いつつ言った。

「さっき、神の御心、と言っていたけれど、それはどういうこと？」

「傷ついた鳩を奥方様がお助けになったのも、その鳩を私に託されたのも、全て神の思《おぼ》し召《め》し、ということにございます」

「思し召し？　……傷ついた姿を見て、手を伸ばさずにはいられなかった。それは、私の意志であって、神の意志には思えないのだけれど」

「それは、奥方様が、キリシタンの神を信じていらっしゃらないからでございます」

「……なるほど」

至極当たり前の答えに、玉は頷くしかない。絃は朗らかに続けた。

「この世の全てが、神の御心のままにあると知ることは、救いでもあります」

「救い？」

「神の御子《みこ》、イエス・キリスト様は私たちに言いました。思い煩《わずら》うな、と」

「思い煩うな？」

「空の鳥を見よ、野の花を見よ、と。彼らは働かず、紡ぎもしない。ましてや思い煩いもせぬ。けれど、神は鳥に翼を与え、花をこのように美しく装ってくださる。それは、人も同じなのです。神は私たちにとって何が必要なのか、全てご存知です。思い煩ったからといって何が変わりましょうや」

「…………」

恍惚《こうこつ》とした表情で語る紘の姿を、玉は少し困惑した思いで見ていた。異教徒を厭《いと》うつもりは一切ない。だが、紘が信仰する神に今まで馴染みがなかったせいか、紘が少々、他の侍女たちの中から浮いて見えたのは、そのせいだろうか、などと思ってしまいそうになる。

だが、玉のことを信頼して、打ち明けてくれたのだ。その想いは、受け入れたかった。

その時、玉たちがいる方に向かって、小笠原秀清が庭を横切ってくる。何か不穏なことが起きたのでは、と不安がよぎる。

秀清は玉の前までくると、跪いて言った。

「丹波より、忠興様がご帰城にございます」

「まさか、お怪我でも？」

「いいえ、ご安心なさいませ。信長様に戦況をご報告するために、一旦、戦陣を離れて安土へ向かうそうでございます。青龍寺城で今宵は休まれるとのこと」

僅か一日ばかりの帰城になる、とのことだった。玉は秀清に導かれ、表御殿に向かった。

玉が表御殿の玄関の式台《しきだい》に出迎えると、ちょうど甲冑姿の忠興が下馬したところだった。

「ご無事のお戻り、何よりにございます」

夫の無事の姿を仰ぎ見る玉に、忠興は黙したまま頷いた。相変わらずの愛想のなさだが、これが忠興なのだと思える自分がいた。

玉は忠興から太刀を受け取ると、侍女たちに目配せをした。忠興がくつろげるよう、夕餉と酒肴《しゅこう》の支度をせよ、という意を察した侍女たちは一礼して動き始める。

鎧を解いて小袖姿になった忠興と、改めて奥御殿の居室で向かい合う。

忠興をねぎらう言葉をかけた後、玉はさっそく鳩のことを伝えた。

「御出陣前に助けた鳩でございますが、順調に傷も癒えて、先ほど庭に解き放ったところにございます。忠興様のご無事の帰城も重なり、嬉しい限りにございます」

笑顔で報告する玉に、忠興は「そうか」とだけ返した。

その時、庭の方で微かに羽音が聞こえた。玉は、もしや、と思い、すぐに庭に面した簀子縁へ出た。思った通り、庭木の枝に、鳩の夫婦がいた。

「ご覧くださいませ、忠興様！」

玉があまりに嬉々《きき》とした声を上げたので、忠興が訝しそうに簀子縁に出た。

「鳩が、御礼に参ったのでございましょう。ほら、あそこの木の枝にいる、つがいの鳩がそうでございます」

玉は隣に立った忠興の袖を握っていた。

「あの助けた鳩は夫婦の片割れだったのです。鳩は、つがう相手を一生変えぬゆえ、いつも近くの木の枝から、伴侶が見守っていたのだと、侍女の紘が申しておりました」

「……どこであろうか」

玉の勢いに圧《お》されたように、忠興はどぎまぎと言う。玉は「ほら、あそこにございます！」と示す。「どこだ」「あの枝でございます」「おらぬ」「そんなはずはございませぬ、ほら、あの長い枝に」とやり取りが続く。

（どうして、忠興様には見えないのかしら）

ややむっとして忠興の横顔を見上げた。その時、玉は改めて気づいた。忠興の背は、玉が見上げるほどに高いのだということに。

「忠興様、背を私と合わせてあの枝をご覧くださいませ！」

きっと忠興は玉より視線が高いから見えぬのだ。忠興も合点したのか、玉の背に合わせて腰を屈《かが》めた。

「ほら、あそこです。ほら、もう少し私の方にお寄りになって」

玉がぐっと腕を引くと、忠興が「あっ、あれか」と声を上げた。

「ね！　いましたでしょう？」

玉は忠興の方を見た。と同時に、忠興も玉の方を見た。互いの顔が思いのほか近くにあったものだから、二人の額がこつんとぶつかった。

忠興は額に手を当てると、気恥ずかしそうに笑んだ。

初めて見た忠興の笑顔に、玉は目を瞬いた。

いつも口を引き結んでいる忠興が笑むと、十六歳の少年らしさが零れ落ちるようだった。

まじまじと玉が見つめていると、忠興はぎこちなく訊いた。

「な、何か顔についているのか？」

「いいえ、忠興様の笑ったお顔が、優しくて」

忠興が驚いたように真っ赤になって、玉は笑ってしまった。

五

信長への戦況報告を済ませた忠興は、再び丹波の陣へ向かっていた。

道中、馬上で手綱を持ちながら思い出すのは、玉の面影ばかりだった。これから陣中へ戻るというのに、気が緩んでいると自分でも思う。細川家の軍勢を率いる大将として気を引き締めようとするが、ふとしたことで、玉の顔や仕草がよぎるのだ。

不意に、頭上の梢《こずえ》から羽音がした。忠興は、梢に目をやりながら、玉と額をぶつけて笑みを交わした時のことを思い出す。

あの夜の玉の体は、しなやかだった。

体を重ねる時、今までずっと玉の体はどこか怯えるような、頑《かたく》なところがあった。夫婦として当たり前のことを求めているだけなのに、忠興は自分がひどく心無いことをしている気がして仕方がなかった。それが、あの夜は違った。玉が自ら体を開いてくれた感覚があった時、忠興は今までに感じたことのない歓びに浸った。

生まれて初めて、誰かに受け入れられたような心地がしたのだ。

家臣に声をかけられて我に返る。あの恍惚感を思い出していた心の内を見透かされぬよう、しいて険しい顔を作って頷いた。

「忠興様」

そうして、忠興が丹波の陣中に戻ってしばらく経つ頃、思いもかけない知らせが光秀と忠興のもとに届いた。

「摂津国有岡城主、荒木村重様が、信長様にご謀反を起こされました！」

早馬の使者の知らせに、忠興は傍らの明智光秀の顔色がみるみる青ざめていくのを見た。

「……荒木村重殿が、信長様にご謀反？」

光秀の長女であり玉の姉でもある由が嫁いだのは、荒木村重の嫡子、村安のもとだ。

「いったいどういうことだ」

光秀は顔色を変えたものの、冷静に問い返した。使者も「詳しくはわかりませぬが……」と言葉を濁しつつ返した。

荒木村重は、大坂で織田信長に敵対する一大勢力である石山《いしやま》本願寺を攻めていた。だが、村重の陣中に本願寺方と内通する者がいたという。兵糧を密《ひそ》かに本願寺方に渡していることを村重自身が黙認していたのではないかと、信長から糾弾されるに至ったのだ。

「……ならば、まだ弁明の余地はあるな」

僅かな希望を見出《みいだ》したのか、光秀の声に力がこもる。だが、使者は首を振って言った。

「村重様ご自身に弁明の意がないとも、噂《うわさ》が流れており……。信長様のお怒り次第ではどうなることかと」

「それは……」

織田家と荒木家が戦となれば、当然、明智家も細川家も、織田方として加勢するだろう。そうなれば、嫁いだ由はどうなるのか。実の父と、妹の夫の家から攻められるというのか。

言葉を失う光秀を見やりながら、忠興も心中は穏やかではなかった。


荒木村重謀反の知らせから数か月が経ち、青龍寺城の客間には、藤孝と向き合う光秀と、信長重臣の一人で長浜《ながはま》城主の羽柴秀吉がいた。

信長から荒木村重の和解の使者として派遣された光秀は、同じく使者として同行した羽柴秀吉とともに、摂津国有岡城に赴いた帰りだった。信長へ報告する途上、青龍寺城に立ち寄ったのだ。藤孝が光秀と秀吉をもてなす傍らで、忠興も嫡子として座していた。

光秀は苦渋に満ちた声で言った。

「このままでは、荒木村重殿への信長様のお怒りは増すばかり」

村重は和解の説得を拒んだのだ。

叛意《はんい》が発覚した当初、村重は、一度は信長への釈明のために安土城へ向かった。だが、その道中、家臣から引き留められ、結局、摂津の有岡城に戻ってしまったのだ。そればかりか、明智家から娶っていた光秀の娘、由を離縁して明智の坂本城に帰してしまった。

それは、信長の命で結んだ姻戚関係を絶ち、徹底的に織田方と敵対するという決意の表れでもあった。

光秀の隣で、羽柴秀吉がため息交じりに言った。

「こうなれば、ありのままに信長様にご報告するしかないでしょう。信長様がお怒りになったとて、それは村重殿の責。我々にはもはや関わりのなきこと」

「しかし、羽柴殿」

ねばる光秀に、秀吉はさらりと言ってのけた。

「よかったではないですか。光秀殿の娘御はすでに荒木家から離縁されている。ということは、荒木の家が攻め滅ぼされようと、もう他人事《ひとごと》と変わりないでしょう」

「そういうことではない。村重殿と我らはこれまで信長様のために数多《あまた》の戦をともに戦った間柄であろう」

光秀と秀吉がやや剣呑《けんのん》な視線を交わす中で、藤孝が場の空気を和めようとしたのか、おもむろに忠興に声をかけた。

「奥御殿の玉に、明智の父君が参られていると伝えるがいい。さぞ喜ぶであろう」

忠興は藤孝の意図を察し「はい」と短く答えると、客間から廊に出た。

秀吉は播磨攻めの総指揮をとる信長の重臣だ。秀吉のことを、信長はいたく気に入っている。光秀とはいえ、秀吉と口論になれば少なからずまずいことになったであろう。

廊に出たところで、忠興は庭先に、一人の若い家人《けにん》が跪いているのに気づいた。

確か、秀吉に付き従っていた家人の一人だ。忠興の視線に気づいたのか家人は顔を上げた。目が合うと、家人は口元に薄ら笑いを浮かべた。忠興は眉間に皺を寄せた。

(なんなのだ、この男は)

年は、忠興よりは二つか三つ年上に見えるが、名は知らない。地面に跪いて主人を待つ家人など、忠興が名乗るほどの相手ではないし、不遜な薄ら笑いが不快で、訊こうとも思わなかった。

「秀吉様も播磨攻めにお忙しいのに」

独《ひと》り言《ごと》を装って、家人は嫌味を言った。

忠興が思わず言い返そうとすると、家人は忠興がいるのをわかった上で、薄ら笑いのまま さらに独り言《ご》つ。

「真っ先に信長様にご報告すべきことを、細川家などに伝えて、何かの役に立つのだろうか」

「おぬし、無礼ではないか!」

さすがに我慢がならなかった。声を荒らげた忠興に、青年はさも初めてそこに忠興がいることに気づいたかのように、慇懃《いんぎん》無礼《ぶれい》に一礼した。

「ああ、これは、細川藤孝様のご嫡子、忠興様にあられましたか。つまらぬ独り言で、お耳汚しをしてしまいました」

「……っ」

忠興は無礼極まりない秀吉の家人を睨んだ。秀吉は、貧しい足軽の子から信長の草履取りとなり、己の才一つで、今や信長の側近中の側近にまで昇りつめた男だ。その男に使われるこの青年のしたたかさも、察するに余りある。忠興は苛立ちを隠せなかった。

「さすがは、羽柴殿の家人だ。独り言の声も大きい」

青年は、目を細めた。

「では、大きな独り言を続けようかと思います」

「……勝手にしろ」

「荒木家は、明智家から娶った由姫を、坂本城へ帰したのだ。それほど、荒木家の決意は固いということ。というのに、光秀殿も諦めが悪い」

「…………」

「しかし、あの信長様が、光秀殿を和解説得の使者に立てるとは意外だった」

だが、その説得もむなしく終わり、このまま信長に事の次第を報告すれば、戦になるのは必定だった。

「荒木の一族は、信長様に惨殺されるな」

「なにを……」

「あの信長様が、和解の使者を立てるという仏の顔を見せたというのに、それを断ったのだ。……修羅に転じた仏ほど、恐ろしいものはない。明智の姫を離縁されていなかったら、どうなったであろうな。明智家も、細川家も」

その言葉に、忠興はぞっとするものを覚えた。

もしも、玉の姉の由が、離縁されずに荒木の家にまだいたとしたら……。

信長の怒りは、どこへ向くかわからぬのだ。婚家としての繋がりがある以上、明智家も荒木家に与《くみ》していると疑われたら……？　ひいては、細川家にもその矛先が向かぬとは断言できない。信長は、実妹の嫁ぎ先である浅井家をも攻め滅ぼし、その夫、浅井長政の髑髏を薄濃にしたのだ。一度、敵とみなした者に対する仕打ちに、情け容赦はない……。

独り言は終わった、とでも言うように、青年は何事もなかったかのように黙している。その顔に浮かぶ薄ら笑いに、忠興は何も言い返すことができず、無言のまま背を向けた。

忠興が奥御殿の玉の居室に行くと、居室の前には、小笠原秀清が控えていた。

秀清は忠興に気づくと低頭した。

「玉は」

忠興の問いに秀清は「縫物をされておられます」と渋い顔で答えた。

忠興が部屋に入ると、玉は侍女の紘と縫物をしていた。あれから、忠興は玉の裁縫を許していた。紺青色《こんじょう》の布を膝の上に広げ、ひと針ひと針、丹念に縫っているその横顔があんまり真剣だったものだから、忠興は声をかけるのを一瞬ためらった。

「あら、忠興様」

玉の方から忠興に気づいて顔を上げた。

「ちょうどよいところに参られました。小袖の丈を合わせてもよろしゅうございますか」

そう言って、玉は紺青色の布をさらりと広げて忠興の背に回る。玉が真剣に縫っていたのは、忠興の小袖だったのだ。忠興は、秀吉の家人に苛立っていたことを忘れそうになるくらいのこそばゆさを覚えた。

「まあ、また背が伸びていらっしゃいます！」

心底驚いたような、玉の声が背後からした。

「こうも戦が続いては、お会いする時も限られて。会うたびに忠興様は背が伸びていらっしゃるような気がします。着物を仕立てる方が追い付きませぬ」

玉は少し拗ねたように言う。忠興の口数の少なさに玉も慣れたのだろう。無言のままの夫を、以前のように、気にすることもない。むしろ、沈黙こそが相槌《あいづち》とでもいうかのような振る舞いが、忠興にはありがたかった。

「明智の父上が、表御殿に参られている」

一瞬の間の後、忠興の目に満面の笑みが飛び込んできた。それは、忠興には見せたこともないくらいの明るい笑顔だった。

「父が……！」

途端、忠興の中に、何かが刺さるような心地がした。

縫いかけの小袖を絃に渡すと、玉はすぐに表御殿に行こうとした。その腕を、忠興は勢いよく摑んでしまった。

「どうなさったというの？」

玉は驚いたように忠興を見るが、忠興は手を離すことができなかった。離してしまったら、このまま飛び去ってしまう。縫いかけの紺青色の小袖を残して……。

忠興は一つ息を吐いて、気持ちを落ち着かせた。そうして、低い声で言った。

「光秀殿は、荒木の城から、信長様のもとへ向かう途上だ」

それだけで、玉は全てを察したのだろう。笑顔がすっと消えた。

「姉上が、坂本のお城にお帰りになったことが、せめてもの幸いにございました」

離縁されたことを、幸いと言わねばならぬ。その哀しみに、玉の笑顔は搔き消されていた。

忠興は玉の笑顔が搔き消えたことに、どこかほっとする思いをしながら、摑んでいた手を離した。

摑まれていた玉の手首には赤い跡が現れていた。自分が思っていた以上の力で玉の手首を摑んでいたのだ。

忠興は気まずく「すまぬ」と言った。玉は忠興の手の跡をそっと撫でると「構いませぬ」と顔を向けた。

「父上に、ご挨拶をしてまいります」

玉は忠興の気持ちを汲《く》んだのか「すぐ、戻りますから」と上目遣いで見ていた。


荒木村重は信長への叛意を撤回することなく、有岡城に籠城した。

織田信長自らが出陣して有岡城を包囲したが、決死の覚悟の荒木勢の攻撃は凄《すさ》まじく、織田方は二千の兵を失う激戦となった。信長は力攻めから兵糧攻めに切り替え、忠興も有岡城の周囲に築かれた砦に一年近く在陣した。

その長きにわたる籠城戦でも、荒木村重は降伏しなかった。降伏するよりもさらに絶望的な選択をした、と言った方がいいかもしれない。

妻子や家臣を城に残したまま、村重は逃亡したのだ。

その村重の行動に、信長は激怒した。見せしめに、有岡城に残された妻女、家臣、その従者や子女を、悉《ことごと》く処刑せよと、命令が下った。

「修羅に転じた仏ほど、恐ろしいものはない……」

目の前の前代未聞ともいえる光景に、忠興は茫然《ぼうぜん》と呟《つぶや》いていた。

その言葉は、いったい誰が、いつ、言い放っていたのか。それを思い出すことすらできぬほど、忠興の思考は、目の前の光景に痺《しび》れていた。いや、思考だけでなく、唇も、手先も足先も、痺れきっていた。

忠興の目の前には、捕縛された荒木家の家臣やその妻子がずらりと並ばされていた。皆、死装束を纏わされ、泣き叫ぶ声が風の音に混ざり合う。

尼崎《あまがさき》の七松《ななつまつ》。織田信長の嫡男、信忠の本陣に、有岡城の本丸に籠城していた家臣や妻子たちが集められ、刑場へと引き立てられていた。忠興も織田方の武将の一人として、その処刑に立ち会っていた。

（信長様を敵にするということは、こういうことなのか……）

男の家臣だけでなく、罪なき妻子までも刑に処す。城中で捕らえられた家臣や妻子、その侍女たちは数百人に上り、磔刑《たつけい》で捌《さば》き切れない者たちは納屋に押し込めてまとめて焼き殺すという。雑兵たちが男の家臣たちを磔柱《たくちゆう》に縛り付けていく傍らで、嗚咽《おえつ》して震える妻子や侍女たちが、粗末な納屋に押し込められていく。

忠興は奥歯を噛みしめ、その様を見据えていた。

人が死にゆく様は、戦場で飽くほど見ている。見ているどころか、この手でいったい何人の首を刎ねただろう。今さら、人が死ぬことに何を怯えることがある。

（だが……だが……）

ここに、玉の姉、由がいたかもしれぬのだ。荒木家から離縁され、坂本城に帰されていなければ、確実に由はここにいたはずだ。

忠興の顔色を案じた松井康之が、そっと「忠興様」と囁《ささや》く。だが、その声も、砂嵐のような耳鳴りに埋もれていく。

（いや、もしも、荒木家に嫁いでいたのが由ではなく、玉だったら……）

雑兵に引っ立てられて納屋に押し込められる人々が、忠興の目の前を通っていく。

その中の一人、侍女と思しき風貌の女人が、忠興の姿を見て「あっ」と小さく声を上げた。

「細川の……若君様！」

思いがけない言葉に、忠興ははっとした。なぜ、私が細川の嫡子だとわかる、とその侍女を見やる。その侍女は、叫ぶように言った。

「私にございます！　由姫様の侍女の……！」

玉とまだ婚礼を挙げて間もない頃、荒木の城から、由からの祝儀の品を送り届けた侍女かもしれない。だが、忠興自身は、侍女の顔など覚えてもいなかった。

侍女は雑兵が制止するのも構わず、忠興の方へ懸命に手を伸ばす。

「忠興様！　どうか御縁者として、お助けくださいまし！　どうか……忠興様っ」

侍女の言葉に誘発されたように、忠興と面識のない者たちまでもが口々に「忠興様！」「ただおきさま！」「お頼み申しまする！　ただおきさま！」と叫び始めた。

忠興は思わず後ずさる。

「やめろ……私の名を、呼ぶな」

震える唇からやっと絞り出す言葉は、それしかなかった。

「ええい！　静かにせんか！」

雑兵が槍《やり》の柄《つか》で人々を叩き、悲鳴が上がる。それでもまだ「忠興様」「ただおきさま」と縋《すが》る声がする。まるで、その名を呼べば助かるとでもいうかのごとく。

「私の名を、呼ぶな！」

両手で耳を塞ぎ、そう叫んだ時、混乱に紛れて、納屋に押し込められる者の列から一人の少女が飛び出した。雑兵たちは、忠興に助けを求めんと騒ぎ始めた人々を鎮めるので手一杯なのか、転がるように飛び出したその子に気づかなかった。

少女はそのまま、勢いに任せ忠興の方へ駆け寄った。

「ただおき様！」

気づいた時には、その少女の伸ばした手を摑み寄せていた。

どうしてだろう、と考える間もなかった。その少女を助けたかったというより、忠興の名を叫ぶ声を、黙らせたかっただけかもしれない。

一人の少女を、一枚の札を引き抜くように、死の行列から引き抜いたことを、誰も見咎める者はいなかった。忠興の周りにいる他の武将も、松井康之も「私は何も見ていない」と言わんばかりに顔をそらしている。事実、一人の少女を救い出したとて、そもそも、何人の子女が籠城していたかなど把握しようがないのだ。誰も知らなければ、彼女は、いなかったことと同じなのだ。

少女の母なのだろうか。死の行列の中から年嵩《としかさ》の女人が「ありがとうございまする」と忠興に向かって手を合わせていた。

その姿を見てしまった以上、もうこの少女を突き離すことは、できなかった。

直後、耳鳴りの砂嵐が、一瞬にして消えた。磔《はりつけ》にされた家臣に向けて、鉄砲が一斉に放たれたのだ。

鼓膜を破らんばかりの炸裂音《さくれつ》に、火薬の煙と風に舞い上がる土ぼこりで、一帯が白くけぶってい
く。その煙が薄らいで、視界が徐々に広がる……。
赤く染まった死装束、だらりと垂れた手足、項垂《うなだ》れる口元からは血が滴り落ちている。虚空を見
つめる眼は光を失い、口から吐いた血が僅かに泡立つのは、まだかすかに息があるからなのか……。
しかしその水泡も、やがて弾けて消えた。
先ほどまでの慟哭《どうこく》は消え、あたりは静寂に包まれていた。それは、磔にされた家臣たちが、物言
わぬ骸となった証であった。
地獄を思わせる光景の中で、少女は忠興の胸にしがみつくようにして震えていた。
その静けさの中に、ぱちぱちと火の爆《は》ぜる音が聞こえた。妻子や侍女たちを押し込めた納屋に火
が放たれたのだ。
「あつい っ、熱いっ!」「お、お助けください!」「だれか! ここを開けて! ここを!」
助けを求める叫び声や、納屋の戸を叩く音は、火炎が燃え盛っていくほどに悲鳴に変わり、最後
は言葉にすらならない叫喚になっていく。辺りは異様な熱気と血肉が焦げる異臭が充満し、黒煙の
中にいつしか女人たちの泣き叫ぶ声も消えていた。
(これが……信長様に叛意を示した一族の末路なのか……)
武将の中には「やれやれ、やっと終わったか!」と笑う者もいたが、その顔は豪語に反して蒼白
そのものだった。忠興は少女を抱きかかえたまま、ただ立ち尽くしていた。忠興がへたり込むこと
なく立っていられたのは、この少女がしがみついていたからかもしれない。
少女は、女人たちが押し込められた納屋が燃え尽きる頃には、忠興の腕の中で気を失っていた。

半開きになった唇は、まだあどけない。よくよく見やれば、妹の伊也とさして年も変わらぬ娘であった。

荒木一族の処刑から帰城した忠興を出迎えた玉は「ご無事のお帰りを、お待ちしておりました」と言ったきり、何も言わなかった。

いつもなら、忠興へのねぎらいの言葉をかけると、戦の攻防や忠興の手柄を、興味深げに聞きたがるというのに。玉は、いつまでも黙したままだった。

あの惨憺《さんたん》たる処刑は、早馬の使者からすでに耳に入っているのだろう。沈黙の中に、玉なりの気遣いが感じられた。

居室で二人きりとなり、玉が改めて口を開いた。

「刑場で、一人の娘をお助けになったと、お聞きしました」

忠興は絞り出すように「ああ」とだけ答えた。

「お辛《つろ》うございましたね」

忠興は玉の返事に僅かに戸惑った。てっきり「ご立派なことにございました」とでも言われるのかと思っていた。

だが、玉に「お辛うございましたね」と言われたことで、忠興の中で、何かが、はらりと解《ほど》けるような気がした。自分が抱えていた本当の気持ちを、玉が言葉にしてくれたのだ。

忠興はしいて淡泊に言おうとつとめた。

「目の前で死にゆく者が、私の名を叫んでいることが耐えられなかったから……」

「…………」

「私の名を叫んで、助けを乞うていた。皆が、私の名を……私の……」

言葉が詰まった次の瞬間、忠興は玉に抱きしめられていた。

「言わないで」

「玉……」

「言わなくても……あなたの思うことは、私は、わかりますから」

途端、目の前が滲んだ。

玉が忠興の頰にそっと手を伸ばした。その細い指先で頰を拭われた時、自分の頰に伝うのが、涙だということに忠興は初めて気づいた。あの惨劇を前に、涙は一滴も出なかった。それなのに、今、玉の前でとめどもなく涙が溢れ出ている。玉も、その華奢な肩を震わせて泣いている。

一緒に泣いてくれている。

そう思った瞬間、たまらず玉を抱きしめていた。

（いったい、いつから自分は泣くことをやめていたのだろう……）

六

婚礼から二年を経て、玉は、青龍寺城で男子を産んだ。

産声《うぶごえ》が響いた時、城内は大歓喜であったが、忠興は玉の無事な姿を見るまでは、少しも嬉しくなかった。

ようやく、産婆に部屋に入ってもよいと言われ、ほとんど駆け込むように産室に入った。

「玉……！」

真っ先に玉の名を呼ぶ忠興に、お産に付き添っていた侍女の紘や産婆が微笑む。

玉は黒髪を汗で湿らせ、頬を紅潮させたまま、忠興を見た。

「……細川家の妻としてのお役目を、果たせました」

武家の妻として大切な仕事を果たした、と漏らす玉を、忠興は頭《かぶり》を振って抱き寄せた。確かに、嫡男を挙げることは、武家の妻として大切な仕事の一つではある。だが、そんなことよりも、玉が忠興の前にいてくれることの方が、ずっと嬉しかった。

その想いは、腕の力からも伝わったのか、玉は抱き寄せる忠興の腕に顔を埋《うず》めて言った。

「恐ろしゅうございました……。このまま忠興様にお会いできなかったら、と思ったら」

十八歳の体で初めてのお産を乗り越えた玉の言葉を、忠興は抱きしめて受け止めた。

お産で命を落とすことは決して珍しくない。陣痛が始まれば、妻と子の命はどうなるかわからない。夫は、己が孕《はら》ませた最愛の人の無事を、ただ祈ることしかできぬのだ。

傍らにいた産婆が、こほんと一つ咳払いをする。忠興はそこに産婆と紘がいたことを思い出し赤面した。

産婆が微笑んで、忠興に赤子を見せた。

「どうぞこのお美しい若子《わこ》様をご覧くださいませ」

改めて、初めての我が子を見た。産湯も乳付《ちつ》けも済んだ赤子は目を閉じて、白い産着に包まれた小さな胸を上下させている。

産婆に促されるままに腕に抱いたものの、その体があまりに柔らかく小さいので、肩に要らぬ力がこもる。その緊張が伝わったのか、眠っていたはずの赤子は大きな声で泣き出してしまった。忠興がどうしていいかわからず惑っていると、玉が両腕を伸ばし赤子を抱き取ってくれた。

幼名を熊千代《くまちよ》と名付けた赤子は、すくすくと育っていた。その首が据《す》わるかという頃、細川家にもう一つ、大きな変化が訪れた。

青龍寺城を離れ、丹後国への城移りを命じられたのだ。

明智家と細川家の軍勢によって、長年、信長に抵抗していた丹波と丹後国の平定が成り、信長は勲功として、明智家に丹波国を、細川家に丹後国を与えたのだ。

そうして、細川家は丹後国十二万石の大名となり、忠興は玉を伴って国入りした。

「これが、天橋立《あまのはしだて》なのですね！」

玉は、八幡山《はちまんやま》城の櫓から望む光景に感嘆の声を上げた。傍らにいた忠興は、その姿を微笑ましく見やる。

紺碧《こんぺき》の宮津《みやづ》の海に、天橋立の名の通り、橋のような細長い砂浜が延びている。沖と入江がその砂《さ》州《す》によって二分されているからなのか、宮津の海は湖を思わせる穏やかな青色をしていた。

「この景色を見たら、山の下の宮津城に移るのが、なんだか少し惜しい気もいたします」

玉が言うのに、忠興は「しかし、八幡山城は何かと不便であろう」と真面目に返す。

八幡山城は、細川家が国入りするまで丹後国を治めていた一色《いっしき》家の城だった。その八幡山城には、今や、細川家の九曜紋の旗印がはためいている。一色家を従属させた細川藤孝と忠興は、その凱旋《がいせん》の意味も込めて八幡山城に入城したのだ。

だが、山城は戦の攻防には適しているものの、平時の領地支配を考えると何かと不便なことも多かった。ゆえに、宮津の海に面した平野に新たに宮津城を築いており、八幡山城は、そこに城移りするまでの仮の住まいだった。

「宮津城に移れば、今度は、海に舟を浮かべて天橋立を見ればよかろう」

忠興の提案に、玉は嬉しそうに「それもようございますね！」と言った。

久方ぶりに戦の喧騒を忘れる、ひと時だった。

そばにいるのは侍女の紘と、もう一人。新しく仕えることになった侍女の、藤《ふじ》がいた。

藤はあの荒木村重一族の処刑の時に、忠興の手で救われた少女だった。

悉く処刑せよという信長の命に背いて助けられた立場である以上、他家へ出すわけにもいかない。それに、藤は拠《よ》るべき身内を、あの処刑で失っていた。その境遇を憐《あわ》れんだ玉が、奥御殿の侍女として、側近くに置くようにしたのだ。

警護の小笠原秀清は、櫓の外に控えさせている。はしゃぐ玉の振る舞いも、忠興はさせるがままにしていた。新天地の青い海、そしてそばにいるのが、信頼する侍女だけということも、二人の心をいつも以上に開放的にさせていた。

紘は二人を見守り、藤も静かに控えている。藤は、もともとおとなしい性格なのか、それとも、あの惨劇で身内を失ったからなのか、いずれにせよ影のようにひっそりとした侍女だった。

「どうして、天橋立というのかしら」

忠興は、また玉の「どうして」が始まった、と笑んだ。

「海に架かる橋なのだから、海橋立でもよろしいのではないでしょうか」

「橋立とは、梯立《はしだ》て、つまり梯子《はしご》のことだ。天にも続く梯子のように見えるゆえ、天橋立と名付けたのだろう」

「けれども、この梯子は海にぱたりと寝ています」

ぱたりと寝ている、という言い方がなんとも可愛らしかった。

だが、次に続いた玉の言葉に、忠興は急に現実に引き戻される心地がした。

「天橋立が本当に空に架かる梯子ならば、伊也様も空を飛び越えて、すぐに細川の家に帰ってこられましょうに」

妹、伊也の名に、忠興の笑みが消えた。伊也の政略結婚を、玉は憐れんでいるのだ。伊也は、年が明けたら、弓木城《ゆみき》へ輿入れすることが決まっていた。

弓木城は、一色家の居城だ。一色家は百年以上もの長きにわたり丹後国を治めていた一族だ。いわば、一色家の方から見れば、宮津に城を築いている細川家は所領を奪った侵攻勢力だった。細川家の姫である伊也が弓木城の一色義有《よしあり》のもとへ嫁ぐことは、侵攻勢力である細川家と、在来領主である一色家との和睦の意味を込めた婚姻だった。

「すぐに帰ってこられては困る」

忠興がむっとして言うと、玉は「でも」と返した。

「姉上のことを思うと、この乱世、いついかなることが起こるとも知れません。空を飛び越えて生家に帰れる橋立が欲しゅうなる時もありましょう」

由が嫁いだ荒木家の末路を思い出したように、玉は声を少し潤ませた。忠興も荒木一族の惨刑《さんけい》を思い出して黙した。

二人の立つ櫓に、そよ風が吹く。玉はなびく鬢を細い指で押さえながら言った。

「嫁ぐ心細さは、きっと、男の人にはわからないのでしょうね」

忠興はどきりとして玉を見た。まさか、玉も忠興のもとにいることが心細いと言いたいのだろうか。だが、そう問うのが、どこか怖いと思う自分がいた。

忠興の表情がこわばるのを感じ取ったのか、玉は忠興の腕に手を添えた。

「私は、忠興様のおそばにいる今が、幸せでございます」

「……まことか？」

「まことにございます」

玉のうっとりとした声に、忠興は胸を撫でおろした。

「姉上は、坂本のお城に戻った後は左馬助と結ばれましたもの。きっと姉上も、今は、心安らかにお過ごしのはず」

由は、明智家家老で光秀の従弟でもある明智左馬助に再嫁した。由には二度と他家へ嫁がせて辛い思いをさせまいと、光秀が家中で最も信頼のおける男と見込んだ相手だった。玉の母の煕子は、数年前に病没していたこともあり、由が明智家に戻って左馬助と結ばれたことは、晩年に差し掛かりつつある光秀にとっても、かえってよかったのかもしれなかった。

「姉上も私も、物心ついた頃から左馬助と一緒にいましたから。幼い頃は、左馬助に馬に乗せてもらって遊んだこともあったのですよ。ああ、坂本城の……湖のさざなみが、なんだか懐かしくなってしまった」

玉の言葉には、明智の家にいられる姉が羨ましいような、そんな意味が含められているような気がした。明るい声に反して、表情がどこか暗いのがそれを示しているかのようだった。

玉が最後に明智光秀と会ったのは、荒木一族の処刑の前だったか、と忠興は思いを巡らせて言った。

「宮津城が完成すれば、祝いを兼ねて、明智の父上をお招きして茶会をしようか」

「ほんとうでございますか！」

玉がぱっと笑顔になった。忠興は頷き返しながら、天橋立が海にぱたりと寝ていてくれてよかったと思っていた。本当に、天に架かる梯子だったら。玉は天橋立を、心の望む場所へ架けて、そのまま帰ってこないような気がしてしまった。

もしも、玉がいなくなったら……と想像して、忠興はふと、青龍寺城の鳩のことを思い出した。

鳩は、つがう相手を一生変えぬという。

（それはきっと、独りになるのが怖くなるからではないだろうか）

いつだったか、玉に言われたことがある。

〈私が細川家の正妻だから、傷つけられてはならぬと言う。だけど、それは、忠興様がどう思うか、ではないでしょう。私がもしも傷つけられたとしたら、忠興様ご自身はどう思うのですか？〉

あの時は、何も答えられなかった。忠興が玉をどう思うか、など考えたこともなかったから。

だけど、今は、違う。

「私は、玉が傷つけられることは、耐えられない」

前置きのない忠興の言葉に、玉は目を瞬いた。だが、忠興の真剣な声に、じっと耳を傾けてくれた。

「その、何というか……玉が細川家の妻だから、ではなくて。……私が、耐えられないのだ」

「忠興様……」

「だから、この先、何があっても玉を守りたい。……だけど」

「だけど？」

「この乱世では、いつか守りきれない時がくるやもしれぬ。荒木家のように……玉の身に何かがあった時、私は玉を失うかもしれない」

「………」

「そう思ったら、どうしてだろう……」

そこまで言って、忠興は言いようのない不安が込み上げてくる。思いがけず声が震えてしまった。

「一緒に生きたい人ができたら、生きていくのが怖くなった」

その忠興に、玉が寄り添うように囁いた。

「生きていくのが、怖いなんて言わないで」

その言葉に、忠興は泣きそうになる顔を見られたくなくて、顔をそらした。

紺碧の海に架かる橋立が、忠興の目には、沁《し》みるほど美しく見えた。

七

宮津での暮らしも二年目を迎え、玉と忠興は二十歳になっていた。

忠興の体格にも態度にも、結婚した頃の、十六、七の若者とは異なる武将としての落ち着きが漂い始めているのを、玉は感じ取っていた。

そんな宮津城の忠興のもとに、再び信長からの出陣命令が下った。備中高松城《びっちゅうたかまつ》で毛利《もうり》攻めをしている羽柴秀吉の援軍に向かえという命令だった。

今では、玉もすっかり細川家の正妻としての立ち居振る舞いが身について、忠興の戦支度にも慣れたものだった。侍女たちに指示をしながら、玉は忠興の褐色の鎧直垂を広げた。

傍らにいた紘が褐色の鎧直垂に微笑んだ。

「青龍寺城で奥方様が針で指を刺すかで、ひと騒ぎがありましたね」

「秀清と揉《も》めたことも、今では懐かしい」

玉も和やかに頷いた。忠興と過ごした新婚の日々を思っていると、赤子の泣き声がした。

隣の部屋から、藤が困り顔で赤子を抱いて玉のもとへきた。

「奥方様、長姫様《ちょう》が泣き止みませぬ」

玉は「お乳が欲しいのかしら」と赤子を抱き取る。この年の正月に、忠興との間に生まれた二人目の子供は、女の子だった。

玉は襟元を緩め、慣れた手つきで長の口元に乳房《ちぶさ》を寄せた。長は小さな口で乳首を咥《くわ》えると、ぴたりと泣き止んだ。

「まあ」

藤はあんなに泣いていた子が、とでも驚くように目を見開いた。玉は乳を吸う長を愛《いと》おしく見つめた。

大名の正妻であれば、乳母を付けるのが当然だが、玉はそれを望まなかった。二年前に生まれた長男の熊千代の時は、乳母がつきっきりだった。玉はあの時のように、自らの乳を与えることができないのが嫌だったのだ。

玉は自分が産んだ子が、他人の乳を飲んでいる姿を見るのがあまり好きではなかった。それは、自身が、実母の熙子の愛情をたっぷり受けて育ったからかもしれない。だから、二人目の懐妊がわかった時、玉が真っ先に忠興に願い出たことは、自ら乳を与えたいということだった。

＊

忠興はいつもなら、玉の望むことには黙して頷くのに、これぱかりは難色を示した。

「玉は乳を与えずともよい」

言葉少なに、やや不機嫌に言い返された。

大名の妻は一人でも多くの跡取りを産むことが大事な役目の一つであり、子を産んだ後は次の懐妊に備えて赤子の養育は乳母に任せるのが常識だった。それは玉にもわかってはいる。それでも、十月十日《とつきとおか》、この身をもって育み、お腹を痛めて命を懸けて産み落とす子だ。建前に感情が追いつけず、強く言い返した。

「どうしてですか？」

「…………」

黙したままの忠興に、玉は腹立たしさすら込み上げた。

細川家の正妻として子を産めばそれでいいのか。そんな人だとは思わなかった。そう言い返そうとした時、忠興は不機嫌な声のまま言った。

「玉の乳房に触れることができるのは、私だけだ」

その言葉に、玉の憤りは一気に吹き飛んだ。忠興なりの嫉妬に、声を出して笑ってしまった。

「何がおかしい！」

真っ赤になって言い返す忠興に、玉は笑いすぎて滲んだ涙を拭いながら「お許しくださいませ」と返した。

「忠興様がそのようなことをお考えとは思いもしませんでしたので」

「…………」

「ならば、もしも姫君ならば、お乳を与えてもよろしゅうございますか？」

甘えるように忠興に言った。忠興は黙ったままだ。

よい、という意味の沈黙だと受け取った玉は、膨らみ始めた腹を撫でながら「どうか、可愛らしい姫が生まれますように」と言った。すると、忠興は怒ったように玉を抱き寄せて、真剣な声で言った。

「男子でも女子でもいい。無事に産んでくれ」

「忠興様……」

忠興は抱き寄せる腕を玉の黒髪に絡ませた。他の誰にも触れさせまいとするその柔らかな胸に頬を寄せ、玉の匂いを堪能するように深く息を吸って言った。

「玉が死んだら、私も死ぬ」

震える声に、忠興の愛を感じながら、玉は忠興の背に腕を回した。

夫婦になった初めの頃には、寡黙な忠興が何を考えているのかわからず、体の繋がりだけが夫婦の証であったのが、今はこうして、外では決して見せない心の内を、忠興は玉の前ならば晒《さら》してくれるようになった。それは、玉の心も体も満たしていた。

＊

忠興との睦まじい記憶に浸っている間に、玉の乳を吸っていた長は、腕に抱かれたますますやすやと眠り始めていた。

「此度の毛利攻めも無事に終わったら、長の姿も明智の父上に見せてあげたい」

腕の中で眠る愛し子《いとご》の唇の形に、忠興の面影を感じながら、玉はそう呟いた。紘がその呟きに気づいて頷く。

「熊千代様を光秀様にお見せした時、光秀様はとてもお喜びでしたものね」

「ええ」

昨年、忠興は約束通り、宮津城に光秀を招いて茶会を開いてくれた。その時、玉は久方ぶりに父と再会するとともに、光秀にとっては孫である熊千代を抱かせることができたのだ。

〈玉によう似て、利発そうな顔立ちだな〉と、目尻を下げていた光秀は、好々爺《こうこうや》そのものだった。だが、玉は父のさりげない言葉が、胸に引っかかっていた。

〈これで、私に思い残すことはもうない〉

最愛の娘に子が生まれた父親の言葉として、素直に受け取ればいいのだが、玉は光秀の表情が、いつになく暗澹《あんたん》としているように感じられたのだ。あの時は、身辺警護のために玉に付いていた小笠原秀清も、光秀の面やつれした様子に驚いていた。光秀が帰った後、わざわざ玉に対して、〈光秀様はどこかお具合でも悪いのでは〉と案じるほどだった。

光秀のことを思い出しながら黙す玉に、紘が気持ちを汲み取るように言った。

「光秀様は、どこか思い悩んでいらっしゃるご様子でもありましたね」

「……ええ」

その時、藤が口を開いた。

「信長様のお仕打ちに、光秀様はたいそう苦悩されているとお聞きしましたが」

「お仕打ち？」

玉はすぐさま訊き返した。そのような話は、玉は聞いたことがない。

「父上が信長様から、いったいどのようなお仕打ちを受けているというの？」

「申し訳もございません、軽率なことを申しました」

「いいえ、知っていることがあるのなら教えなさい」

藤は「噂を、聞いただけにございます……」と消え入りそうな声で前置きした後、途切れ途切れに続けた。

「安土城で、徳川家康《とくがわいえやす》様の饗応《きょうおう》役を仰せつかった光秀様が、粗相があったとして、信長様に衆人の前で殴打を受けた、ですとか……所領の、坂本城をお召し上げになる、とか……」

「坂本のお城を！」

青い湖の畔、桔梗の花が咲く城を思い出し、玉は腕の中で赤子が眠っていることも忘れた。母の悲鳴に近い声に、眠っていた長がびくりとして目を開けた。

「どうして？　信長様のために尽くし続けた父上が、どうして坂本城を奪われなければならないの？」

「それは……私にはよくわかりません」

「その話は、誰に聞いたの？　その話をした者に、直接訊きたい」

「それは……」

藤は口をつぐんだ。その時、部屋に忠興の低い声がした。

「何の話をしておる」

「忠興様！　今、藤から父上と信長様のお噂を……」

途端、忠興の表情が険しくなった。

「藤！　なぜ玉にその話をっ」

忠興のこめかみが痙攣《けいれん》する。玉は、いけない！　と思った。その次の瞬間、藤の頬を平手打ちにする音が部屋に響いた。

「忠興様！」

玉は、抱いていた長を紘に託すと、すぐに藤と忠興の間に入った。紘は心得たように長を抱いて、父親の激高を赤子に見せまいと部屋を出た。

「女子に手を上げてはなりません！」

藤はうずくまって頬に手を当てている。忠興はそれでも憤りが収まらぬ様子で、肩を怒らせて言った。

「玉には決して言うなと申したであろう！」

「申し訳もございませぬ」

うずくまったまま謝罪する藤と、それを見下ろす忠興の姿を見ながら、玉は、光秀の噂を藤にしたのは、忠興だと察した。

「藤のことは許してやってください。私が聞き出したのですから」

忠興は玉の言葉に一つ息を吐くと、藤に「下がれ」と命じた。

二人きりになった部屋で、玉は改めて問うた。

「父上が信長様から殴打を受けたというのは、まことでございますか？」

「……………」

「信長様が坂本城をお召し上げになるという話は？」

「……………」

「何もお答えにならぬということは、まことだということですね」

問い詰める玉に、忠興は眉間に皺を寄せて言い返した。

「信長様はお気に召さぬことがあれば、激怒なさる。なにも今に始まったことではない。坂本城のことは、石見《いわみ》への領地替えを考えてのことだろう」

「石見……？　まだ、敵方の毛利の領地でございましょう」

「此度の毛利攻めの勲功という意味だろう」

「でも、毛利攻めが不首尾に終われば？」

それに、何より、あの思い出の詰まった坂本城を失うことなど、父への仕打ちであるとともに、玉への仕打ちのようにすら思えた。

「どうして信長様はそのような……」

「どうして、どうしてと……！」

忠興は黙らせようとするように、玉を抱きしめた。忠興に抱きすくめられた玉は、息もできぬほどの腕の力に「痛《いと》うございます」と小さな悲鳴を上げた。忠興も自分で思っていた以上の力を込めていたことに気づいたのか、少し焦った様子で腕の力を緩めた。

「全てはただの噂だ。冷静で温和なそなたの父上のこと、案ずることは何もあるまい」

そう言って、忠興は、今度は羽で包み込むように玉を抱く。

「備中高松城攻めの時に、私から直接、光秀殿にまことのことを訊いてみよう」

忠興の腕の中で、玉は、それもそうだと心が落ち着いてくる。明日、忠興は光秀と合流して、羽柴秀吉の援軍に行くのだ。何も、今ここで、侍女の一人が囁く噂に憂うることはないではないか。

明日、忠興は、光秀に会うのだから……。

そうして、忠興はいつもの出陣と変わらぬ様で、宮津城を発《た》った。

一つ違うことといえば、いつもは父の藤孝も出陣するが、此度は忠興の単独の出陣だということくらいだろうか。藤孝は、弓木城の一色家との均衡を保つために、宮津城に残ることとなっていた。伊也が嫁いだとはいえ、玉たち妻子だけを宮津城に残しての出陣はやはり躊躇われるものがあったのだ。

「ご武運をお祈りしております。明智の父上のことも、どうかよろしくお願いいたします」

玉は、甲冑姿の忠興を頼もしく見上げた。忠興は「うむ」と頷くと馬上の人になった。

しかし、その夜のことだった。

玉は慌ただしく城門が開かれる音で目覚めた。家臣たちの声や足音が響く。

（こんな夜更けに、何かあったのだろうか）

まさか、弓木城の一色家の夜討ちかと不安がよぎる。玉はすぐに寝床を出ると、小袖に打掛を羽織った。廊に控える秀清を呼びつけ、様子を見てくるように命じた。

秀清はすぐに状況を把握して戻ってきた。

「忠興様の、ご帰城にございます」

「忠興様が？」

出陣したばかりの忠興が、どうして知らせもなくその夜のうちに戻るのか。

「忠興様の御身に何かあったのか」

玉はすぐさま表御殿へ向かおうとした。しかし、秀清が頑として制した。

「奥方様は、奥御殿に留まっているようにとの、忠興様よりのご命令にございます」

「いったい何があったというの。急ぎのご帰城、忠興様はご無事なのか」

「忠興様はご無事にございます。ただ……」

秀清は言葉を詰まらせたが、淡々とした口調に切り替えた。

「急ぎ、藤孝様のご意向を伺わねばならぬ事態となりましたゆえ、帰城なさいました。どうか、奥方様におかれましては、奥御殿にてお待ちくださいませ」

「…………」

出陣の途上で、しかも深夜に城に引き返して、細川家の当主である藤孝の意向を確認せねばならぬ事態。これ以上、秀清に何かを問うたところで、何も答えぬであろう。とにかく、忠興は無事なのだ。今は、言われた通り奥御殿にいることが賢明だと思った。

しかし、奥御殿の居室で、不安に居ても立ってもいられなくなってくる。灯台に火を灯しにきた紘が寄り添うように座してくれた。今、深い夜の暗闇の中で、一人でいることは耐えられそうになかった。

「紘」

玉が声をかけると、紘はしっかりとした声で「はい」と答える。

「父上の身に、何かあったのではないだろうか」

「明智の、お父上様の御身にでございますか」

玉は頷いた。何事もなければ、丹波で光秀の軍勢と合流したのち、備中へ向かう行程だったのだ。それを、光秀と合流するより前に、宮津へ引き返してきた。忠興の身が無事であるならば、父、光秀の方に何かがあったのではないだろうか。だから、忠興は玉に奥御殿に留まるようにと命じたのではないだろうか。

玉はそう考えると立ち上がっていた。

「奥方様、どちらへ」

「表御殿の忠興様のもとへ行く」

「ですが、奥御殿でお待ちになるようにと……」

「咎めは全て私が受ける。とにかく、このままここにいては、不安で胸が潰れそうなのだ」

それでも止めようとする紘を制して、玉は部屋を出た。

廊に控えているはずの小笠原秀清がいなかった。

(秀清も、忠興様のもとにいるのか?)

奥御殿の警護を司《つかさど》る秀清は、軍議に参加することはめったにない。秀清がここにいないという事実が、やはり今宵起きたことはただならぬ事態であると物語っていた。

玉は表御殿へ向かった。足音を忍ばせて廊を歩く。いつも軍議をしている大広間には人の気配がない。藤孝の居室の方へ行くと、居室から灯《あか》りが漏れていた。男たちの低い声がぼそぼそ聞こえてくるが、何を言っているのかまでは聞き取れない。人払いをしているのか警護の侍もいない。よほどの密議をしているのは察せられた。

玉は打掛の衣擦《きぬず》れの音がしないように、そっと裾をからげて灯りが漏れる障子戸の脇にしゃがみこんだ。耳を澄ますと、忠興の声が途切れ途切れに聞こえた。

「……いや、しかし、父上……光秀殿は……細川家を……」

光秀、の名に、やはり、父の身に何かがあったのだ、と思った。だが、その声は途切れてうまく聞き取れない。続いて、藤孝の低い声も響く。

「こうなったからには、玉を……」

玉は自らの名に、はっとした。

(今、私を、どうすると言った?)

その時だった。

「何奴《なにやつ》だ！」

鋭い声がして、部屋の障子戸が荒々しく開かれた。と同時に、抜刀した弟の興元が飛び出して、玉に向かって刃を突き出した。

「あっ」

間一髪、玉はその切先から逃れた。あと一瞬、身を引くのが遅ければ、玉は胸を突かれていただろう。相手が玉だと気づいた興元は「義姉上……」と、太刀を突き出したまま立ち尽くした。

「玉……！」

忠興が叫んで立ち上がる。忠興は出陣した時の甲冑姿のままだった。帰城してから一度も鎧を解くこともなく、藤孝の御前へ参ったのだろう。それほど切迫した事態に、光秀と玉の名が挙がっていた……。

「父上の御身に何かあったのですか？」

玉は臆せず問うた。興元に刃を突き付けられた直後だというのに、自分でも不思議なくらい落ち着いていた。父の身に何が起きたのか、それを知るには、彼らに問うしかないという冷静な判断がそこにはあった。

部屋にいるのは、藤孝と忠興、興元、そして家老の松井康之、小笠原秀清だった。だが、その誰もが答えようとしない。

玉の姿を前に、忠興は唇を微かに震えさせた。何も言えないままの忠興の代わりに、藤孝の静かな声が玉に答えた。

「明智光秀殿が、謀反を起こした」

「……謀反を、父が？」

誰に、と問い返そうとするより先に、藤孝は低い声で言った。

「織田信長様が、京の都の本能寺《ほんのうじ》で、明智光秀に討たれた」

何を言っているのか、玉はわからなかった。ただ、藤孝が言った言葉を繰り返すことしかできなかった。

「織田信長様が……明智光秀に、討たれた？」

明智光秀の名が、ただの音に感じられた。とても、父の名とは思えぬ。そこに父の名が挙がること自体が、信じられない。

途端、こらえきれなくなったのか忠興が「ああ……」と膝をついた。興元は何も言わぬまま、太刀を鞘《さや》に納めた。

藤孝は、息子二人の姿を一瞥《いちべつ》すると、端的に言った。

「光秀殿は、信長様の横暴に耐えかねたのだろう」

その声を聞きながら、やはり藤孝様のお声は忠興様に似ている、と思ってしまう。そんなことを考えていなければ、とてもではないが聞いていられない話だった。

父が、信長を殺した。

どうして？　なぜ、今？　何のために？

その答えの全ては、ここにいる誰にもわからない。光秀の口から聞かない限り、本当の事は誰にも。だけど、玉には一つ、確信を持って言えることがある。

「父上は、間違ったことはなさいませぬ」

嫁ぐ前の日、桔梗の花が湖風に揺れる坂本城で、玉に語りかけてくれた光秀の姿が思い浮かぶ。

〈人の優しい心を色にしたならば、きっとこんな色だろうな〉

深い青に染まる夕空の色が、好きだと言っていた。その父のしたことが、間違っていると、玉は思いたくなかった。

たとえそれが、主君殺しであろうとも。

「どうか、父にお味方くださいませ。父は、細川家の援軍を頼みに、謀反を起こしたに違いありません」


玉は藤孝に手をついて言った。だが、藤孝は低い声で返した。

「玉、それが意味することが、どういうことなのかわかって申しているのか」

「どういうことか……？」

「細川家は明智家の姻族として戦うということだ」

「丹後と丹波の平定の戦の折も、細川家と明智家は姻族として手を組んで戦いました」

藤孝は「はっ」と小さく笑った。

「丹後と丹波の国衆たちとの戦とは、まるで比べ物にならぬわ」

「………」

「光秀殿は、織田家中はむろん、日本国中を敵に回したと言っても過言ではあるまい」

誰もが天下の頂《いただき》に立つことを狙う戦国の世だ。その頂に立っていた織田信長が死んだのだ。細川家十二万石が光秀に加勢したところで、信長に代わって天下を狙う大名たち全てが敵に回れば、ひとたまりもないだろう。

「それだけではない。正々堂々戦って主君を滅ぼしたのではなく、謀殺をした光秀の姻族として戦うのだ」

そう言うと、藤孝は懐《ふところ》に入れていた扇をおもむろに取り出して、脇息《きょうそく》に添えていた手に軽く当てた。まるで、舞でも始めるのかというほどの優雅な手つきは、その口から発せられる言葉にそぐわぬ分、玉の背筋に冷たいものを走らせた。

「荒木村重の時を思い出せ。織田家に逆らった者がどうなるか。そして、その一族郎党が、いかなる死にざまとなるか」

藤孝は手にしていた扇を、玉の方へ真っ直ぐ向けて言いきった。

「主君の無念を晴らそうとする織田家臣たちの軍勢を前に、忠興が斃《たお》れ、熊千代と長が焼き殺される覚悟が、そなたにあるのか」

扇で喉元が刺し貫かれそうなくらいの気迫だった。

「光秀殿にその覚悟があったとは、私には思えぬ。私は、その男のために一族郎党の命を懸けて味方することは、細川家当主として、断じてできぬ」

「ならば……」

玉はようやっとの思いで、声を震わせた。

「私を、離縁してください」

玉の言葉に「玉っ！」と真っ先に声を上げたのは忠興だった。藤孝は黙したまま視線を忠興の方へ流した。

忠興は玉に駆け寄り、その両肩を揺さぶった。

「玉、気は確かか！」

父親の謀反に気が触れたのかと、声を荒らげる忠興を、玉は手でそっと制した。

「気は、確かにございます」

「玉……」

「私は、細川家の妻として忠興様を危うい立場にさせるわけにはまいりませぬ。ですが、明智家の娘として父を見捨てることも、できませぬ」

「………」

「細川家が光秀のもとへ駆けつけないと言うのなら、私が娘として、父のもとに駆けつけとうございます」

婚姻で繋がった細川家の妻としての立場は失っても、血で繋がった明智光秀の娘としての立場は失えない。いや、失いたくなかった。父のもとに駆け戻って、そこで殺されたとしても、父を見捨てたこの世で生きながらえることより、ずっと正しいことだと玉には思えた。

「私は、父のもとへ、坂本の城へ戻りとうございます。ですから、どうか私を……」

「ならぬ！」

忠興が叫ぶ。だが、忠興が声を荒らげるほどに玉は冷静になっていく。

「熊千代と長は細川家に置いて行きます。いとしき我が子ではありますが、忠興様にとってもかけがえのなき御子。明智家の命運に……」

「それ以上は申すな！」

忠興は玉を抱き寄せて言葉を封じた。そこに父や弟らがいるのも忘れたかのごとく取り乱す夫を、玉はそっと両腕で押し離す。そうして、忠興の目を見て問い返した。

「ならば、忠興様は明智にお味方くださいますか？　この玉とともに、父のもとへ馳せて、戦ってくださいますか？」

「それはっ……」

「父に刃を向けんとなさるお方の妻でいることは……私にはできませぬ」

忠興は目を真っ赤に充血させ、無言のまま天井を仰いだ。

その時、興元の冷めた声がした。

「よかったではないですか、兄上」

（よかった？）

玉は怪訝そうに興元を見た。忠興は天井を仰いだまま、唇を噛んで黙している。興元は兄を嗤《わら》うかのように続けた。

「謀反人の娘を妻に抱えたままでは、この先、細川家にどのような累が及ぶか。義姉上自ら離縁を望んでくれて、ありがたいくらいでございましょう」

忠興は黙したまま何も言わない。藤孝も否定することをせず、脇息にもたれていた。興元は唇の端を歪《ゆが》めて言い続けた。

「細川家は足利将軍が没落するがまま消えゆかんとするところを、信長様に救われたのです。そうして、青龍寺城を安堵され、丹後国宮津城を与えられ、十二万石の大名にまで取り立てていただいた」

忠興は諱すら、信長の嫡男の織田信忠から一字を賜った。

「兄上は、信長様と織田家にご恩はあれど、明智光秀に味方する理由は何一つない。そう、正妻が〈明智の姫〉であるということ以外は」

場が水を打ったように静かになった。その静けさが、忠興も、藤孝も、居合わせる家老の康之も、秀清も、同じことを思っているのだということを示していた。

玉を〈明智の姫〉と蔑まれても、いつかのように忠興が激高することはもうなかった。そのことに、玉は己の立場を改めて突き付けられるような心地がした。

（謀反人の娘となった私は、本当に蔑まれるべき者となったのだ）

その静けさの中に、呻《うめ》き声《ごえ》がした。

唇を強く噛んだまま、忠興が呻いていた。その唇の端に、血が滲んでいる。それに気づいた康之が「忠興様……」と茫然とした声を上げる。

忠興は絞り出すようにして言った。

「……離縁したくない」

興元は呆れたように一笑し、藤孝は眉間に皺を寄せて、手にしていた扇を膝に突き立てた。

だが、忠興は言い改めることはしなかった。噛みしめすぎて切れた唇の端から滲んだ血は、忠興の顎《あご》先まで伝い、向き合う玉の手元にぽとりと滴り落ちた。

床に落ちた血の雫《しずく》を見つめる玉に向かって、忠興は立ち上がると声を戦慄《わなな》かせた。

「玉を殺して、光秀を討つ。しかるのち、私も死ぬ」

忠興は腰の太刀に手をかけた。その瞬間、凄まじい勢いで忠興の髻《もとどり》が、何者かに摑まれた。いつの間に座を立っていたのだろうか、忠興の髻を摑んでいたのは、脇息にもたれていたはずの藤孝だった。

玉が声を上げる間もなかった。ましてや、気も狂わんばかりに玉しか見ていなかった忠興には、何が起きたかすらわからなかっただろう。

「それが細川家の嫡男としてするべきことか！」

そう言うと同時に、藤孝は忠興の髻を脇差《わきざし》で切り落としていた。

驚愕《きょうがく》した康之と秀清が「ああっ」と叫ぶ声に、忠興はようやく我に返ったように片膝をついて頭に手をやった。忠興の髻を結っていた紺色の元結《もとゆい》が、床にはらりと落ち、ざんばら髪が、忠興の肩に広がった。

藤孝は声を張り上げた。

「細川忠興は、主君、織田信長様への弔意を示して、たった今、髻を落とした！」

武士にとっては、髻は命にも等しかった。成人男子が、出家剃髪《ていはつ》をする以外の場で髻を切るということは、それだけ深い喪に服すということだった。だが、同時にそれは、光秀に援軍は出さない、という紛れもない意思表示であった。

「当主たる細川藤孝は、家督を忠興に譲り、出家剃髪する」

細川藤孝は出家をし、嫡子忠興は髻を落とし喪に服す。

明智家に味方も敵対もしないという巧みな宣言に、松井康之が「さすがにございます、藤孝様」と唸《うな》るように言った。

こうすることで、光秀が天下を治めようが、織田家臣が仇討《かたき》ちを果たして天下が乱れようが、細川家はどちらにもつかなかった立場として生き残れるだろう。

忠興はがくりと脱力して、藤孝に向かって手をついた。それは承服したというよりは、藤孝のやり方に屈服したかのような低頭だった。

藤孝は忠興に命じた。

「玉は幽閉とせよ」

「幽閉？」

ざんばら髪の頭を上げて、忠興が問い返す。

「万一、このまま光秀殿が天下人《てんかびと》となれば、玉を明智家へ戻すのは得策ではない。殺すなどもってのほか。しばし、領内に幽閉し、趨勢《すうせい》を見極めてから、玉の身の振り方を決めよ。それが、細川家の嫡男としてするべきことだ」

忠興は充血した目で藤孝を見て、頷いた。

その隣で玉は黙っていたが、その心の中には哀しみと憤りが込み上げていた。

（ここに、私の思いは、どこにもない！）

藤孝の決断は、細川家の選択として、おそらく後々まで称えられる賢明な判断だろう。だが、そこには、娘として父を想う玉の苦悩への慮《おもんぱか》りはない。そして、玉を離縁したくないと言った忠興の主張にも、父のもとへ帰りたいという玉の願いへの思いやりはない。

ただ、忠興が玉を失いたくないという一心で、感情を剝き出しにしたに過ぎない。

玉は込み上げそうになる涙に、両手で顔を覆ってうつむいた。

（坂本のお城に、帰りたい……！）


それから数日のうちに、松井康之が玉の幽閉先として選んだのは、丹後国内にある、味土野《みどの》と呼ばれる山奥の集落だった。

幼子の熊千代と長は、宮津城の忠興のもとに残し、身の回りの品と、秀清などの警護の家臣や、紘をはじめとする数名の侍女だけを供に、玉は幽閉先に送られることとなった。

その前夜、忠興は次いつ会えるとも知れぬ妻との別れに耐えきれず、髻を落とした姿であるにもかかわらず玉を求めた。

狂おしげに小袖の襟元をまさぐる忠興の手から、玉は逃れようとした。

「玉……」

拒まれた忠興は、信じられないとでも言うように玉を見つめた。

「明日が永遠《とわ》のお別れとなるやもしれませぬのに。かえって哀しくなります」

玉は襟を掻き合わせながらそう言い訳をした。だが、忠興は構うものかと強い力で抱き寄せる。男の腕力には抗《あらが》えず、玉はされるがまま乳房を握られた。今まではそれが彼の愛情表現なのだと思っていた欲求に、玉は顔を歪めた。

「玉と離れたくない……」

忠興の泣きそうな声に、玉は何も答えず虚空を見た。

父は、この娘婿の援軍を期待して謀反を起こしたのだ。

あれから、光秀は細川家に加勢を求める書状を送っていた。

五十日か百日のうちに、近国の動揺を平定して天下を治める。その暁《あかつき》には、自身は一線を退き、息子の明智十五郎と、婿の細川忠興に世を託したい。

そのように光秀は書いていたという。

それなのに見事に黙殺され、父は、明日にも敵襲に遭って死ぬやもしれぬ。その父のもとに駆け付けたいという玉の想いまで拒まれた。その上、保身のために、妻を人知れず山奥に幽閉しようとしている。

この状況下で玉を求める忠興の感情は、あまりに独りよがりだ。

忠興は玉の胸元に唇を押し当てると、掻き抱く腕の力を一層強くした。息もできぬほどの力に、玉は喘《あえ》ぎ声を上げた。その荒寥《こうりょう》とした愛撫には、もはや痛みしか感じられなかった。

八

空には星が瞬いている。

朝と言うには早すぎる空を、玉は縁側に座してぼんやりと見上げていた。

味土野に来てから、幾月が経っただろう。こうして、毎日のように早朝に目が覚めてしまう。他の者が目覚めるまで、星々が明け空に消えていく様を見るのが習慣になっていた。

沢のせせらぎが夜風に聞こえてくるのが、かえって静寂を際立たせていた。

丹後半島の山奥にある味土野は、宮津城からは徒歩で一日かからぬほどの距離ではあった。だが、山伏も修行するという険しく細い山道は、馬も輿も役に立たず、自らの足で登るほかはなかった。

玉は、明け空をぼんやりと眺めながら、味土野へきた時の悪路を思いやった。

*

警護と監視のために従う小笠原秀清や若侍さえも、音《ね》を上げるほどの山道だった。

夏の盛りだったから、まとわりつくような暑さと湿気が余計に体力を奪った。だが、道案内をする杣人《そまびと》は、これがあと数か月もすれば、初霜に山道は染まり、真冬は獣も通らぬ豪雪に閉ざされるのだと言っていた。

あまりの険しさに、侍女の中にはすすり泣く者すらいた。玉は気丈に振る舞い、侍女たちを励ました。気丈に振る舞わなければ、あまりの情けなさに自分も歩けなくなりそうだった。父親は謀反人となり、夫と我が子とは離縁同様に引き離され、山奥に幽閉される。この先、宮津城へ戻れる保証は、どこにもない。

別れの時、宮津城の奥御殿で、熊千代と生まれて一年に満たぬ長は、母の旅姿にきょとんとしていた。数えで三歳になる熊千代は、それなりに察するものがあったのだろう。いつも以上に甘えて玉に抱っこを求め「ははうえ、ははうえ」と呼び続けていた。

熊千代を抱きしめて泣き濡れる玉の傍らで、侍女の藤は黙っていた。

藤には、玉の不在の間、熊千代と長の養育を託してあった。物静かだが、芯の強い藤は、去りゆく玉を前に、涙を一粒も零さなかった。荒木一族の惨殺から命を救われた藤は、謀反人の娘となった玉の立場も、その血を引くこととなった幼子たちの立場も痛いほどわかっているはずだ。

玉が味土野に去ると決まった時、絃は迷うことなく「ついて参ります」と言った。絃は、険しい山道でも、自分よりも年上の侍女が泣き言をいう中、一言も弱音を吐かなかった。

岩壁や木の枝や蔓《つる》で手や足を擦り剝きながら、ようやく辿《たど》り着いた味土野は、杣人の家が数軒あるだけの静かな集落だった。

かつては山伏の山家《やまが》として使われていたという家屋に案内されると、竈《かまど》には蜘蛛《くも》の巣が張り、土間には破れた戸板から入り込んだ草の種が芽吹いていた。その荒れ屋に足を踏み入れた時、玉は涙が溢れてきた。

与えられた隠れ家のあまりの荒廃ぶりに悲観しているのだと思ったのか、絃は「いくら、急遽《きゆうきよ》の隠棲《いんせい》とはいえ、ひどすぎます！」と憤慨し、秀清は沈痛な面持ちで玉を見やっていた。

だが、玉の涙の理由は、そうではなかった。

すきま風の吹く障子戸に、竈のある土間、梁《はり》が剝き出しの天井、土埃《つちぼこり》の混じった古家の匂い。それは、どこか寺の門前町で過ごした幼い頃の家を彷彿《ほうふつ》とさせたのだ。もしかしたら、城の奥御殿で「姫様」「奥方様」と呼ばれていた自分が仮の姿であったのであって、門前町で過ごしていた本当の姿に戻ったのではないだろうか。そんな感情が涙になったのだ。

縫物をする母がいて、庭先の小さな畑を耕す左馬助の横には、花冠を作る姉の由がいて、その間を玉は無邪気に駆け回り、縁側には静かに書物を読む父がいて……。

＊

（……いてくれたら、どれほど嬉しいことか！）

玉が明け空の星のもとで、打ちひしがれていると、紘の声がした。

「奥方様、もうお目覚めでございますか？」

案ずるように肩に掛物をしてくれた。玉は力なく首を振って返す。

「奥方様、でなくてよいと言ったでしょう」

「あ、失礼いたしました。……玉様」

紘は呼び慣れぬ主人の名に、赤面する。玉は、味土野にきてから、紘に自分のことを「玉」と呼ばせていた。今は、奥御殿を出た身なのだ。奥方様、という呼び名は似つかわしくないと思ったし、何より、友のごとく寄り添ってくれる紘には、我が名を呼んでほしかった。

（私を玉と呼んでくれる人は、もういないのだから）

玉、玉、とその名を縋るように呼んでいた忠興は、今、どこで何をしているのか。

あの険しい山道を、早馬の使者がくるはずもなく、月に一度ほど宮津城から遣わされる郎党も、食糧や薬などの必需品を運び入れるだけで、忠興の近況は玉の耳には伝わってこなかった。紘を介して、忠興の近況を郎党に問うても「何を訊かれても答えてはならぬと、藤孝様より命じられております」と頑なに口を閉ざすばかりだった。「ほんとに忠実な人ですこと！」と子供っぽく怒る紘に、郎党が「はあ」と困り顔をする光景も、すっかり見慣れてしまった。

明智光秀の謀反がその後どうなったのかさえもわからない。細川家も他の織田家臣に追従して光秀打倒の戦に出陣したのかもしれないし、あのまま、主君信長の菩提を弔うという名目で宮津城に引き籠っているのかもしれない。

いずれにせよ、あれから数か月、戦況が変わっているのは確かだろう。

警護を担う小笠原秀清も、玉とともに味土野に籠りきりで、細川家の状況は把握していない様子だった。細川家にいた頃は、玉の振る舞いを厳しい目で見ていたが、近頃の秀清は玉を気遣うように見やり、時に「沢まで下りたら、気持ちの良い風が吹いておりますぞ」などと、玉を励ますような言葉すらかけてくる。玉の置かれた状況に、さすがの堅物の秀清も同情したのかもしれない。

「日に日に、すきま風も冷たくなって、玉様がお体を壊さぬか……」

紘はため息交じりに言った。秀清や若侍たちが、家屋を修繕し、最初よりは幾分ましになっていたが、それでもすきま風は、城の奥御殿と比べたら格段に冷たい。

「こうして、明け空に消えゆく星を見ていると、人知れず消えていく星も美しいものよと思う」

「玉様……」

夜の果てに人知れず消えていく星明かり。己の行く末と重ねる玉の言葉に、紘は眉を寄せた。

この先、世がどうなるかは、誰にもわからない。だが、明智光秀が織田家臣との戦で勝利をおさめぬ以上、「謀反人の娘」が、再び「細川家の正妻」に戻ることは叶うまい。

「離縁したくない」と忠興は言っていたが、時が経てばどうなるか。もしも、忠興が玉ではない誰かを妻にするのならば、忠興がこの山奥に玉を迎えにくる日は永遠に訪れない。迎えにくることのない夫を想いながら、自分は、この山奥で人知れず年を重ねていくのだろう。

「父上がどんな命運を辿ったのか、忠興様がどういう身の振り方をするのか。いっそ、何も知らぬままの方が、幸せとすら思う」

玉の哀しい呟きに、紘がそっと言った。

「全ては、神の御心のままに」

その言葉に玉は曖昧《あいまい》に微笑み返した。玉を見つめる紘があまりに純粋すぎて、どこか嘘くさく感じてしまうのは、玉がキリシタンの神を信じていないからだろうか。それとも、自分の置かれた状況があまりに酷いからだろうか。

以前、紘がキリシタンの神について教えてくれたことは、玉も覚えている。紘がその言葉で玉を励まそうとしている気持ちもわかる。

「この世の全ては神の御心のままにございます。神は私たちにとって何が必要なのか、全てご存知です」

けれど、玉にはこの幽閉生活が、神の御心、とは思えなかった。玉自身は何も悪いことをしていないのに、どうして、こんなに惨めな目に遭わねばならぬのか。神が玉にとって何が必要なのかご存知ならば、どうしてかような苦しみばかりを与えるというのか。

だが、続く絃の言葉には、玉でも納得できるものがあった。

「明日のことを思い煩ってはいけません。明日のことは明日の自らが思い煩うのです。その日の苦労は……」

「その日だけで十分でございます」

絃が言おうとしたことを、玉が先回りして言うと、絃は目を丸くした。

「あまりに絃が繰り返すものだから、覚えてしまった」

「まあ……」

「空の鳥も、野の花も、思い煩わぬ。全ては神の御心のままに。確かに、そなたの信じる神の言葉は、美しい。……あの消えゆく星々も、明日のことを思い煩わずに輝くから、美しいのだろうか」

玉が空を見上げて言うと、絃も明け空に消えゆく星を見上げた。


早朝の庭に霜も降り始める頃、味土野の玉のもとに、宮津城から使者がきた。それはいつも食糧を運び入れる郎党とは違う男だった。

「宮津から、使者にございます！」

部屋の奥で午睡《ごすい》を取っていた玉は、絃の言葉に起き上がった。

ここのところ、どうも気怠《けだる》い。かといって夜も眠りが浅いのは変わらず、昼間にこうして横たわっていることが多かった。食欲もなく、すっかり体力も気力も落ちきっていた。

玉は緩めていた小袖の襟元を正すと、絃に支えられて庭先に跪く使者の前に出た。

使者は杣人を装っていた。万が一、織田方の者に尾行されて、玉の幽閉先を知られることを危惧したのだろう。その姿は、いまだ予断の許さぬ状況であることと、幽閉を解かれる日はまだ遠いことを語っていた。

秀清が、太刀をいつでも抜刀できる姿勢で使者を窺った。使者がまことに宮津城からの使者なのか、と疑う様子だ。玉の居所を嗅ぎつけた織田方からの刺客であれば……という警戒を抱いているのだろう。

だが、杣人に身を装う使者が「秀清殿、私にございます」と、少し慌てて顔を覆う手拭を取ると、見知った侍だったのか、秀清はようやく気を緩めた。

使者は改めて玉の方に向き直る。玉はある程度の覚悟を持っていたが、それでもやはり、使者が発した言葉に、眩暈《めまい》を覚えた。

「去る、六月十三日、明智光秀殿、山崎の合戦にて羽柴秀吉の軍勢に敗れ、坂本城へ向かう山中にて残党狩りに遭い……ご自害なされました」

「……六月？」

呟く玉の隣で、紘が使者を非難する声を上げた。

「もう三月《みつき》以上も前のことではないか！」

「知らせが遅くなりましたこと、どうぞご容赦を。混乱の最中、細川家中にも不穏な動きがありましたゆえ……」

使者の言葉を遮り、玉は低い声で問い返した。

「六月、何日と申した」

「は……十三日にございます」

玉は虚空を見た。そのまま倒れるとでも思ったのか、すぐさま背を紘が支える。使者の横に控えていた秀清も「奥方様」と玉を案じるように立ち上がった。

玉は紘の腕に身を支えられながらも、その頭は冷静に回っていた。

(六月十三日……本能寺での謀反から、十一日しか経っておらぬではないか)

光秀の訃報に続いて、使者は細川家の動向について告げていたが、玉の耳にはほとんど入らなかった。

「丹後では動乱に乗じて、一色家が細川家に対して不穏な動きを見せており、忠興様におかれましては……」

(哀しすぎると、涙も出ないのか)

光秀が坂本城に向かう途上の山中で死んだということが、哀しすぎた。光秀は……父は、思い出の詰まった坂本城で死にたかったはずだ。

その乾ききった目で、玉は虚《うつ》ろに問い返した。

「……ご遺骸は？　ご自害された後、父上はどうなった」

「それは……」と言い淀《よど》む使者に、玉は「構わぬ」と言った。

「光秀殿の御首は、織田方の大将、羽柴秀吉殿のもとへもたらされ……粟田口《あわたぐち》にて、晒されたとのこと」

「父上は、晒し首、となったのか？」

「……は」

「では、坂本のお城は、どうなったのか。姉上は、左馬助は」

玉があまりに淡々と問い返すので、次第に使者の方が青ざめていく。

「は……坂本城でございますか」

「申せ、憚るな」

「……光秀殿の死を受けて、御家老、明智左馬助殿は、ご覚悟を決め、明智一族を妻子共々刺し殺し、坂本城に火を放ったとのこと、……そう伝え聞いておりまする」

「姉上は……そうですか。左馬助に刺されて、坂本のお城とともに死にましたか……」

玉は誰に言うともなくそう口にすると、静かに笑った。その笑顔に、使者も紘もぞっとした様子で玉を見た。

「姉上は……幸せな死に方をなさったのう」

父の死を知ってすぐに、そして、あの幸せがたくさん詰まった坂本城で、幼い頃から親しんだ左馬助に刺されて死ねたのだ。かたや、自分は、婚家に父を見捨てられ、実家へ帰ることも許されず、味土野に幽閉されている。

そして、玉に残されたものは、最愛の父の死と、玉が謀反人の娘の名を雪《そそ》ぐことはもうできないという現実だけだった。

(忠興様は……他の女を妻に迎えねばなるまい)

途端、玉は吐き気が込み上げてきた。こらえきれず、使者の前で口元を覆った。

「玉様!」

異変に気づいた紘がすぐに体を張って、使者から玉の姿を隠した。秀清が動揺したように駆け寄ろうとするのを、絃は鋭く制した。

僅かに込み上げた胃液が袖口に付いただけだった。だが、胸の下あたりのむかつきはおさまらない。玉の口元を押さえる手が震えた。

絃は玉の代わりに使者に「もうお下がりください」と声をかけ、よろめく玉を部屋の奥へと誘《いざな》った。

「玉様、横になりましょう」

絃に支えられ、体を横たえる。この込み上げる吐き気には、以前も覚えがあった。そうして、冷静に頭の中で月日を数えてみた。

最後に忠興と過ごした日は……と、思いを巡らせた玉は「ああ」と嘆息を漏らした。

「どうして、今？」

その言葉しか出なかった。あの、もはや痛みしか感じなかった最後の夜が、玉の体に刻みつけたのは、忠興の独りよがりな愛だけではなかったのだ。

「玉様……お腹に御子が」

絃の重々しい問いに答える代わりに、玉はぽつりと言った。

「神なんていない」

いるのだとしたら、これほど残酷な神がいたとは。

父がどんな命運を辿ったのか、夫がどういう身の振り方をするのか、知らぬままの方が幸せだと思っていたのに。全てを奪われた幽閉の地で、新たな命を産み落とせと言う神は、あまりに残酷だ。

この、やり場のない虚《むな》しさと哀しみの中で、否応なしに己に降りかかる心身の変化を、神はどう受け止めろというのか。

神はいない、という呟きに、絃の目に涙が滲んだ。

「神はいらっしゃいます。……苦しみの中にこそ、神の愛があるのです。全ては御心のまま……」

「神の御心など、私にはわからぬ！」

絶望の中で懐妊を知った身の苦しみを、絃はわからないのだ。絃の純粋さが、今の玉には酷《こく》すぎた。眩《まぶ》しすぎた、ともいえるかもしれない。それは、己の中に渦巻く絶望の影を、より鮮明にさせる眩しさだったから。

「私は……」

玉は、声を詰まらせた。それ以上が、言えなかった。だけど、本当は、お腹を拳《こぶし》で叩いて、こう叫びたかった。

（私は……この子を産みたくない！）

母として、女として、人として、口に出した途端に、罪になってしまうこの言葉の理不尽さに、玉は零れ落ちる涙が止められなかった。

九

忠興は宮津城の表御殿で、盃を片手に、横笛を奏でる青年を見据えていた。

青年の姿は都の公家もかくやと思わせる。とてもではないが、山深き丹後を百年以上もの長きにわたり治めた一色家の当主には見えなかった。

笛を奏でる青年の名は、一色義有。

妹の伊也が、細川家と一色家の和睦の証として嫁いだ男だ。

「義兄上《あにうえ》が、細川家の当主となられましたことを祝して」

そう言って、義有が奏で始めたその音色は、素直な人柄を表すかのようだった。

本能寺の変を機に、細川藤孝は出家剃髪をして、細川家の家督は忠興が継いだ。藤孝は幽斎《ゆうさい》と名を改め、忠興が名実ともに細川家の当主となった。その祝儀の宴として一色義有を宮津城に招いたのだ。

切り落とされた忠興の髻は、この数か月のうちに伸び揃《そろ》い、今はもう以前のように茶筅髷《ちゃせんまげ》を結っていた。

義兄弟水入らずの宴に、家臣の姿はない。そして、伊也の姿もない。

音色に耳を傾けながら忠興は、唇にそっと盃を当てた。先ほどから、盃に唇を当てるばかりで、酒はほとんど飲んでいない。その目は、義有から決して離さなかった。

伊也と義有との仲は睦まじいと聞いている。政略のために嫁いだ伊也は、父から婚姻を命ぜられた時は「丹後の山の領主とはさぞむくつけき男であろう」と言い捨てたが、その言葉は、いい意味で裏切られたと言っていい。

妹の夫が、麗しい見目をして風流に横笛を吹きこなす男であることを、兄として安堵の想いを抱き、微笑するべきなのだろう。

だが、忠興は頬を僅かに歪ませることしかできなかった。

(この笛の音が、終わった時が、その時か)

この笛の音が終わった時、ここに骸を晒しているのは、忠興か、義有か。

〈一色義有を、殺せ〉

そう、父に命じられたのは、昨夜のことだ。

名を藤孝から幽斎と改めた父を前に、忠興は強張《こわば》った頰を僅かに歪ませた。その頰の僅かな動きを、承諾の意だと受け取ったのだろう。幽斎は研ぎ澄まされた太刀を、忠興の前に置いた。

それではあまりに伊也が憐れでは、とは言えなかった。この父に対しては、何も意味をなさないことはわかっていたから。

父は、主君信長が弑逆《しいぎゃく》されたというのに、感情に流されずに、細川家がいかにすれば生き残れるかを考えていた。玉を離縁したくない、と呻く忠興の髻を落とし、玉を味土野に幽閉すると決めたのも、情けない息子への呆れでもなく、不幸な嫁への情けでもない。そうすれば、細川家のためになる、と判じたからである。

玉が幽閉されて以来、忠興は幾度、味土野へ足を運ぼうと試みたことか。

だが、その度に、松井康之や幽斎から厳しく止められていた。表向きは信長の喪に服している立場だ。それに、不穏な情勢の中、当主たる忠興が城を空けて味土野を訪れることは許されなかった。

本能寺の変の混乱に乗じて、細川家に奪われた丹後の領地を取り戻さんとする動きが一色家にあったのだ。相手は百年以上もの長きにわたり丹後を治めていた家門だ。一色家に領民たちが呼応して戦となるのは時間の問題だった。信長が殺された今、織田家からの援軍は見込めず、宮津城に一色家の軍勢が押し寄せれば、伊也との婚姻は、もはや何の役にも立たないだろう。

(騙《だま》し討《う》ちと罵られてもいい。細川家を守るためならば)

細川家のために、妹の夫を殺す。それは、幽斎が忠興に課した試練でもあるのだ。情に流されて玉を離縁したくないと悶《もだ》えた忠興が、果たして細川家の当主としてふさわしいのかを、幽斎は試しているのだ。

（殺《や》り損ねるわけにはいかない）

忠興は、笛を奏でる義弟を見据えた。戦場と同じように、斬り倒して首を刎ねればそれでいい。そう忠興は己に言い聞かせ、笛の音が止む瞬間に狙いを定める。

義有が唇を笛から離して「いかがでございましたか、義兄上」と言ったその時には、刃が灯火に光っていた。

「あっ！」

義有の叫び声とともに、血が飛散する。

肩口から胸にかけて斬られた義有の肩衣が、みるみる鮮血に染まっていく。だが、義有はよろめくことなく、自らの太刀の柄に手をかけた。

忠興は相手の動きから、まだ傷は浅いと判断した。太刀で脇腹を搔き裂くか、心の臓を突いてとどめを刺さねばならぬ。だが、太刀を握ったまま、その体が動かせなかった。

（どうして、躊躇う）

こうしている間にも、相手は斬りかかってくるやもしれぬというのに。戦場なら、この一瞬の間に押し倒されて首を搔っ切られている。二の太刀を振るえぬまま固まった右腕が、己の腕でないかのようだった。

義有が残された力を振り絞って刃を振りかざした瞬間、やっと腕が動いた。

忠興の太刀に脇腹を掻っ切られた義有が、仰向けざまに倒れる。すぐさま忠興は馬乗りになり、首を斬り落とした。

首の断面から噴き出す血潮に上半身を濡らしながら、襖の裏に向かって言った。

「済んだ」

襖が音もなく開き、松井康之に仕える郎党が現れた。骸となった義有の姿を見定めると、郎党は黙礼して立ち上がる。弓木城を攻めるために、軍勢を率いて潜んでいる康之のもとへ走ったのだ。

この知らせが康之のもとへ届いたら、闇夜に細川家の九曜紋の旗印が一斉に翻るだろう。弟の興元を総大将に、主《あるじ》を失った弓木城は攻め落とされるのだ。

父、幽斎に事が済んだことを報告しようと立ち上がった忠興の目に、床に転がった笛が入った。忠興はその笛を手に取ると、懐に入れた。

幽斎の部屋に報告に行くと、返り血を浴びたままの忠興の姿に、幽斎は目を細め「大儀であったな」と言った。

忠興は黙したまま一礼すると、自室に戻った。血に濡れた衣を替えようと、控えていた侍女に声をかける。侍女は返り血にまみれた忠興の姿に、青ざめたまま震えている。

小さく舌打ちをすると別の侍女に命じた。それは藤だった。藤は少しも動じることなく、紺青色の小袖と、体を拭く布と水盥《みずたらい》を持ってきた。

「これは……」

眉間に皺を寄せた忠興に、藤が「お気に召しませんでしたか」と紺青色の小袖を下げようとした。

忠興は「よい」と制した。

藤に体を拭かせると、そのまま紺青色の小袖に袖を通した。それは、いつだったか玉が忠興のために縫っていた小袖だった。袖に腕を通す忠興を手伝う藤が、背中にすっと回り込む。肩に藤の指先が触れた時、玉の声が背後から聞こえた気がした。「まあ、また背が伸びていらっしゃいます！」と、心底驚いたような。

思わず振り返ると、藤の真っ直ぐな目が忠興を見つめていた。忠興の方から目をそらすまで、藤は忠興を見つめ続けていた。

着替えを済ませると、奥御殿へ向かった。一色義有の死を、告げねばならぬ相手がもう一人いた。

それは、一色義有に伴われて宮津城にきている、伊也だ。

人の好《よ》い義有は、宮津城で両親に会いたかろうと、伊也を伴った。それは、義有がこの宴を、忠興の家督相続の宴だと信じきっていた証でもあった。もし、僅かでも細川家を疑っていれば、伊也を人質として居城の弓木城に置いてきたであろう。忠興が義有の立場なら、間違いなくそうしていた。

（むしろ、そうしていてほしかった）

奥御殿の伊也が待つ部屋へ行くと、そこには母、麝香もいて、熊千代と長までもがいた。女子供たちの和やかで明るい笑い声は、忠興が部屋に入ると、やや遠慮がちに控えられた。

伊也は忠興を見やって、美しい笑みを浮かべた。

「兄上様、お久しゅうございます」

忠興は胸の痛みが悟られぬよう、しいて無言を貫く。

「そのような所に立っていないで、どうぞ、私の隣に」

嫁ぐ前は、無邪気さの中に、冷淡さが見え隠れしていたが、約一年ぶりに再会した伊也は、まるで違っていた。振る舞いには落ち着きが生まれ、その表情からは、あどけなさはすっかり消えている。大人の美しさが匂い立っている妹を前に、彼女にとって義有は、それだけ善き夫だったのだという事実を突き付けられる気がした。

忠興が無言のまま、伊也から少し離れた場所に座すと、伊也は穏やかに言った。

「熊千代も、長も、なんと可愛らしいのでしょう」

伊也の膝には、長がちょこんと座り、指をしゃぶっている。熊千代は、祖母である麝香に甘えるように寄りかかっている。

忠興が、麝香に熊千代と長を連れて少し座を外してほしいと言おうとした時、麝香の方が先に口を開いた。

「熊千代も長も、興元と伊也の幼き頃とよう似ておる」

普段は物静かな麝香も、娘や孫たちに囲まれて気分が高揚しているのだろう。忠興にはめったに見せない明るい笑顔で言う。

「このむちむちとした手足や、利かん気の強そうな口元など、興元そのままじゃ」

伊也がちらりと忠興の方を見やった。熊千代を興元に似ていると言われて、忠興が気分を害するのではないか。そんな気を遣うような視線だった。忠興は、さして気にしてはいない、と視線を返した。麝香が熊千代を忠興ではなく、興元に似ていると言うのも致し方あるまいと、冷めた思いで受け止めていた。

(幼き頃の私を、母上は知らないのだから)

麝香は、熊千代くらいの年の頃の忠興を知らない。生まれた時からずっと我が腕の中で育てた興元や伊也とは、忠興は違うのだ。

胸を吹き抜ける冷たい感情に、むしろ今は感謝すら覚える。おかげで先ほどまで伊也に対して抱いた胸の痛みが、冷まされていた。忠興は淡々と麝香に言った。

「母上、少しばかり、伊也と二人きりにしていただきたい」

二人きりに、という言葉に、麝香は深く問い返すことはなかった。侍女に目配せをして、熊千代と長を連れて部屋を出て行った。

二人きりになると、忠興は何も言わず、伊也の正面に座り直す。懐から横笛を取り出して、伊也に差し出す。伊也は横笛が義有のものだとすぐに察したのか、さっと顔色を変えた。

「どうして、兄上様がこれをお持ちに……」

「伊也はもう、弓木城に戻る必要はない」

「それは……」

伊也の声が震えた。伊也は横笛を摑み取ると、それを胸に引き寄せて忠興に鋭く問うた。

「義有様は、いずこにおられますか」

「もうこの城にはおらぬ」

忠興がそう答えた時、表御殿の方から男たちの咆哮《ほうこう》が聞こえた。詰所で宴が終わるのを待っていた一色家の家臣たちのもとに、骸となった主君が返されたのだろう。咆哮は次第に怒声に変わり、宵闇に響きわたる。

だが、ここは細川家の本城だ。僅かな供回りの家臣のみでどんな反撃ができようか。怒声の中に白刃がかち合う音が混ざり合っていたが、やがてそれも闇に吸い込まれていった。

その喧騒が静寂に変わっていくうちに、伊也は全てを悟ったのだろう。

瞬《まばた》き一つせずに忠興を見据えていた伊也は、静寂が訪れると手にしていた笛をぎゅっと握りしめて言った。

「こうなるだろうと、思っていました」

「………」

「だから私は義有様とご一緒に宮津にきたのです。私が……妹がいる城なら、父上様に何を命ぜられようと、兄上様はきっと思いとどまってくださると、そう思って……」

伊也はそう言うと、声の限りに叫んだ。

「人でなし！」

悲痛な叫びと同時に、伊也は横笛を投げつけた。横笛は忠興の胸に当たって、床に転げた。

忠興は床に転がる笛に目を落とした。次の刹那「しまった！」と息をのんだ。反射的に体をのけぞらせた忠興の喉元を、伊也の短刀の切先が掠《かす》めていた。

伊也は忠興が横笛に目を奪われている一瞬に、護身用の懐刀を抜いたのだ。あと僅か、気づくのが遅かったら、喉を真横に切り裂かれていただろう。

それだけ、伊也を駆り立てる怒りが尋常ならざるものであることと同時に、いかにこの妹が一色義有の愛を受けていたかを物語っていた。

伊也は獣のような唸り声を上げてもう一度忠興に斬りかかった。だが、忠興とて、幾戦もの修羅場を切り抜けた二十歳の男子だ。いくら怒り狂った伊也が短刀を手に襲いかかろうとも、腕一つでねじ伏せるのは容易《たやす》かった。

忠興は短刀を持つ伊也の腕を摑むと、そのまま床に体ごと押し倒した。その勢いで短刀が床に転がる。それでも伊也は忠興を蹴り飛ばそうとする。その両下肢を、馬乗りになって膝で抑え込んだ。

「仕方がなかったのだ！　細川家を守るためにはっ」

忠興は言い聞かせようとするが、伊也は「義有様を返せ」と喚《わめ》くばかりだ。

(何をどう言ったところで、もう義有は死んだのだ！)

伊也の喚き声を聞いて、麝香と幼子たちがこちらに戻ってくるかもしれない。熊千代と長に、父親が妹をねじ伏せている姿は見せたくはない。今すぐ、みぞおちを殴って黙らせようか。だが、相手は妹だ。これ以上の力は振るいたくない。なんとか伊也を黙らせようと口を手で塞ごうとした。

その手に伊也が嚙みついた。

「いっ！」

人差し指の肉が嚙みちぎられる痛みに、叫びそうになる声を必死にこらえる。忠興の力が緩んだのを逃さず、伊也は忠興を思いっきり蹴り飛ばした。股座《またぐら》を蹴られた忠興は体勢を崩して、床に尻をつく。急所を蹴り飛ばされ、立ち上がる力がすぐには入らない。その隙に伊也は床に転がった短刀を摑み取り、やみくもにその刃を振るった。

眉間から鼻梁《びりよう》に焼かれるような痛みが走ると同時に、視界が真っ赤に染まった。

「だっ……あああ」

忠興は言葉にならない叫びを上げて、両手で鼻梁を押さえた。指先がずぶりと肉片の間に入り込み、硬い何かに触れた。その感触で、顔を切り裂かれ、鼻骨まで達する深手を負ったのだとわかった。激痛が傷口から体の芯まで痺れるように走っていた。

乱れた小袖の裾を忠興の血で染めた伊也が、肩で息をして立ち尽くしていた。顔中を血まみれにしてうずくまる兄を茫然と見下ろして、伊也は短刀を床に落とした。

「兄上様が……兄上様が悪いのです。義有様を……殺したから」

忠興は言い返そうにも、僅かに唇を動かすだけでも、裂けた鼻がそのまま落ちるのではないかと思うほどの痛みが走る。

「自分は、妻を殺さずに山奥に匿《かくま》っておきながら、妹の夫は平然と殺すのですね」

「……っ」

「明智の姫を娶ったのも、その姫を飼い殺しにして山奥に押し込めたのも。妹を敵国に嫁がせて、その妹が敵国の夫と睦まじくなったところで騙し殺すのも。全て、父上様のお考えなのでしょう。兄上様は、父上様の言うことに逆らったことなどないものね。いいえ、逆らえないのかしら」

忠興は指の間から伊也を睨みつけた。痛みに耐えてでも、これだけは言い返さねば気が済まなかった。

「お前を憐れんで……笛を返そうとした私が……愚かだった」

「そうよ！　兄上様は誰かを憐れむような人ではなかったのに！」

伊也は叫びながら泣いていた。

忠興はよろめき立ち上がると、伊也を部屋に残して、顔面から血を滴らせたまま廊に出た。自室に向かう途中で、侍女の藤が傷を負った忠興の姿に気づいて、駆け寄った。

「忠興様！　そのお傷は！」

うろたえる藤を、血に滲んだ視界で睨んだ。

「今すぐ医者を呼びます！　誰か！　誰かあるか！」

藤に肩を支えられながら、そのまま意識が朦朧《もうろう》としていくのを感じていた。「忠興様！」と藤の声が聞こえたが、やがてその声も次第に遠ざかっていった。


自分を育てている人が、母親ではないと知ったのは、七歳の時だった。まだ、忠興が与一郎と呼ばれていた頃のことだ。

「与一郎様」

母と思っていた女に、初めて「様」を付けた名で呼ばれた日。目の前に座す、見知らぬ女が、腹を痛めた本当の母親なのだと教えられた。

「こちらにおわす、麝香様が、与一郎様の、本当のお母上様にございます」

美しい人だと思った。美しさの型に嵌《はま》った、作り物のような母、麝香だった。

「与一郎、会いとうございました。別れた時は、まだ稚い幼子であったというに、かように大きくなって」

麝香の隣には、与一郎の知らない男児がぴたりと寄り添い、腕には女児が抱かれていた。七歳にして、初めてその存在を知った、弟の興元と妹の伊也だった。

まだ頓五郎《とんごろう》と呼ばれていた幼い興元は、初めて目にした「兄」の存在を、麝香の袖を握ったまま睨みつけていた。まるで、自分の母親を奪いにきた敵を見るような目つきだった。

「さあ、頓五郎、兄上にご挨拶なさい」

麝香に促された頓五郎は「わたしに兄はおりませぬ」ときっぱりと言う。麝香は口元だけで笑い、「今日から、与一郎があなたの兄上でございますよ」と言うと、頓五郎は利かん気の強そうな口元を締めて与一郎を睨んだ。

父上は？　と問い返そうとした与一郎の前に現れたのは、紗《しゃ》の直垂を品よく着こなした背の高い男だった。侍烏帽子《さむらいえぼし》を被《かぶ》り、黒漆《こくしつ》の太刀を佩《は》いた室町幕府の重臣、細川藤孝。それが、本当の父親だった。

「与一郎様は、細川家の御嫡男なのでございます」と、かつての母に告げられた。

何も知らなかった。

与一郎が生まれて一年半が過ぎた頃に、室町幕府の政変が起きたという。将軍足利義輝《よしてる》が権力闘争に巻き込まれて暗殺されたのだ。当時、将軍側近であった細川藤孝は、自らの命を危険に晒しながら、次期将軍の足利義昭を擁護して越前国に都落ちした。

いつ追手《おって》に殺されるやもしれぬ逃避行に、幼い与一郎を伴うことはできなかった。

そうして与一郎は、都に捨て置かれた。

細川家の嫡男ということも秘され、都の片隅で、家人夫婦に育てられたのだ。

「母上」

与一郎が母を呼ぶと、美しい女人が微笑む。自分の知らぬ間に生まれた、弟と妹を抱いて。

「父上」

父を呼ぶと、すらりとした男が無言のまま頷く。別れて育った息子が、嫡男としてふさわしいかを見定める目を向けて。

昨日まで「与一郎」と朗らかに名を呼んでくれた母は、いつの間にか侍女の列に並び、与一郎と視線を合わせようともしない。昨日まで「与一郎！」と明るく呼んでいた父は、藤孝に向かって床に額をこすりつけんばかりに平伏している。

「与一郎の養育、苦労をかけたな」

「はっ」

「しかと、武家の嫡男としての振る舞いを身に付けさせたであろうな」

「むろんにございます」

育ての父と本当の父を、与一郎は茫然と見ながら、どうりで、と思っている自分もいた。父はことあるごとに「武家の嫡男として」と言っていた。たいてい、叱られる時にそう言われていたものだから、幼いなりに不満を覚えていた。こんな都の片隅で、仕官先もなく庭の畑を耕しているような浪人の父が何を言っているのだろう、と。

だが、室町幕府の重臣の家柄ならば、その苦言も腑《ふ》に落ちる。しかも、将軍の側近なのだ。と同時に、不安を覚える。果たして、自分は「細川藤孝」の嫡男として、ふさわしい息子なのだろうかと。

藤孝にしてみれば、七歳の時まで生き別れていた長男よりも、生まれた時から今までずっと手元で育てていた次男の方が後嗣《こうし》としてふさわしいと思ったとしても少しもおかしくはないだろう。もしも、藤孝が「家督を譲るのは与一郎ではなく頓五郎とする」と言ったなら。自分はどうすればいいのだろう。

七歳の頭の中は、自分が父親に見限られたら……という不安でいっぱいになっていた。

日が経つにつれ、その不安は深まる一方だった。

「父上」と与一郎が緊張して呼ぶ傍らで、弟と妹は「ちちうえ！」と屈託なく笑っている。だが、与一郎は藤孝の前では、膝を正して座ったまま身動きができなかった。

それは、母、麝香に対しても同様だった。物心つく前に別れた母に、どう甘えていいのかわからなかった。与一郎自身、人見知りは強い方だ。麝香からしてみても、緊張した声で「母上」と顔色を窺う与一郎よりも、赤子の頃から育てた弟や妹の方に温かな笑顔が向くのは、致し方のないことだったのかもしれない。

そんな日々の中で、与一郎は藤孝の部屋に呼び出された。

何も告げられずに目の前に、一本の白い扇が置かれた。

父からの贈り物だろうか、と緊張しつつ「ありがたく頂戴いたしまする」と一礼した時、藤孝は落胆も露わに、深いため息をついた。

「よもや、とは思っていたが、やはりそうであったか」

「……？」

「そなた、自刃《じじん》の作法を教わっておらぬな」

「じじん？　でございますか」

途端、藤孝は白い扇を手に取ると、与一郎の喉元にぐいっと突き付けた。

「自らに刃を突き立てる。その意味すら知らぬのか」

「………」

「細川家の嫡男たるお前には、死をもってでも守らねばならぬものがある」

「死をもってでも……？」

「それは、御家の名。それは、細川家に従う一族郎党の命運をも守るということ。細川家を守るためには、自らに刃を突き立てることを懼《おそ》れてはならぬ！」

与一郎は、藤孝の白い扇を前に、震えそうになるのを必死でこらえた。嫡男としての立場は、自分の命運だけでなく、細川家一族、そして従う家臣たちの命が懸かっているのだ。

「散るべき時を知り、己の命を絶て！　そのすべを知らぬ者は、細川家の嫡男とは言わぬ」

藤孝はその勢いのまま与一郎の右手に力ずくで扇を握らせた。そうして、背後に回ると、扇を握った与一郎の右手を操るように、腹に扇を突き立てる。

「腹を真一文字に斬り、腸《はらわた》を断ち切る」

突き立てた扇が腹の上を左から右へと動かされる。扇なのだから切れるはずもない。それなのに、抗えぬままに切り裂かれた腹から腸と血が溢れ出した錯覚に陥りそうになる。それほど、背後から操る父の腕の力が強かった。

「首を刎ねる介錯人《かいしやくにん》がいないのであれば、腹に突き立てた刃を抜き去り、そのまま首筋を己で断る」

腹に突き立てていた扇を、藤孝は与一郎の首筋にぱしりと音を立てて当てた。薄い皮に痺れが走り、今度は、喉元から血が噴き出す幻影が見えた。

「腹の痛みに悶えて首を斬り損ねれば、いつまでも腹から血を垂れ流すばかりで死ぬに死にきれぬ。細川家の嫡男として、惨めな死にざまを晒すことは許さぬ」

——散るべき時を知り、己の命を絶て——

それが、生き別れていた父親から初めて教えられたことだった。

藤孝の望む嫡男の姿であらねば、きっと、次に渡されるものは、白い扇ではなく、白い刃かもしれぬ。いや、そうとしか思えなかった。

気づいた時には、与一郎は白い扇も藤孝をも撥《は》ねのけていた。「与一郎！」と険しい藤孝の声が聞こえたが、転がるように部屋を逃げ出していた。

駆けて、駆け抜けて、辿り着いた先は、育ての父母と暮らした家だった。

そこには今も、育ての父母が暮らしていた。とにかく、母の朗らかな声で「与一郎」と呼んでほしかった。

だが、主君の嫡男としてお返ししたはずの「子」が、突然戻ってきたことに、かつての父母は困惑の色を露わにした。母は「与一郎様をどうおもてなしすればよろしいのでしょうか」とうろたえ、父は「まさか、藤孝様のお気に召さぬことでも」と青ざめた。

そして、与一郎の知らぬ間に、育ての母の腹は膨らんでいた。

ここはもうお前の居場所ではない、という事実を突き付けるかのように膨らんだ腹を前に、与一郎は言葉を失った。

たった一言「会いたかった」の言葉さえ、言えなかった。

震えながら後ずさる与一郎に、かつての母はそっと尋ねた。

「ほんとうのお父上様とお母上様は、さぞ、お優しゅうございましょう？」

やっとの思いで「……うん」とだけ答えた。

それからだろうか、与一郎が……忠興が、思うことを言葉にしなくなったのは。

思ったことを伝えたところで、誰も受け止めてはくれない。それならばもう、独りでいたいと思った。この世で生きていくには、何も考えていないかのように押し黙っている方が、ずっと楽だった。

だから、戦は、嫌いではなかった。そこに言葉は要らなかったから。

殺るか、殺られるか。それだけが求められる戦場なら、思うままに振る舞えた。無言のまま刃を振るえば、そこにいる意味を与えてくれた。

それなのに、玉に出会って、その全てが変わった。

〈忠興様は、どうして、さようにお言葉が少ないのですか?〉

どうして、どうして、と臆することなく問いかけては、忠興の答えに対して、感情を包み隠さず笑って、泣いて、寄り添ってくれた。

〈忠興様と同じことを、私も思ったのでございます〉

そんなことを言ってくれる人は、この世にいないと思っていた。

嬉しいと思ったこと、哀しいと思ったこと、美しいと思うもの、生きていく上でのありとあらゆる感情において、自分と一緒に心を揺らしてくれる存在がいなかったから。

生まれて初めて、自分と同じものを見て、同じことを思ってくれる人を、見つけた。

だがもう、その人は、手の届かぬ場所に行ってしまった。

〈兄上様は誰かを憐れむような人ではなかったのに!〉

そう叫びながら泣いていた妹の顔が思い浮かぶ。

そうだ、自分は誰かを憐れむ人間などではなかった。

床に転がる義有の横笛を、どうして拾ってしまったのだろう。玉のいないこの場所には、もう、誰一人、忠興が心を寄せるべき相手などいないのに。そもそも、誰かに心を寄せたところで、こうして自分が傷つくだけなのだ。それなのに、妹の夫を殺すことを躊躇い、殺した相手の笛を拾い、遺《のこ》された妹に憐れみを向けてしまった。

いつから、こんなに弱い人間になったのだろう。

(玉に会いたい……)

傷ついた鳩を掬い上げていた玉の姿は、本当に美しかった。

妹に顔面を切り裂かれて打ち震える自分を、その美しい両手で、掬い上げてほしかった。


「……おきさま……忠興様」

混濁した意識の中で、自分の名を幾度も呼ぶ声がしていた。

その声が玉であってほしいという願望と、玉はもうここにはいないのだという絶望が混ざり合い、その声は、次第に忠興の意識を呼び戻していく。

「忠興様!」

その瞬間、刑場で忠興に向かって手を伸ばした少女の顔がよみがえり、忠興はかっと目を見開いた。がばと起き上がろうとして、眉間から頭の奥にまで響く激痛に呻いた。

侍女の藤が心配そうに顔を覗き込んでいた。「藤……」と言おうとして、また眉間から頭の奥にまで響く激痛が走る。藤は慌てたように忠興を制した。

「傷が痛むのですね。今、痛みを和らげる煎じ薬をご用意いたします」

傷、と言われ、次第に記憶が戻ってきた。自分は、伊也に顔面を斬りつけられたのだった。藤は控えていた女童《めのわらわ》に薬を持ってくるように命じると、忠興の方に向き直った。

「手当てをしている間に、お気を失い、その後は、熱が下がらず、魘《うな》されていらっしゃいました」

忠興は鼻梁へ手を伸ばした。傷口には分厚い当て布がされ、それを押さえるためだろうか、頭から顔周りに布が巻かれていた。日と口元以外は布で覆われているのが、手先の感覚でわかった。戦場での傷ではなく、妹から受けた傷だということが、余計にひどいざまに思えてならなかった。

傷はどれほどだったのだろうか、と思う忠興を察したように藤が言った。

「傷は、眉間から鼻梁にかけて、斜めに。私の人差し指より長いでしょうか……」

そう言って、目の前に藤の細い指が差し出される。

「傷が塞がるまでにひと月以上はかかるだろうと医者は申しておりました。骨まで見えるほどの傷でしたが、塞がれば大事はなかろうと」

「……伊也は」

泣き喚き忠興を罵っていた伊也の姿を思い出した。顔面を斬りつけられて、そのまま部屋に伊也を残してきてしまったが、冷静になって考えれば、あのまま義有の後を追っていたとしてもおかしくはなかった。

「麝香様のもとへ。狂乱なさっていましたが、今は薬で眠っておられます」

それ以上、藤は何も言わなかった。

そこへ、煎じ薬を女童が持ってきた。藤は女童から薬の入った碗《わん》を受け取ると、下がってよいと目で促し、女童は一礼して部屋を出て行った。忠興は藤の助けで体を起こす。藤が匙《さじ》で掬った薬を口元へ運んだ。

薬を飲み終えると、藤は忠興の背に手を添えたまま、ぽつりと言った。

「ずっと、譫言《うわごと》をおっしゃっていました」

「譫言……」

「奥方様の……玉様の御名を、幾度も呼ばれていたような」

「………」

夢うつつに、玉の姿を見たような気もした。それを藤に聞かれていたのか。

「奥方様は、いつお戻りになるのでしょうか」

そう問いかけた藤を、忠興は睨みつけた。

忠興一人の意思でどうにかなるものなら、今すぐにでも、味土野に迎えに行くだろう。だが、天下の情勢が計り知れない今、謀反人の娘を再び正妻に迎え入れることは、すなわち、細川家の命運にも関わることだった。

明智光秀は僅か十日ばかりのうちに羽柴秀吉の軍勢に打ち負かされ、敗走の途上で斃れた。その後の天下を治めるのは羽柴秀吉なのか、信長の三男を擁立する織田家の重臣柴田勝家《しばたかついえ》なのか、はたまた、信長という重石《おもし》を失った今、毛利、徳川、島津《しまづ》、上杉《うえすぎ》、伊達《だて》といった大大名たちがどう動くかは、もはや未知としか言いようがない。

時折、味土野に通う郎党に、周囲の目を盗んで伝言を頼むのが精一杯だった。だが、それに対して、玉から返事がきたことは一度もない。味土野の玉の様子を聞き出そうとしても、郎党は冷や汗をかいて「奥方様は私にはお会いにならず」としか言わなかった。

明智家が滅亡してしまった今、玉が忠興のことを恨んでいたとしてもおかしくはない。玉に自分はどう思われているのか……。

忠興の募る不安を察することもなく、無神経に、玉はいつ戻るのか、と問うた藤が腹立たしかった。その苛立ちをぶつける思いで、忠興は藤の手を強く払った。

だが、忠興の苛立ちに藤は怯えるそぶりを見せなかった。むしろ、一層強い口調で言った。

「奥方様は、味土野に去る前に、私に熊千代様と長姫様を託されました」

「………………」

「熊千代様と、長姫様を、私に託されました。……忠興様の御子を、私に、託されていかれたのです」

藤は何を言いたいのか。忠興は僅かばかり動揺した。藤は、いつも影のように玉に仕えていた侍女とは思えぬほど、力強い目をしていた。

「それは、私に忠興様のお側に仕えなさい、ということでございましょう」

「それは……」

頬が歪み、傷口に激痛が走った。息が止まるほどの痛みに、忠興は背を丸めた。その背を藤が抱きしめる。忠興は傷口の痛みが引くまでの間、身動きが取れなかった。藤に抱きしめられたまま、忠興は悟った。

傷ついた忠興に、藤が寄り添っている意味を。

「痛ましいことにございます」

藤の言葉が指すのが、激痛に悶える忠興のことなのか、味土野に幽閉されたままの玉のことなのか、それとも身代わりのごとく捧げられんとする我が身のことなのか。

藤は忠興の耳元で囁くように言った。

「この身は、忠興様に助けていただいた命でございます。この先、どうなされようとも、忠興様のご意思のまま。あなた様に出会った初めから、生涯、私は忠興様に寄り添うのだと、そう心得ておりました」

(それは、寄り添うと言うのだろうか)

違う、と心のどこかで言っている自分がいた。

白い扇が首筋に当たった時のような、じんっとした痺れが体に走ると、忠興は「ああ……」と吐息とともに声を出して目を閉じた。その瞼《まぶた》の裏に、押し開かれた藤の太腿《ふともも》に血が伝う様が見える気がした。それは、玉のいない現実を突きつける、虚しい幻影だった。

十

玉は縁側に座して、雨上がりの水たまりに戯れる雀《すずめ》を見ていた。その手は、膨らんだお腹に添えられている。傍《はた》から見れば、生まれくる子を慈しむ母の姿に見えるだろう。

だが、生まれくる子を想う母の気持ちとはかけ離れていた。青龍寺城で熊千代を産んだ時の、待望の男児を得た安堵感や、宮津城で、忠興の深い愛情を感じながら長を身籠った時の満足感とは、いなければ、気が狂いそうだった。

玉は変化していく己の体を、他人の体を眺めるように見ていた。一歩引いた場所から自分を見て
玉の投げやりな独り言に、傍らにいた紘が、哀しそうな顔を向ける。

「よくもまあ、二度も三度も。裂けもせずに膨れるものよ」

まるで違っていた。

＊

玉の懐妊がわかった時、小笠原秀清が玉からの文《ふみ》を持って、宮津城へ向かった。だが、それから
しばらくして、味土野に戻った秀清は、いかめしい顔を一層険しくしていた。
「忠興様はご多忙とのことにて、直接お会いすることができず……。ご懐妊のことを伝えるお文は、
いつも味土野に出入りする郎党に託したのですが……」
その後に続いた秀清の言葉は、憤りを隠しきれていなかった。
「忠興様は、どうやら、ご側室を得たようにございます」
いったい、どこの家の、どんな娘だというのか。
忠興自身からは、側室に関してどころか、懐妊した玉に対して文も伝言もなかった。離縁に等し
い別れ方をした妻に、我が子が宿っていると知らされて、困惑している男の姿が目に浮かぶようだ
った。
玉の心情を慮ったのか、秀清は、忠興からの言葉がないことを慰めるように言った。
「ご側室については、郎党から伝え聞いたまでのこと。ご懐妊について、いずれ、改めて文か何か
が届きましょう」

だが、そんな取って付けたような慰めは、かえって玉の心に深い影を落とすだけだった。

＊

（男の人はいい。その体は何一つ、変わらないのだから）

玉はお腹に置いた手を、ゆっくりと胸の上まで滑らせた。生まれくる赤子を育むための乳房もまた、日を重ねるごとに豊満になっていく。熊千代と長の時は嬉しかった体の変化。その全てが、今はむなしく、おぞましくさえある。

（孕むとは、こんなにも残酷で、屈辱をも与えるものだったのか……）

望むと望まざるとにかかわらず、気づいた時には種が体の奥深くに根を張っている。恣《ほしいまま》にできぬ存在が、己の体の中にある。今までずっと、懐妊とは、誰もが祝福し、待ちわびるものだと思っていた玉にとって、この望まぬ懐妊は、絶望以外の何物でもなかった。

命を懸けてこの子を産んだところで、謀反人の娘が産んだ子が、果たして忠興の嫡子として認められるのかわからない。それどころか、忠興がこのまま側室を正妻にしたとしてもおかしくはないのだ。この先、忠興がこの子を抱く日があるのかさえ危ぶまれる。

婚家からは絶縁され、かといって、戻るべき生家も失った。

この孤独の中で産気づく自分を想像した時、玉は涙よりも先に、吐き気が込み上げる。できることならば、この腹を掻っ捌いて、死んでしまいたかった。

絃は、以前のように「神の御心のままに」などと言うことはなくなっていた。そして、常に玉の挙動を窺い、離れようとしなかった。沢の水を汲みに行く時や、炊事をする僅かな時でさえ、離れる前には必ず別の侍女や秀清に声をかけ、誰かしらの目が届くように配慮している。夜、眠る時ですら、玉が寝入るのを見届けてから床に入る気配がする。

こうして今も、紘は庭で戯れる雀を見やることもなく、玉だけを見ているのだ。

「紘」

玉が声をかけると「はいっ」と駆け寄らんばかりに応える。

「そうやって、いつも私を見張っていては、疲れるでしょう」

「見張るなど……私は、玉様のことが心配で、玉様の身に何かがあったらと思うと」

涙目で首を振る紘に、玉は自嘲するように返した。

「今ある苦しみの中に、神の愛があるとは、私にはとても思えぬ」

こうなったのも、全ては父、光秀が謀反を起こしたことから始まったのだ。いや、遡《さかのぼ》れば信長が、玉と忠興の婚姻を命じなければ、こんな惨めな目には遭わなかった。

「もう、死んでしまいたい」

途端、驚くほどの勢いで紘が玉の袖を摑んだ。

「自らの命を絶つことは、なりません！」

紘は真剣な眼差しで言った。

「神から与えられた命を絶つことは、神の御心に最も反します。この世の全ては、生も死も、神の御采配に任せねばなりませぬ」

神、神、と繰り返す紘の純粋さに、玉は苛立ちを隠さずに言い返した。

「ならば、もしも、このお腹に宿している子が難産であって、その産みの苦しみの中で命を落としたとしても、それも神の御心のままなのだな！」

「そんな……」

「それならば、それでよい。いっそ、お腹の子と共に死ねた方が楽だ」

所詮、絃には玉の苦しみなどわかるはずもないのだ。夫を持ったこともなければ、子を産んだこともない。ましてや、父親を殺されたこともなければ、離縁同様の夫の子を身籠ったこともない。この惨めすぎるほどの絶望が、純粋無垢に神を信じる絃に、わかるはずもなかった。

絃は何も言い返せないのか、その目が涙でみるみる潤んでいく。込み上げる涙を隠すように「お食事の支度をいたします」と立ち上がった。土間に控えていた秀清に「玉様をお守り願います」と小さく声をかけて逃げるように外へ出た。秀清も玉の言葉を聞いていたのか、苦しげな表情で頷いた。


絶望の中で、玉が産気づいたのは、桜散らしの春の嵐の夜だった。

月足らずの破水《はすい》に、侍女たちはうろたえた。外は陽がすっかり沈み、閉め切った戸には、礫《つぶて》でも投げつけられているのだろうかと思うほどの強い雨粒が当たっている。

「沢向こうの里から産婆を呼んで参りますぞ！」

秀清が大声で言いながら蓑《みの》と笠をかぶり、杣人の里まで行こうとする。それを侍女たちが「川は増水しております」「危のうございます」と必死に止める。

「しかし、奥方様が苦しむ姿を見るのは、もう耐えられん！」

喚く秀清に、玉は「静かにして」と力なく言った。秀清は泣きそうな顔で玉を見やった。

玉は脇息にもたれて、絃に腰を撫でさせていた。横になっているより、上半身を起こしている方がまだ楽だった。玉は秀清にというよりは、自分に向けてのように言った。

「よいのだ。私にはわかっている。この子は無事には生まれぬと」

こんな夜に、予期せぬ破水が起きたことが、何よりもそれを示しているように思えた。この子は、この世に生まれたくない、と言っているのだと。

母親は謀反人の娘として幽閉され、父親は他の女を側に置いた。この子はこの子なりに、この世ではもう、両親の愛を受けることができない立場なのだと、察したのだ。

「こうなるさだめだったのだ。これも、神の御心のまま、と思えば、いい」

玉は絶え絶えに言った。すると、玉の腰をさすっていた紘が、目を吊り上げた。

「ならば私が、お取り上げいたします！」

その言葉に、他の侍女が動揺しながら言った。

「あなた、産婆でもないのに！」

「ですが、熊千代様がお生まれになる時も、長姫様がお生まれになる時も、私はずっと玉様のおそばにいました。玉様のお産のことならば、私は誰よりも存じております」

毅然《きぜん》として言う紘の言葉には、確かに一理あった。だが、玉はもう痛みをこらえるので精一杯で、誰がお産に立ち会うべきかなど、自らで判断する余力もなかった。

紘は玉の前に進み出て、その手を躊躇うことなく握った。

「玉様！　思い煩わぬことと、諦めることとは、違います！」

その時、下腹に激痛が走り、玉は紘の手を強く握り返していた。

玉は一晩、悶え苦しんだ。気づけば、風雨の音はいつしか止み、戸の隙間から、朝陽が射し込んでいた。

「玉様……！」

紘の歓喜に満ちた声が上がった時、産声が響いた。

「お美しい、男の子にございます！」

山奥の隠れ家には似合わない、大きな産声だった。その言葉を聞きながら玉は、もう指一つ動かせぬほど、全ての力を使い果たした思いで横たわっていた。

（死ねなかった……）

これも、神の御心のままならば、神は、玉に生きろと言っているのだろうか。

朝陽が射し込む薄明かりの中、紘が嬰児《えいじ》を恭《うやうや》しく差し出した。熊千代と長の時は、産湯で清められた後に抱かされた。だが、手や着物を血で汚したままの紘が差し出した男児は、胎脂《たいし》と赤黒い血に濡れたまま震えるように泣いていた。

その姿が目に入った途端、もう指一つ動かせないと思っていたのに、玉の腕が反射的に伸びていた。

この世に生まれたことに、泣いている。その小さな命を、胸にしっかりと抱き寄せていた。

この子が流す涙は、生まれたことへの喜びの涙なのか、哀しみの涙なのか。生きるために、赤子は懸命に乳首に吸い付こうとする。その姿に、玉は祈らずにはいられなかった。

この世にほんとうに神がいるのならば、この子に生まれてよかったと思える瞬間を、どうか与えてください、と。

第二部　ふたりの心

一

屋敷の庭先から、忠興は晴天を睨み上げていた。

風の中に微かに潮の香りがするのは、ここから大坂の海がそう遠くはないことを示していた。

「秀吉様のお力を仰ぎ見る思いがしますな」

傍らにいた家老の松井康之が感慨深く言う。忠興が庭先から金色に輝く天守閣を望んでいると思ったのだろう。庭とはいえ、まだ御殿を建てたばかりで、庭石どころか花木さえもまだない。そこから仰ぎ見る天守閣は、がらんどうの空に余計に眩しかった。

新たに大坂玉造《たまつくり》の地に建てられた細川屋敷。そこは、信長に代わり天下を治めた羽柴秀吉の居城、大坂城の膝元だ。

（本能寺で信長様が亡くなってから、あと数か月で二年か）

こうして今になって思えば、あの時の父の決断は、間違ってはいなかったのだ。

明智光秀は、僅か十日余りで敗死した。光秀を討ったのは、あの輝く大坂城の主、秀吉だ。主君の仇討ちを見事に果たした秀吉は、織田信長の後継を巡って強い主導権を握った。反発する者を次々と粛清すると、織田家の重臣であった柴田勝家を賤ヶ岳《しずがたけ》の戦いで打ち負かして自刃に追いやった。形勢を見た諸大名は秀吉に臣従していき、細川家もその一つだった。

（確かに、明智を見捨て、玉を幽閉するとした、父上の決断は間違っていなかった）

秀吉は諸将を己の懐の内に招き入れていた。細川家に対しても「明智に味方することなく、公儀に対して比類なき覚悟を示した」と絶賛し、丹後国の領有を認める宛行状《あてがいじょう》を忠興に与えた。信長に代わって秀吉から所領を安堵されたということは、すなわち「細川忠興は羽柴秀吉の臣下に入った」ということを、周囲にも忠興自身にも知らしめる行動でもあった。

「諸大名は正妻を大坂城下に住まわせよ、という秀吉様のご命令を、これ以上、聞き流すわけには参りますまい」

康之の重々しい言葉に、忠興は黙すことしかできない。その沈黙に、康之はさらに追い打ちをかけるように言う。

「そろそろご決断なさらぬことには、秀吉様のご不興を買うかもしれませぬぞ」

康之が言いたいことは、玉のことなのだ。味土野に幽閉したままの「謀反人の娘」をどうするつもりなのか。これを機に、正式に離縁しろとでも言いたいのだろう。

秀吉は、臣従させた大名の忠誠を試すかのように、大坂城下に屋敷を建てさせ、正妻を住まわせるよう命じていた。それに従い、細川家もこうして大坂城の南に位置する玉造に、屋敷を築いているのだ。

（この大坂屋敷に住まわせるべき妻とは、誰なのか……）

忠興は細川家の当主である。ということは当然、この大坂屋敷に住まわせるべきは、忠興の正妻だ。父、幽斎はすでに隠居の身であり、母の麝香を呼び寄せたところで、それは秀吉に対する忠誠の証にはならない。

傍らにいる松井康之を含め、細川家中の者は、側室となった藤を、一日も早く宮津城から正妻として呼び寄せるべきだと考えている。確かに、藤は正妻不在の宮津城で、忠興の身の回りの世話はもちろんのこと、正妻が為《な》すべき奥御殿の差配をも任されていた。家中の者は、藤を忠興の妻として敬い、今では、熊千代や長までもが、母に甘えるがごとく藤にまとわりついている。

忠興自身、玉のいない寂しさから衝動的に藤を求めたことは、一度きりではなかった。その愛の伴わない抱擁にも、藤は拒むことなく応えてくれた。だがそれは、玉に対しても、藤に対しても、忠興に罪悪感を抱かせた。

(それに、私が藤を妻だと認めたら、玉はどうなる)

藤が正妻の座に就けば、玉は完全に居場所を失う。味土野の山奥に幽閉したままでは、秀吉から「謀反人の娘」を匿っていると受け取られかねない。そうなれば、今度こそ本当に玉を殺さねばならぬかもしれない。

藤もかつて信長に逆らった荒木村重一門の出自と考えれば、玉と同様に「謀反人の娘」とも言えよう。だが、玉とは決定的に違う事実があった。それは、天下人となった秀吉から見た因縁だ。秀吉にとっての玉は、主君織田信長を謀殺した男の娘であり、天下を手に入れるために討伐した敵の娘でもあるのだ。

忠興が秀吉の臣下となった以上、玉を正妻として大坂に呼び寄せることは、取られようによっては、秀吉への当てつけになりかねなかった。

正妻を大坂に呼び寄せることを先延ばしにする中、忠興は大坂城本丸の表御殿に呼び出された。屋敷での康之とのやり取りを聞いていたのか、と思うほどの頃合いに呼び出されたことに、秀吉と向き合う忠興の心は穏やかではなかった。

「梅が見事じゃのう、忠興」

本丸御殿の庭には、冬のなごり風に梅の香りが微かに漂う。

秀吉の傍らでは、茶人であり、堺の有力商人でもある千宗易《せんのそうえき》が茶を点《た》てている。黒の茶人帽と道服《どうふく》を着こなす宗易は、豪奢《ごうしゃ》を好む秀吉とは対照的な、閑寂を感じさせる老境の男だった。

宗易はかつて、織田信長の茶の湯の師である茶頭《さどう》だった。秀吉は、人をもてなす時には大抵、宗易に茶を振る舞わせる。それは、あの信長が重用した宗易を、自身もこうして侍《はべ》らすことができる立場なのだ、ということを誇示したいのだろう。

秀吉は忠興を見やって、呵々《かか》と笑う。

「相も変わらず、端整な男よのう、忠興！　見目も、その態度も、見ていて気持ちが良い」

「は、畏れ多いことにございます」

秀吉に呼び捨てにされることは、気にしなかった。織田家中では互いに敬称を付け合う立場であったが、今では、呼び捨てにされるということが、忠興、ひいては細川家への、秀吉からの最上の信頼なのだとわきまえている。

明智光秀を縁者でありながら見捨てた細川家を、秀吉は高く評していた。忠興のやや淡泊に過ぎる表情も、かえって潔《いさぎよ》いと気に入っている。

「だが、その鼻の傷……」

忠興は身構えた。宮津城で妹の伊也から斬りつけられた傷は、今も、古傷となって残っていた。おそらく一生残るであろう烙印《らくいん》、そう思っている。

多くの者は、深い傷跡に目を丸くするか、どうしたのだ、と負傷の理由を訊こうとする。そのたびに、実妹に斬りつけられた事実をまざまざと思い出させられる。

「妹にやられるとは、歴戦の猛者《もさ》とも思えぬ」

秀吉の言葉に、忠興はどきりとして視線を上げた。

忠興からは何の経緯も説明していなかった。それなのに、秀吉は今、はっきりと「妹にやられるとは」と言ったのだ。秀吉の満面の笑みを前に、背中に冷たいものが走る。と同時に、今後、秀吉への隠し事は許されないと直感した。

「〈玉に瑕《きず》〉とは、まさに忠興のことよの」

忠興は固まったまま何も言えない。玉に瑕、の意味が、顔の傷のことでないのはすぐにわかった。下手に何かを言うよりは、秀吉の次の言葉を待った方がいいと思った。

「味土野に隠したそなたの〈玉〉は、いかがするつもりじゃ」

「……何のことでございましょうや」

咄嗟に返したが、すぐに返事を誤ったと猛省した。秀吉は、今、確かに「味土野」と言った。玉を味土野に匿っていることは、細川家中ですら限られた者しか知らないはずなのに。

「ほう、とぼけるか」

忠興はうつむいた。顔色が変わるのを気取られるわけにはいかなかった。信長が弑逆された混乱の中、忠興が妹に斬りつけられたことすら把握していた秀吉なのだ。いかに秘密裡に玉を幽閉しようと「謀反人の娘」を生かしたままでいることなど、とうに筒抜けだったのだ。

額に冷や汗を浮かべる忠興の前に、宗易がすっと茶を差し出した。青磁の碗に濃き緑の茶が揺れている。宗易が何事もなかったかのように「どうぞ」と囁く。忠興は、手が震えないように慎重になりながらも、作法を守って茶を服した。茶の苦みが、忠興の焦燥を鎮めるような心地がした。

忠興が作法通りに茶を飲み干すのを見やると、秀吉は言った。

「桜が咲く頃には、家康と戦をせねばならぬ」

まるで、春には花見をせねばならぬ、とでもいうかのようだった。茶碗を置いた忠興は「家康」が、三河《みかわ》、駿河《するが》、遠江《とおとうみ》の三国を治める大大名、徳川家康を指していると理解するのに一瞬の間があいた。

「信長様の次男、織田信雄《のぶかつ》が徳川と手を結ぶ動きがあっての。信雄め、この秀吉が天下を治めることが気に喰わぬようじゃ」

まだ秀吉の天下は盤石なものではなかった。織田家中には秀吉が天下を治めることを、内心では認めていない者も多い。それらが信長の遺児を担ぎ上げ、大大名の徳川家康と手を組めば、臣従した諸大名たちの思惑もどうなるとも知れない。

「のう、忠興よ」

「は……」

「そうなれば、そちはどうする」

秀吉の試すような口調は、決して不安の表れではない。むしろ、相手に不安を与える口調だ。もし、秀吉の意図する答えではなかった時、お前の身はどうなるか……そう言わんばかりの脅しにも近い。

「家康との戦に、そちはどうする」

「むろん、秀吉様にお味方いたします」

忠興は即答した。だが、返ってきた秀吉の言葉に、背筋が凍った。

「そちは、妻を大坂に置かずして、まことに〈秀吉のため〉に戦えると申せるのか」

秀吉が諸大名の妻を大坂城下に住まわせているのは、妻を人質として確保しておくためだ。出陣した後に、万一、寝返れば大坂の妻は、間違いなく殺される。大坂に妻を住まわせることは、それだけ、秀吉に忠誠を示すということでもあるのだ。

いまだ大坂に妻を呼び寄せようとしない忠興は、答え次第では、どうなるかわからない。

忠興は慎重に口を開いた。ここは、己の考えではなく、事実のみを伝えるべきだと思った。

「我が妻は、周知の通り、明智光秀の娘にございます。信長様が弑逆された折、領内の山奥に幽閉したきり、一度も会ってはおりませぬ。もはや、私は独り身と同じ……」

「独り身のう」

妻と離れている間、全く禁欲していたわけではあるまい、とでも言わんばかりの秀吉の表情に、忠興は羞恥と憤りが入り混じった思いに襲われ、膝に置いた手に力が入った。

「では……側室を呼び寄せればよろしゅうございましょうか」

「側室を呼び寄せて、忠誠の証になると思うのか」

秀吉は窮する忠興の感情を、いたぶるように続けた。

「そちは、謀反人の娘を離縁したくないと喚いたそうではないか」

「………」

「敵の首を刎ねて口元を緩ませる男が、離縁したくないと喚くほどの妻。その妻をわしの膝元に置いてこそ〈秀吉のため〉に戦えるというものであろう」

忠興は秀吉に気取られぬ程度に下唇を嚙んだ。

「桜が咲くより前に、そなたの〈玉〉を大坂に呼び寄せよ。美しき謀反人の娘を、わしはこの目でじっくり見たい」

「……は」

思いがけず玉との復縁を許されたことと、この秀吉がいる大坂に玉の身を置くことの危うさとに、忠興の心は混乱していた。天下人となる以前から、秀吉の好色は周知の事だった。大坂城の奥御殿にも数多の側室を侍らせている。中には臣従させた大名の子女、討ち滅ぼした敵の妻子でさえ側室にしていると聞く。

「大坂へ呼び寄せたなら、この本丸御殿にも召してやろう。今度はこの秀吉自らが、そちの妻に茶を振る舞おうぞ」

「それは……」

ここで下手に断っては、せっかく許された復縁がなかったことにされかねない。かといって、承諾の頷きをしては、玉を秀吉の目に晒すことになる。秀吉の好色を危惧するのはむろんだが、それ以上に、玉にとって秀吉は親の仇も同然だ。その男の好奇の目に玉を晒すことは、絶対にしたくなかった。

「忠興様の妻御前《ごぜ》は、たしか、重い気鬱《きうつ》とお聞きしたことがありますが」

不意に、千宗易が口を挟んだ。忠興は驚いてその方を見た。宗易と忠興は今日が初対面であり、ましてや、味土野にいる玉と面識があるとは思えない。窮した忠興を庇おうと発言していることは容易に察せられた。

「深い事情を存じ上げませんが、親を失った身でございましょう。大坂に呼び寄せたとて、気鬱が晴れるまでは、そっとなさって差し上げるのが思いやりというものかと」

こうもはっきりと諌めては、秀吉の勘気に触れるのでは？　と忠興はやや身を竦めて秀吉の方を見やったが、秀吉は不快な表情一つせず、むしろ「またしても、そちに、言いくるめられたわ」と可笑《おか》しそうに言った。

宗易はあの信長にも臆せず物を言うとは聞いていた。新たに天下人となった秀吉に対しても言うべきことははっきりと言う態度に忠興は感服しながら、窮地を救われたことに感謝の念を抱いた。

すると、秀吉は忠興へ向き直ると、さらりと言った。

「味土野からは、息子も呼び寄せるがいい」

「は……？」

忠興は秀吉が何を言っているのかわからなかった。息子は、宮津城にいる熊千代だけだ、と真顔で返そうとすると、秀吉は片眉を上げた。

「ほう、妻が男児を産んだことも知らぬととぼけるか」

「それは……いったいいつのことでございましょうか」

忠興の声が震えた。玉が、味土野で男児を産んだなどということは、忠興の耳には一切入っていない。

秀吉は驚いたように忠興を眺める。

「まことに、我が子が生まれたことを知らぬのか」

「は……」

忠興と引き離された年月から考えて、懐妊から一年以上は経っているのは確実だ。その間、忠興は何一つ知らされず、そして、玉へ言葉一つかけることもしていなかった。

（何も知らず、私は……私は藤を……）

玉が命を懸けて忠興の子を産んでいたというのに、忠興はそれも知らず、側室を抱いたのだ。その事実に、血の気が引いていく。

忠興の狼狽《ろうばい》ぶりに、秀吉の口調は、憐れみとも愉快ともつかぬものに変わった。

「ほうほう、なるほど。細川家が謀反人の娘と縁を切っていた忠義者だということは、今、よぉくわかった」

「………」

「我が子の誕生さえをも、そちに秘し続けた者には、褒美を与えてやるがいい！」

秀吉の呵々とした笑い声が、忠興の耳に反響する。

味土野に食糧を運ぶために出入りしていた郎党の姿が脳裏をよぎる。伝言を頼んでも、文を託しても、玉から返事がきたことは一度もなかった。それは、あの男が全てを握りつぶしていたからではないか。だが、あの小者一人の考えとは思えない。父の幽斎が命じて、玉と忠興との間を断絶させていたとしてもおかしくはない。

建前の上では縁を切った「謀反人の娘」との間に嫡子が生まれることなど、細川家のために、あってはならないことなのだから。

忠興は秀吉の御前を退出すると、屋敷に戻るなり康之を呼びつけた。

「康之！」

忠興のただならぬ声に、康之は秀吉のもとで何があったのかと冷や汗をかいて跪く。

「味土野に出入りしていた男を、今すぐここに呼べ」

「は……？　味土野に出入りをしていた郎党、でございますか。今すぐ、と申されましても、あの者は宮津城で使っておりまする」

「ならば、大坂まで呼び寄せろ！」

康之は事の次第が摑めぬまま、忠興の剣幕に圧されるように「かしこまりました」と宜《うべな》った。

忠興はぎりぎりと歯噛みした。父親である幽斎を問い詰め、責めることは、できない。ならば、代わりにあの郎党を引きずり出して、玉への伝言を握りつぶした罪で誅《ちゅう》してやりたい。そうでもせねば、とてもではないが、気が済まなかった。


玉の幽閉が解かれたのは、桜の蕾が膨らみ始めた季節だった。

味土野から宮津城に戻された玉は、そこで熊千代と長に再会した。

「熊千代！　長！」

感極まって名を呼ぶ玉に、二人の幼子はきょとんとするばかりだった。二年近く離れていた母の姿を見ても、駆け寄るどころか笑みすら見せず、傍らにいる藤の袖を握っている。別れた時には乳飲み子だった長などは、藤の背に隠れた。

だが、それ以上に、玉を深く傷つけたのは、藤だった。

藤は、色打掛を纏っていたのだ。その名を表すような、薄紫色の上品な綾で織られた打掛だった。宮津城の奥御殿で、色打掛を侍女が纏うなど、ありえない。

(まさか……忠興様が迎え入れた側室とは、藤のことなのか)

そうだとしたら、その打掛を与えたのは、忠興だ。いや、そうだとしたら、ではない。確実にそうとしか思えない。

傍らにいた絃は「藤、どういうつもりなのですか!」と問い詰めた。藤はすぐさま玉の前に跪いた。玉の不在の間に、忠興の寵愛《ちようあい》を受けたことをけなげに詫《わ》びるのかと、その場にいる誰もが思った。

跪いた藤は玉を真っ直ぐ見つめ、口を開いた。

「成るべくして、成った次第かと」

(開き直った……)

玉は表情を変えないように口元を引き締めた。表情を変えたら負けだと思った。

「藤っ、奥方様からいただいたご恩を、かように仇《あだ》で返すとは」

小刻みに震えて言う絃に、藤は「仇?」と返す。

「私は、忠興様に求められるまま、この宮津城の奥御殿と御子様を守ったのです。褒められこそすれ、貶《けな》される覚えはございません」

「な……、お、お、奥方様が味土野で、いかようなご苦悩をされたことか……あなたには、あなたにはわからないのですかっ」

するると藤は静かな微笑を浮かべて「わかりますとも」と言った。その微笑に、紘はぞっとしたように押し黙る。藤はその表情のまま玉を見据えた。

「私も、親を殺され、忠興様の御慈悲に縋るしかない身ですもの」

不幸に堕《お》ちた人間ほど、他人の不幸が愉しくて仕方がない。とでも言わんばかりの微笑だった。どこまでも堕ちればいい、自分のいる場所よりも、もっと、もっと、もっと、深く昏《くら》い底の底まで、堕ちればいい。

忠興と玉が仲睦まじく過ごす姿を、藤は影のように黙って見ていたのだから。

「幸せな人が凋落《ちょうらく》していく様ほど、人を満たすものはございません」

藤の仄暗《ほのぐら》い微笑に、紘は白くなった顔で「藤……あなたという人は」と声を震えさせるのを、玉は「よい」と低い声で制した。

「忠興様ほどのお立場であれば、明智の謀反があると無しとにかかわらず、側室がいて当たり前なのだ」

藤の微笑は崩れない。紘は納得のいかない様子で口をつぐんだ。玉は毅然として続けた。

「忠興様と我が子の世話を藤に託したのは、紛れもない、この私だ。つまり……そなたは忠興様に選ばれたのではない。この私が、宛《あて》がったのだ」

謀反人の娘として山奥に幽閉され、捨てられたも同然の状況で産みの苦しみを味わった。地に堕ちた心を、玉はもう、誰にも踏みにじられたくなかった。

「ゆえに……成るべくして成った、など、二度と思い上がるな！」

藤の目が見開かれ、唇が引き攣った。玉はそれに対して表情一つ変えなかった。


そうして、大坂屋敷に迎え入れられた玉は、柱の匂いもまだ香《かぐわ》しい奥御殿に入った。

（そういえば、青龍寺城でも新造の御殿だった）

かつて、忠興と新婚の時を過ごした青龍寺城の奥御殿は、玉の輿入れのために新造された御殿だった。忠興と二人、ぎこちなくも互いを想い、いつしか同じものを見て、同じことを思うようになった。だが、あの青龍寺城も、秀吉勢に追われた明智光秀が近江に退却する途上に一時籠城し、その折に焼け落ちたと伝え聞いている。

忠興を待つ玉の隣の部屋には、味土野で生まれた男児が紘に抱かれて眠っていた。

皆から「若様」と呼ばれる男児は、名がまだない。

味土野から宮津城に男児出生を知らせても、細川家からは何の反応もなかった。世間的には離縁としていた玉の出産を、認めるわけにはいかない心情は、わからなくもない。それでもやはり、味土野にいる者たちは、その冷ややかに過ぎる対応に深く失望した。しかし、忠興の嫡子である男児の名を、勝手に付けるわけにもいかなかった。したがって、生まれてこのかた父親の顔を知らぬ男児は、ただ「若様」と呼ばれていた。

ややあって、廊を大股に踏みしめる足音が近づいてきた。忠興のものだとすぐにわかった。

玉は疼《うず》く胸に手を置いてうつむいた。忠興にどんな顔をして再会すればいいのかわからなかった。憎み合って別れたわけではないのだ。忠興とて、手離したくて玉を幽閉したのではない。二人して、抗えない奔流に弄《もてあそ》ばれた結果が、今なのだ。

「玉っ！」

部屋の障子戸が勢いよく開けられると同時に、忠興の声が響いた。

忠興の顔には、玉の見知らぬ深い傷があった。眉間から鼻にかけて一刀のもとに斬られたような傷跡に目を奪われているうちに、玉は忠興の腕に抱きすくめられていた。

二年近い歳月の間、隔てられていた忠興のぬくもりに、玉の眦は氷が解けるように潤んだ。忠興は玉の黒髪に顔を埋め、玉の匂いを胸いっぱいに吸い込むように深い息をする。その息すらも震えている。

「会いたかった……」

味土野幽閉が決まった夜の悔し涙も、離縁も同然の中で懐妊を知った絶望も、藤色の打掛を纏う側室と対峙した屈辱も、その一言で、一瞬にして掻き消えそうになる。

そこにいるのが玉であるのを確かめるように、忠興は玉の両頬に手を添えて顔を上げさせた。

「忠興様……私の知らぬ間に」

鼻の傷跡に触れようとする玉の手を、忠興は摑む。

「伊也に斬られた」

「どうして……」と問う玉の唇を、忠興の唇がそっと塞いだ。

答えたくないのだ。

そのまま頬を寄せる忠興の吐息に、玉の体の芯が火照りそうになる。けれど、僅かに顔をそらして忠興を躱《かわ》した。

刹那の感情に流されてしまうわけにはいかなかった。

「味土野で、幾度、死にたいと思ったことでしょうか」

「玉……」

「父の無念を想い、忠興様の苦悩を想い……。あなた様とはもう二度と会えぬやもしれぬ絶望に打ちひしがれながら、私は、あなた様の御子を産みました」

玉がそう言うと、すっと隣の部屋の襖が開いた。玉の意を汲んだ紘が、忠興の前に男児を抱いて進み出る。紘の腕の中で眠る子を、忠興はまじまじと見て言った。

「玉によく似ている」

そう言って、当たり前のように我が子を抱き取ろうとする夫に、玉の心と体は、みるみる冷めていく。幽閉の最中、一つも便りを寄越さなかったというのに。

「どうして……」

玉は忠興が赤子を抱き取ろうとするのを制した。忠興はやや戸惑うように玉を見やった。

「どうして、一度も味土野に便りを下さらなかったのですか」

忠興は「ああ」と、苦々しく唇を歪める。

「そなたへの文も、男児を産んだことも、全て使者と父上が隠しておったのだ」

「そんな……」

そんな見え透いた嘘を、こうもさらりと言うとは。その思いで玉は声を尖《とが》らせた。

「離縁するつもりだった妻が身籠っていると知らされて、さぞ、困惑なさっているのかと思っておりました」

「何を言っているのだ」

驚いたように玉を見る忠興に、玉は、何と白々しい……と毒づきたくなる。その感情を言葉に潜ませて言ってやった。

「あのまま母子共々、山奥で朽ち果てることも覚悟しておりました折、思いがけず幽閉を解かれました。私は、これからどうすればよろしいのでしょうか」

「どうする、だと？　今までも、これからも、私の妻として生きるのだ」

「ああ……そうでございますね。明智の家は滅びましたものね。戻るべき家もなく、あなた様の御慈悲に縋る以外は、この玉には、生きる場所もございませぬ」

「先ほどから、何なのだ！」

忠興はがばと立ち上がった。

「ああ言えば、こう言う！　私のもとへ帰ってきたことが嬉しくはないのか！」

「そうではございません。そうではございませんが……！」

「私は、玉のことを片時も忘れたことはなかったというのに！」

「藤を、お抱きになる時も？」

忠興の目に明らかに狼狽の色が浮かぶ。なぜ知っている、とでも言いたげな態度に、玉は腹が立って強く言い返した。

「忠興様は、独りよがりにございます」

「独りよがり？」

「忠興様は、私の気持ちも考えず、父をお見捨てになりました。忠興様が味土野に封じ込めたのは、私の体だけではありません。私の心をも封じ込められたのです」

「………」

「その上、私が懐妊していることを知りながら、藤を側室になさるとは。私にも藤にも、不憫だとは思わなかったのですか！」

「だから、言うたであろう！　何も知らなかったのだ、と！」

「信じられませぬ」

「な……」

忠興のこめかみが痙攣した。忠興は口を開いたが、憤りも露わに息を吐いただけで何も言わなかった。そのまま大股で部屋を出て行く忠興の背を、玉は涙で滲んだ目で見ていた。

「玉様……」

紘がおずおずと声をかけた。二人が言い争う間、紘は男児を抱いたまま身を竦めていたのだ。玉は滲んだ涙を隠すように指でそっと拭うと言った。

「ああ、すまぬ。つい……私も大人げがなかった」

「いいえ、よくぞおっしゃいました。あのくらい言って下さらねば、御手打ち覚悟で、私から申し上げておりました」

紘の言葉に、玉は苦笑いした。

「なんとも、勇ましい侍女だこと。あの口論の最中、目も覚まさなかったこの子もなかなか肝が据わっているけれど」

「どちらに似たのでございましょうや」

「まあ」

いずれにせよ、忠興の気持ちが落ち着いた頃に、名を付けてもらわねば。そう玉が思った時、再び廊を大股で向かってくる足音がした。

「忠興様？」

先ほど、憤りも露わに立ち去った際に開け放たれたままの所に、忠興がぬっと姿を現した。その片腕には、男が一人、首根っこを摑まれて引っ立てられていた。

「玉っ！　私の申していることがまことであると示してやる」

忠興は玉の前に男を突き飛ばした。男は抵抗することもできず転がり倒れる。それは、確かに、味土野にいた頃、宮津城から食糧などを運んでいた郎党だった。

「おぬし！　玉に包み隠さず申せ！」

声を荒らげる忠興を前に、郎党は平伏した。

「申し訳もございませぬ！　忠興様からのお言葉を一切、玉様にお伝えしておりませんでした！」

玉は目を丸くした。「では、私が忠興様に託した文は？」と問い返すと、郎党は消え入りそうな声で言った。

「……焼き捨てました」

玉は絶句した。郎党は泣かんばかりに言い訳をした。

「お許しくださいませ！　すべて、すべて細川家の御為《おんため》なのでございます！　新たな当主となられた忠興様が、情勢定まらぬ中で謀反人の娘と繫がっているとなれば……」

その言葉を最後まで聞かず、忠興が郎党の襟首を強く摑んだ。そのままの勢いで、忠興は郎党を引きずって簀子縁から庭先に突き落とした。

「我が妻を、謀反人の娘と謗《そし》るか！」

庭先に足を挫《くじ》かんばかりに転げ落ちた男の呻き声が上がる。玉が「もうよろしいではありませんか！」と止める間もなく、忠興は裸足のまま庭に飛び降り、太刀を抜き払った。

「忠興様っ！」

玉が悲鳴を上げた時には、忠興が郎党の首を刎ね飛ばしていた。鮮血が噴き出し、飛沫は玉の膝元まで飛んだ。と同時に、地面に首が落ちる鈍い音がした。

玉は紘の前に駆け寄った。目の前の惨劇を、我が子の目に入れたくなかった。「下がりなさい！」と素早く命じると、紘は「は……はい」と返事をして男児を抱いて這《は》うように部屋を出た。

「なんということを、なさったのですか」

庭先に立ったままの忠興が、ゆっくりと顔を上げた。返り血を浴びた忠興は、目元に滴り落ちる血を手の甲で拭った。

「玉を傷つけた者を、殺してやったのだ」

血に濡れた顔があまりに端整で、玉の体に戦慄が走った。

忠興は懐紙で太刀に付いた血糊《ちのり》を拭うと、何事もなかったかのように鞘に納めた。

「どうして？　どうして、そのような……首を刎ねるほどのことですか！」

玉の声高な非難に、忠興は真顔で首を傾げた。忠興は階《きざはし》を使い、庭先から簀子縁に上がると、血飛沫を浴びたままの姿で玉に歩み寄る。

「あの男が、私の言葉を玉に伝え、玉の文を私のもとに届けていたならば、玉は味土野で苦しまずに済んだ。明智のことでは、苦しんだやもしれぬが、少なくとも、細川のことで傷つくことはなかった」

「ですが、ですが……」

「主が粗相のあった家人を誅す。何も、あの男に限った話でもあるまい」

「ですが！」

首を振って言い返そうとする玉を、忠興は抱きすくめた。

「私は、玉が傷つけられることは、耐えられない」

忠興の体を濡らす血が、玉の体に染み入っていく。先ほどまでの激高からは考えられぬほどの優しい声で、忠興は玉の耳元で囁いた。

「何を怖がっておる？」

「…………」

「案ずるな。そなたを正妻として迎え入れることは、秀吉様のお許しを得てのこと。もう父上も御隠居なさった。私が当主となったからには、この細川家でそなたを謀反人の娘と誇る者は、私が許さぬ」

「……た、だおきさま」

玉の頬に、忠興は血に濡れた頬を摺《す》り寄せた。

「もう絶対に、玉を離すことはせぬ」

二

「ははうえさま、光千代《みつちよ》が、しろのしっぽを齧《かじ》るのです！」

振り分け髪の幼女が、口を尖らせて玉の袖を引いた。六歳になった娘の長に、玉は袖を引かれるままに廊に出た。

廊には、警護のために小笠原秀清が控えていたが、玉が長に袖を引かれて出てきたのを見て取ると、優しげな表情で端に身を寄せて場所を空けた。

長は頬を膨らませ、渡廊の屋根の上を指した。長が可愛がっている白猫が、尾を股に挟んで「みゃお」と鳴いている。長は肩の下まで伸ばした髪を揺らして手を伸ばすが、白猫は「もうしっぽを齧られるのはいやだ」とばかりに下りてこない。

三年前、長は玉と再会した時に人見知りをして泣きべそをかいていた。だが、大坂屋敷で母子として過ごす日を取り戻した今では、こうしてすっかり甘えている。宮津城で側室藤の背に隠れた幼女は、もうどこにもいなかった。

白猫のしっぽを齧った犯人は、昨年生まれた男児、光千代だ。

二十五歳の正月を迎えた忠興と玉の間には、今では、熊千代、長、味土野で生まれた男児の与五郎《よごろう》、そして光千代の四人の子供がいた。

秀吉に忠誠を誓った忠興は、徳川家康と対峙した小牧長久手《こまきながくて》の戦でも、功名を上げていた。そうして、徳川家康をも臣従させた秀吉は、今では朝廷から関白《かんぱく》の役職を賜り、豊臣《とよとみ》秀吉と名を改めていた。忠興はその秀吉から、特別に羽柴姓を与えられるほどの篤《あつ》い信頼を得ている。細川家が豊臣の世で地位を上げていくとともに、この大坂における玉の生活も豊かになっていく。

長は廊の端に身を寄せた秀清を見やると「秀清、今すぐしろを下ろして」と命じた。大名の姫である矜持《きょうじ》を幼いなりに持っている口ぶりだ。秀清は「しかし、姫様、屋根の上に登るには、梯子が要りまする」と困り顔だ。

従軍からも退き、今はもっぱら奥御殿の警護を命じられている老臣には、梯子で屋根の上まで登るのは酷だろう。玉がそう慮って口を挟もうとすると、長は大人の真似をして腕を組んだ。

「できぬのなら、ちちうえさまに言いつけます！」

途端、秀清の顔色が変わった。玉はすぐに朗らかに言ってやった。

「あら、きっと父上様は、しろを叱りますよ。こらえ性のない猫め、とでもおっしゃるでしょう」

玉の言葉に、秀清がほっと胸を撫でおろす。

「ははうえさまぁ」

抱っこをせがむように、長は両腕を伸ばしている。だが、女児とはいえ、さすがに六歳にもなった子を抱き上げることは、玉の細い腕にはできない。

その時、長が嬉々とした声を上げた。

「ちちうえさま！」

廊の向こうから、忠興が向かってくるのが見えた。

大坂城の本丸御殿で、秀吉に正月の祝儀の挨拶を述べた忠興は衣冠束帯《いかんそくたい》姿だ。公家の正装をしているのは、秀吉が関白殿下であり、さらに忠興自身も、朝廷から従四位下《じゅしいのげ》侍従の官位を賜っているからだ。

父の幽斎は丹後国領内にある田辺《たなべ》城に隠居し、忠興は豊臣秀吉の篤い信頼を得ている。その立場がそうさせるのか、もともとの精悍な容姿も相まって、忠興からは、青年大名としての自信と風格が感じられるようになっていた。

忠興は、駆け寄る長を軽々と抱き上げる。長は歓声を上げた。忠興は、本能寺の変や味土野の幽閉など、あの暗黒の年月などまるでなかったかと思わせるほどの、子煩悩《こぼんのう》な姿を見せていた。

「ちちうえさま、しろが屋根から下りてこないのです。光千代にしっぽを齧られたから」

長が頬を膨らませて渡廊の上を指すと、忠興も見上げた。

「こらえ性のない猫だな」

玉が予想した通りのことを忠興が言ったので、長は楽しそうに笑った。父娘の姿に玉も笑みを作った。忠興は玉の方を見やると、真剣な口調で問うた。

「私のおらぬ間、屋敷から一歩も出なかったか」

「もちろんにございます」

聞き慣れたやり取りに、長は違和感などないのだろう。無邪気に忠興に抱かれたまま、屋根の上の白猫に手を伸ばしている。

忠興は、玉が味土野から帰って以来、玉のこととなると、感情を激高させることが顕著になっていた。

以前、忠興が帰った時に、玉が居室にいなかっただけで騒ぎになったことがある。「玉はいずこか！」と秀清や家臣たちを責め、庭木の陰にいた玉の姿を見つけた時は、今にも泣き出さんばかりの表情をしていた。それだけ、玉と離れた二年間は、忠興にとって二度と味わいたくない年月だったのだろう。

しかし、それは玉を大切に想うというよりは、忠興の玉への執着に近いものがあった。今では、玉が人目に触れることも懼れ、警護の侍を常に廊や庭に配置して、鋭い目を光らせていた。忠興の許しを得ずに、来客を玉に引き合わせた留守居役が斬られたこともある。これでは、今も幽閉されているに等しかった。

奥御殿の警護を司る小笠原秀清は、日に何度も、玉が居室にいるかを確かめにくる。輿入れの時から警護を担い、味土野の幽閉にも忠実に付き従った秀清が、忠興の機嫌を損ねることに怯え、汲々《きゆうきゆう》としている姿を見るのも、玉としては心苦しいものがあった。

だが、娘の長を抱いて玉に笑顔を向ける忠興は、妻と子を想う男の優しさが滲み出ている。激高して感情をぶつける時の忠興と、こうして我が子を愛《いつく》しんで玉と向き合う忠興と、同じ人とは思えない時がある。

「今宵は客人が来る。右近殿《うこん》だ」

長を抱いたまま、忠興は言った。玉は「さようでございますか」と返した。

右近とは、明石《あかし》の大名高山《たかやま》右近だ。秀吉から明石城を与えられる前は、信長の臣下であり、高槻《たかつき》城主だった。諸大名が集う大坂城下では、こうして互いの屋敷に招き招かれは、当たり前となっていた。もともと口数の少ない忠興にとって、大名同士の交流は気疲れするであろうが、細川家当主という立場上、そうも言っていられないのだ。人付き合いのうまい松井康之などの家臣を同席させてそれなりに場を持たせているようだが、宴を終えて玉の居室に戻ってくる忠興は、たいてい、疲れ切っている。無言のまま玉の膝枕で寝入ってしまうこともしばしばだ。

「宴の膳は、絃に持たせてくれぬか」

忠興の提案に、玉は「絃に？」と小首を傾げた。

「右近殿はキリシタンゆえ。絃の父親は確か、キリシタンであろう。話のわかる者がいた方が助かる」

忠興の苦笑いに、玉もその意を汲み取って頷き返した。

「では、絃に酒を運ばせましょう」

「いや、酒はよい。右近殿が葡萄酒《ぶどうしゅ》を持ってくる」

「葡萄酒？」

聞き慣れぬ酒の名に、玉はまた小首を傾げた。

「キリシタンは南蛮商人とも親しいからな。米でなく、葡萄の実で醸した西洋の酒だ」

キリシタン、という言葉を聞きながら、玉は、味土野で「神の御心のままに」と励ましてくれた絃の言葉を思い出していた。あの時、玉はその絃の言葉を素直に受け入れることができなかった。

〈……苦しみの中にこそ、神の愛があるのです……〉

(右近様は、その言葉を素直に受け取れるのかしら)

下唇に指を当てて物思いにふける玉を、忠興が「玉？」と窺う。玉はその声で我に返り「いえ、葡萄のお酒とはいかなるものかと思っておりました」と返した。

夕刻、玉は、客間に御膳を運ばせた。客間に向かう侍女たちの中にいる絃を、玉は呼び止めた。

「高山右近様は、キリシタンだという。そなたと通じ合うものがあろう。宴の場を取り持ってほしい」

　忠興の意向を伝えると、御膳を持った紘は「かしこまりました」と答えた。

「私も、実は右近様には一度お目にかかりたいと思っておりました」

「ほう、それならばよかった」

「信仰篤く、大坂にある教会も、右近様が秀吉様にお許しを得て建てたとか」

「教会？」

「キリシタンが祈りを捧げる場で、神の教えを伝道する宣教師がおります。……私も、大坂にいますからには、いずれ訪れる機会があればと願っております」

「洗礼、か？」

「はい」

　紘は、いまだ、洗礼は受けていない。その機会があればと望んでいることは、以前から玉も知ってはいたし、止めるつもりはなかった。だが、青龍寺城も、宮津城も、城下に洗礼を授けられる宣教師はおらず、そうこうしている間に、味土野の幽閉に付き従い、今に至っていたのだ。

「大坂の、どこにあるのだ」

「たしか……大川《おおかわ》の左岸と聞いております。天満《てんま》を望む美しき高台にあるとか」

「大川……」

　大坂城の北を流れる淀川《よどがわ》の別名だ。玉造の細川屋敷からは、少し歩くが、行こうと思えば、輿も馬もいらぬ、容易い距離である。ともに艱難《かんなん》を乗り越えた紘をねぎらうつもりで言った。

「ならば、いずれと言わず、いつでも行きたい時に行くがよい。その洗礼とやらを受けたいのであろう」

「……ですが」

紘は窺うように玉を見た。玉は合点して頷き返した。

「私のことは案ずるな。半日や一日、紘が屋敷におらずとも構わぬ」

紘は玉が命じたわけではないのに、屋敷から出ようとしなかった。忠興の監視下にある玉のことを思い、自身も玉と同じ境遇でありたいのだろう。

「大坂城下は、秀吉様が各国から商人を集められて、今では堺をも凌《しの》ぐ賑《にぎ》わいと言うではないか。たまには、紘も城下へ繰り出して、私に見聞したことを話しておくれ」

紘は目を輝かせて頷いた。ひたむきな純真さだが、紘とてもう二十を過ぎている。洗礼もそうだが、このまま玉に仕え続けさせて、苦労ばかりかけさせるのも不憫だった。

右近を介して、高山家の家臣あたり、同じキリシタンの心を持つ殿方に添わせてやれたら……という思いもよぎる。だが、侍女とはいえ、他家に嫁がせる以上は、まずは忠興の考えも聞かねばなるまい。そんなことを思いながらも、紘が嫁いでこの奥御殿を去ると考えると、やはりどうしても寂しさを覚えずにはいられなかった。

その夜、右近との宴を終えた忠興の表情は、意外にも穏やかだった。

「何か、右近様と良いことでもございましたか？」

寝所で玉が問うと、忠興は「うむ」と頷く。玉の膝枕にごろりと横になった忠興は、腕を組んで、嬉しそうに言った。

「右近殿から、私の茶は、利休《りきゅう》殿の生き写しのようだと言われたのだ」

「まあ、生き写し？」

忠興は豊臣秀吉の茶頭でもある千宗易に弟子入りをしていた。宗易は、関白秀吉の茶頭として、今では千利休と名乗っていた。

世の中の武将がそうであったように、忠興も宮津にいた頃から茶の湯は教養の一つとして心得ていた。だが、大坂で暮らすようになってからは、嗜《たしな》みという言葉以上に、茶の湯にのめり込んでいた。それは、茶の湯をこの上なく愛する秀吉への迎合もあるだろうが、何より、多くの言葉を必要とせずに静寂の中で一服の茶を点てる、その精神性が、忠興の性分に合っているのだろう。

忠興は右近に言われたことを、一つ一つ思い出すように言う。

「茶道具を、利休殿が置いたのと同じ位置に置く。茶を点てる茶筅の音まで同じだと言うのだ。手元だけを見ていたら、そこに利休殿がおるのかと」

「あなた様の所作は、さぞお美しいのでしょうね」

忠興は返事の代わりに、玉を見上げる。玉の唇に伸ばされる忠興の指先を、玉は微笑んで握った。愛撫の始まりの合図をさりげなく躱したことを悟られぬように、玉は問いかけた。

「葡萄酒はいかがでございましたか？」

すると忠興は「そうよ、それを忘れておった」と起き上がった。

「葡萄酒はな、玻璃の碗に注ぐのだ」

「玻璃の碗？」

「うむ。南蛮渡来の硬く透き通った碗でな。深紅の葡萄酒を注ぐと、灯火に煌めいて、何とも美しかった」

「まあ……」

「葡萄酒は薬酒にもなるそうだ」

「美味しゅうございましたか？」

玉が小首を傾げると、忠興は「うむ」と頷く。

「良薬、口にうまし、でございますね」

玉がそう言うと、忠興は「はは」と笑った。忠興は、家臣などの前では声に出して笑うことはない。こうして、玉にだけ見せてくれる笑顔を向けられると、決して私はこの人のことを嫌いなのではない、と思う。むしろ、胸が締めつけられるほどの哀しみにすら襲われる。このままずっと、この笑顔でいてくれたら、と。

「しかしな、キリシタンは、その葡萄酒を、酒肴としてではなく、薬酒としてでもなく、信仰のために飲むのだという」

「信仰のために……？」

「葡萄酒はイエス・キリストの血なのだとか、右近殿は熱く語っておられたが、私にはようわからなかった」

「さようでございますか」

「洗礼とやらを受けると、西洋の名を貰《もら》うというぞ。右近殿は、たしか、ジュストと言っていたかな。変わった考え方をするものだ」

「……………」

「妻も一人しか娶ってはならぬ教えだという。夫一人に対し、妻は一人。〈姦淫《かんいん》することなかれ〉

という教えがあるらしい」

「え……？」

「夫と妻は、神が結び合わせたものであるゆえ、いかなる理由があれども離縁もせぬとか。ゆえに右近殿はその教えの通り、大坂に置いた正妻ただ一人を娶っているという」

玉はどう返していいかわからなかった。忠興と同じ、妻を大坂に置いている大名でも、側室を持たぬ者もいるというのか。

〈成るべくして、成った次第かと〉

玉を見据えて開き直った、打掛姿の藤が思い浮かぶ。

大坂屋敷と宮津城とを行き来する忠興が、宮津城で今もなお藤を側室として遇していることは、玉も承知している。

（側室を置くのは、大名であれば当然のこと）

玉は幾度もそう心の中で繰り返していた。熙子一人を愛していた光秀の方が、むしろ珍しいくらいだったのだ、と。多くの大名がそうであるように、正妻が大坂城下で暮らすようになったがゆえに、所領の城にいる側室の存在意義は増していた。

けれど、頭ではわかっていても、心が追いつかなかった。

一昨年《おととし》、藤に女児が生まれたということを忠興の口から聞かされた時も、玉は味土野にいた頃以上のむなしさが吹きすさぶ心地がした。

古保《こほ》と名付けられたその女児は、忠興にとっては我が子でも、玉にとっては我が子ではない。玉の知らない女児に、忠興が父親の顔を向けている事実を受け入れたくなかった。

「右近様の奥方様は、お幸せにございますね」

呟くように玉が言うと、忠興の表情が曇った。

「そなたは幸せではないというのか」

「いえ……そのような。ただ、右近様が側室をお持ちでないことを言いたかっただけで」

玉が藤のことを気に病んでいるのに気づいたのか、忠興は優しい口調で言った。

「藤が産んだのが女子なのだからよいではないか。細川家の嫡男を産むべき妻は、玉だけだ」

夫の言葉に、玉は眉間に皺が寄りそうになる。

だが、忠興は、彼なりに玉のことを思いやってそう言ったのだ。もし、玉が少しでも傷ついた顔を見せれば、忠興は何をしでかすかわからなかった。かつて、あの郎党を殺した時のように、藤と古保を玉の目の前に引きずり出して斬り殺しでもしたら……。

その時、忠興が玉の唇に手を伸ばした。指先で玉の唇をなぞる忠興の目は、もう笑っていなかった。躱そうとする玉を、今度は逃がさない。一瞬のうちに抱き寄せられた。その腕の中で、玉は目を閉じた。

（姦淫することなかれ……）

その教えに従うならば、側室を持ち、その側室に子まで産ませている忠興は姦淫の罪を犯したも同然の身ということになる。

だが、玉の手に絡ませる指先は優しく、玉の反応を一つ一つ確かめるその愛撫は、時に、不安そうに震えていることさえある。姦淫の罪を犯した男の手とはとても思えなかった。玉を想い、玉を求める、忠興の指先が、ゆっくりと体を解いてゆく。

限りなく優しく、果てしなく深い、愛の行為に玉は吐息を漏らした。

だが、体が火照るほどに、心はうら寂しい思いにとらわれていく自分もいた。忠興は、藤にも同じことをしたのだろうか、と。

（いっそ、藤と古保が、病か何かで死んでくれたらいいのに）

瞬間的によぎった邪《よこしま》な思いに、玉は息をのんで目を見開いた。愛撫に反応したと思ったのか、忠興は顔を上げると、愛おしくてたまらないとばかりに玉を抱きすくめた。

三

忠興に九州への遠征命令が出たのは、その年の春のことであった。

九州で勢力を拡大し続ける島津義久《よしひさ》は、関白となった秀吉にいまだ臣従していなかった。秀吉は諸将を大坂に集め、総勢二十五万ともなる九州平定の陣立《じんだて》を組んだ。忠興もその一陣を担う大名として、従軍することとなったのだ。

忠興は出立の朝、鎧《よろい》兜《かぶと》に身を包むと、玉に出陣の挨拶をした。表御殿の式台で、玉は甲冑姿の忠興と向き合う。表には、九曜紋の旗印を掲げた家臣たちが控えている。

「ご武運をお祈りしております」

そう言って微笑む玉に、忠興は頷き返して言った。

「留守を、しかと頼むぞ」

「はい」

陣中の夫に代わり家を守る。その正妻としての大切な役目に、玉は神妙に頷いた。

こうして甲冑姿の夫を見上げると、改めて自分は細川忠興の妻なのだと思う。

戦場で大将然として構えることよりも、最前線で白刃を振るうことを好む忠興は、鎧具足にも見栄えよりも実用性を重んじていた。派手な装飾は好まず、黒糸縅《くろいとおどし》の鎧に、兜も黒漆塗。多くの武将が力を誇示するために、兜には仰々しい立物《たてもの》を付けるが、忠興の兜は頭頂部に山鳥の尾羽を飾るのみ、という簡潔さだ。動きやすさを重視した籠手《こて》は細長い鉄板を入れただけの篠《しの》籠手、頰当《ほおあて》も顎を覆うのみ。それは、派手な飾りと仰々しい防護具で固めた甲冑よりも、かえって敵を恐れぬ大胆さを、相手に印象付ける。

玉は忠興を眩しく見上げた。褐色の鎧直垂に漆黒の甲冑は忠興の体軀《たいく》をより引き締めて見せていた。戦場を馬で駆け抜け、兜の山鳥の尾羽が風になびく様は、さぞ颯爽《さつそう》として美しいことだろうと思う。

兜を被る忠興の目には、研ぎ澄まされた刃のような光が宿る。そのまなざしで、忠興は玉に言った。

「私のおらぬ間、屋敷から一歩も出るなよ」

「心得ております」

玉は微笑んで返す。それでも忠興はまだ念を押す。

「客人が来ようとも、誰に呼び出されようとも」

「もちろんにございます」

「たとえ、田辺城の父上がそなたを呼んだとしても」

「ええ」

いつもと変わらぬやり取りだった。周囲の侍女たちも、慣れた様子で誰も驚く者はいない。だが、次に続いた忠興の言葉に、その場に動揺が走った。

「もしも、私のおらぬ間に、秀吉様がそなたを大坂城に呼び寄せたらばどうする」

それは、いつにない言葉だった。

九州遠征という場所からして、忠興の帰陣はひと月やそこらでは叶わぬだろう。むろん、それは総大将である秀吉にも言えることなのだが、関白としての務めもある多忙な秀吉が数か月も畿内を離れているとは考えられない。在陣の将兵に戦を任せ、大坂城や京の都と、九州の陣とを行き来することは想像に難くない。

秀吉は大坂城に多くの側室を抱えている、大坂城下に集めた諸大名の妻に対しては、さすがに手こそは出さぬものの、饗応の宴と称して御殿に呼び寄せ、その容姿を物色しているともっぱらの噂だ。

主君の好色に警戒した忠興は、秀吉に対して日頃から「妻は気鬱のため屋敷から出しておりませぬ」と牽制《けんせい》していた。だが、いつになく長期の在陣となるであろう今、不安でならないのだろう。

玉にとっては、秀吉は父の仇である。その男の好色の目に晒されることなど、恥辱以外の何物でもない。それを考えれば、断固として拒みたい。だが、場合によっては、不興を買って忠興と細川家に累が及びかねない。

「秀吉様にとって、私は仇の娘。かような女を好んで呼び寄せるとは思えませぬが。万一そのような事態となれば……陣中におられます忠興様に使者をやります」

「そうではない！」

おそらく、忠興の中には、すでに返してほしい答えが決まっているのだろう。

「では、私はどうすれば……」

「私を愛しているのなら、死ぬのだ」

忠興は、兜の影のこめかみを引き攣らせて、玉を見つめていた。

「私は、玉が傷つけられることは、耐えられない」

それは、今までに幾度となく忠興から聞いていた言葉だった。忠興は、玉が誰かに傷つけられることは耐えられないと言う。味土野に通った郎党を殺した時も同じことを言っていた。そうして、もし、傷つけた者がいたとしたら、その者を一刀のもとに断ち斬る。

（その相手が、秀吉様だったら？）

忠興のことだ。たとえ相手が秀吉であろうとも、玉が辱められたとなれば、立場も忘れ、衝動的に秀吉を斬り殺しに行くかもしれない。

（だが、そうなればどうなる？）

間違いなく、細川家は潰れる。それだけではない。光秀が信長を討ったのと同じように、今度は、忠興が、光秀と同じ立場になるだろう。

それは、忠興もわかっているはずだ。忠興はこめかみを引き攣らせたまま言った。

「傷つけられるくらいなら、いっそ、死んでくれ」

それが、忠興の玉への愛なのだ。

そう思った時、玉の心にふっと、薄暗い優越感が浮き上がった。

（きっと、藤には、死んでくれとは言わない）

忠興は、玉に、死んでほしいのだ。藤ではなく、玉に。

愛しているのなら死んでくれ、という忠興の愛に、玉は微笑んだ。その唇から、忠興の望む答えが、歪んだ満足感とともに零れ落ちていた。

「あなた様の思うままに」


霧雨に、桜の花が濡れている。忠興が九州に出陣してから十日余りが経とうとしていた。玉の手元には忠興の文が広げられている。内容は道中で見聞きした風景や、玉と子供たちの安否を尋ねるものだ。

濡れた風が、部屋の奥にいる玉の頬を撫でる。

その纏わりつくような風が煩わしい。玉は忠興の文を広げたまま、深い息をついた。

（私は、なんて醜いのだろう）

いっそ、藤と古保が、病か何かで死んでくれたらいいのに——忠興に抱かれた時に、瞬間的によぎった邪な思いは、今も消えることがない。そして、出陣する忠興に〈私を愛しているのなら、死ぬのだ〉と言われて覚えた優越感。それは、桜の花びらを薄汚くしていく霧雨のごとく、己を穢《けが》していくようだった。

このおぞましい感情は、紛れもなく己が抱いた感情だ。それが、許せなかった。自分で自分が厭わしい。

（これでは、藤と同じではないか）

幸せな人が凋落していく様ほど、人を満たすものはない。そう仄暗い微笑を浮かべていた藤と、自分は、どこが違うというのか。

その逃れようのない己への嫌悪から目を背けたい思いで、玉は紘に声をかけた。

「そういえば、教会には行ったか？」

「……いえ、まだにございます」

「そう……」

玉は少し間を置いて、紘に問い直した。

「そなた、夫を持ちたいとは思わぬのか」

唐突な問いかけに、紘は動揺したように玉を見た。

「さようなこと……考えたこともございません」

「そなたには、ここまでずっと苦労ばかりかけてしまった。こうして、いつまでも私の側仕《そばづか》えをしていては奥御殿で年老いていくばかりであろう。そなたも、誰かの妻になり、子を持つ喜びというものを……」

「誰かの妻になり、子を持つことが、果たして一概に喜びと言えるのでしょうか」

紘に遮られ、玉は驚いた。紘も主人の言葉を遮ってしまったことに、あとから気づいたのか、慌てて平伏した。

「申し訳もございません！　私としたことが……」

「よい」

玉は不快だとは思わなかった。かつて嫁ぐ前の自分も、父に向かって同じように言ったではないか。

〈年頃になれば誰かの妻になって、子を産み、家を守る……女子とはそういうものだと頭ではわかっているけれど……〉

いつの間にか、妻になることを当然として相手に押し付けようとしてしまった。それに、側室を持ち、時として常軌を逸する忠興の愛を受けるこの身は、果たして幸せと言えるのか。

もしも本当に、藤と古保が何かの拍子に死んだなら、その時に、自分はどんな顔をするのだろう。側室と罪なき幼児の死に、笑みを浮かべる己の姿は、あまりに醜かった。

その時、紘の声がした。

「私は、神の御心のままに生きるまでにございます」

その清廉な響きに、玉はどきりとした。

「夫婦の縁も、神が結び合わせてくださるものでございます。私がこうして、独り身でいるということも、たとえこの先も独り身であったとしても、全て神のお考えがあってのことなのでございます」

「……御心、か」

玉は少し考えこんで、以前、忠興から聞いた高山右近の話を思い出して問うた。

「キリシタンは、妻を一人しか娶らぬ決まりがあるとか。まことか？」

「はい。婚姻は、神が我々に与えてくださる祝福でございますから」

玉は脇息に肘をついて、率直に返した。

「すまぬ、よくわからぬのだ。……例えば、私と忠興様の婚姻は、信長様が与えてくださったもので、神が与えたものではないと思うのだが？」

「もちろん、信長様が玉様と忠興様の御縁を結んでくださったことは確かです。ですが、何と申しましょうか……そのことさえも、神の御心のうちなのです」

「ふむ……」

「この世の全ては、神がご創造になったものです。あの霧雨に濡れる桜も、私たちの頬を撫でる風も、そして、玉様も、私も」

「思い煩うな……空の鳥を見よ、野の花を見よ……か」

どんなに思い煩ったところで、過去には戻れないし、先にも進めないのだ。それならば、今ある全てを神が与えたものなのだと受け入れ、御心のままに一日一日を歩いて行けばよい、ということか。

「キリシタンは、神が結び合わせてくださった相手を思うがゆえに、側室も持たぬということか？」

「はい。キリシタンは、そう考えます。そして、いかなる理由があれど、離縁はいたしません」

「だがそれは、どうなのであろう」

玉の問い返しに紘は小首を傾げた。まだ夫という人間を知らないからこその純粋さに、玉は微笑ましいような哀しいような心持ちで続けた。

「色々な事情で別れねばならぬ時、あるいは、別れたいと思うこともあろう。それでも、キリシタンは耐えるのか？」

紘は少し考えた後、ゆっくりと言葉を選ぶように返した。

「申し上げるまでもないことでしょうが、どのような夫婦であれ、時の流れとともに、変わっていくのでしょう。良き方へ変わっていくこともあれば、悪《あ》しき方へ向かうことも。ですが……耐えるというよりは、寄り添う、というのでしょうか」

「寄り添う……」

「変わりゆく時こそ、寄り添ってくださる神の愛を思い起こすのでしょう」

神の愛という言葉を、玉は耳に留めた。そういえば、味土野にいた頃にも、絃は〈苦しみの中にこそ、神の愛があるのです〉と言っていたことがあった。

「私には、そなたの言う〈神の愛〉とやらが、わからぬ」

玉の返しに、絃は小さく首を振り、うつむいた。

「私のような未熟者には……。やはり洗礼を受けておらぬ身ゆえ、正しくお伝えすることができませぬ」

「そなたを責めるつもりはないのだ」

玉は、もたれていた脇息から身を起こした。

「そうよ、私もその大川の左岸にあるという教会に一緒に行くのはどうだろう」

「えっ」

「教会には、宣教師という者がおるのであろう？　神の愛なるものを、その者から教えてもらおうではないか」

「ですが……」

忠興が玉に屋敷からは一歩も出るなときつく命じていることは周知のことだ。当然、侍女たちはもちろんのこと、忠興の勘気を懼れた留守居の家臣たちは、奥御殿の出入りに目を光らせている。

だが、玉はそれでも教会に行ってみたいという気持ちの方がまさっていた。

「私が紘と出会い、こうして今、語らっていることも神の御心。それならば、忠興様に禁じられておきながら、屋敷を出たいと思った衝動も、その果てに、何が起ころうとも、全て神はご存知のこと。何を懼れることがある」

「ですが、万一、忠興様のお耳に入れば……」

御手打ちになるやもしれない、と言いたい紘の気持ちを汲み取り、玉は言った。

「私が教会に行ったと忠興様のお耳に入った時には、我が身を盾にして、そなたを守る」

忠興は少なくともあと数か月は帰らない。その思いが玉を大胆にさせたのかもしれないが、今はただ、神の愛、がいかなるものなのかを知りたかった。

玉はその夜、身の回りの世話をする侍女たちを十人ほど集めた。その多くが、味土野にも随行した侍女である。そのうちの一人は紘だ。

「侍女と同じ衣を着て、警護の目をくらまし、キリシタンの教会に忍んで行きたい」

玉の言葉に侍女たちは戸惑うように顔を見合わせていたが、味土野に付き従った侍女たちは、すでに紘を通じて少なからずキリシタンの教えに感化されていたのか「私も、紘とともに洗礼を受けたいと思います」と言った。他の侍女たちも、その勢いに圧されたのか、それとも久方ぶりの玉の生き生きとした表情や声が嬉しかったのか、止める者はいなかった。

翌日、示し合わせた侍女たちは、奥御殿の警護をする侍に「奥方様は気鬱が酷く、横になっておられる。足音一つですらお気に障られるゆえ寝室に近づくな」と言い聞かせた。

「小笠原様は奥方様のお具合が悪いとなったら、部屋の中を窺おうとするかもしれない」

小笠原秀清の名を挙げて侍女が言う。秀清の性格を知っている他の侍女も「そうね」と頷き合う。

「寝息にまで聞き耳を立てるかもしれない。いっそ、誰かを寝かせておいてはどうかしら」

侍女とはいえ、いかんせん、皆、十代後半から二十代の若い娘である。皆で示し合わせて企《たくら》みを遂行することが次第に楽しくなってきた様子だった。そもそも、この企みは女主人である玉が音頭を取っている。そして何より、懼れるべき忠興は遠く九州だ。

そうして、玉は侍女と同じ柄の小袖を着ると、絃を隣に従え、周りを五人ほどの侍女に囲まれて、奥御殿を出た。示し合わせた通り、全員被衣《かずき》を深く被り、顔が見えないように裏門へ向かう。

門番の侍に「おぬしら、どこへ行く」と訊かれ、絃がすまして「彼岸参りでございます。奥方様のお許しは得ております」と返す。折しも、暦は春の彼岸であり、大坂城下は寺参りをする人々で賑わっていた。疑うことなく、門番は一行を通した。

門を潜《くぐ》り、皆がひと息ついた時、門番が「おい、おぬしら」と呼び止めた。

どきりとした思いが態度に出ぬよう、皆、息を押し殺す。絃が「なんでございましょう」と振り返る。門番は槍を片手に、あっけらかんと言った。

「門限は日没だぞ」

玉たちは黙礼すると、しずしずと城下の道に出た。

角を曲がり、細川屋敷が見えなくなると「よかった……！」と玉が安堵の声を上げた。侍女たちも互いの顔を見やり、笑みが零れる。絃が緩んだ気を引き締め直すように言った。

「まだ教会までは、歩きます。どこで細川の家臣や知人と出くわすともわかりませぬから、奥方様を皆、しっかりと囲んで」

侍女たちに囲まれながらも、頬に感じる外の風に、玉は久方ぶりの解放感を味わっていた。

淡い春空にたなびく雲は、空を舞う薄物の紗を思わせる。芽吹く若葉は陽光に煌めき、戯れる鳥や道端に咲く小花が、玉の行く先を導いているように思える。道々を行く人の話し声や風に舞う砂塵さえもが、玉を明るく包み込むかのようだった。いっそ叶うものならば、顔を隠す被衣を打ち捨てて、このまま駆けて行きたくなるくらいだった。

そうして、玉が教会に辿り着いたのは、陽も正中に昇った頃だった。

青瓦葺《あおがわらぶ》きの屋根に、花頭窓《かとうまど》と明かり障子、擬宝珠《ぎぼし》のついた廻《まわ》り縁《えん》、二層建ての外観は、一見すると寺の楼閣を思わせる。楼を見上げる玉の横で、長年教会を訪れることを切望していた紘は、感極まったのかすでに涙目だ。

「事前に使者をやってはおらぬが、構わないのだろうか」

玉が今さらながら案じると、紘も「教会は、来るもの拒まず、といいますが……」とやや不安そうに返す。門の外から中の様子を窺っていると、教会の庭先を掃除していた、小間使いの少年が声をかけてくれた。

「初めていらしたのですか？　どうぞ遠慮なくお入りくださいませ」

その無垢な声に誘われ、玉たちは教会の門を潜った。少年は「宣教師のセスペデス様をお呼びして参ります」と楼の中に駆けていった。

ややあって、楼の中から、黒く裾の長い着物を纏い、首には白い襞襟《ひだえり》を付けた西洋人の男が出てきた。髪も髭《ひげ》も紅《あか》く、鼻は高く尖り、二重《ふたえ》の目は美しいほどに深い茶色だった。背は見上げるほどに高かったが、不思議と威圧感はない。その胸には金色の十字架がかけられている。一見して、宣教師だとわかった。

「私は、セスペデス、と、申します」

ややぎこちないが、大和言葉で語りかけてきた。玉たちに向けられる眼差しは温かい。その表情も相まって、玉たちの緊張は解けた。とはいえ、片言の発音からして、難しい言葉はわからないかもしれないと思い、玉はここに来た理由を、簡潔に伝えた。

「私は……とある家の侍女頭にございます。侍女たちの中に、洗礼を受けたいという者がおり、こうして連れてまいりました」

本当の名を言うわけにはいかなかった。セスペデスは「そうですか」とにこやかに言い、それ以上は問わなかった。これだけのやり取りでは、セスペデスが、玉の疑問に的確に答えられるのか、という不安は拭えなかったが、玉は続けた。

「侍女に洗礼を受けさせるにあたって、幾つか、キリシタンの教えについて私も知りたいことがあるのです」

セスペデスは頷くと「どうぞ」と楼の中に入るように促した。玉たちが草履を脱ごうとすると「そのままで」とセスペデスに優しく止められた。

楼の中は礼拝堂になっていて、掃き清められた広い板の間だった。簡素な木製の椅子が並べられ、信者と思しき男や女が、町人、武家問わず椅子に腰かけて手を組んで祈っている。

祭壇なのだろうか、部屋の中央には、仏壇とはまた違う、階段状の壇があり、西洋の銀製の燭《しょく》台《だい》に蠟燭《ろうそく》の灯火が揺れている。そこには、長髪の痩せた西洋の男性の肖像が飾られていた。肖像の男性は茨《いばら》の冠を頭に付け、十字架に磔にされてうなだれていた。痛ましい姿に玉は「まあ……」と小さく声を上げた。

　セスペデスが、その肖像を示して、玉に言った。

「我々の救い主、神の御子イエス・キリスト、です」

「神の御子、イエス・キリスト?」

「イエス様は、私たちの罪を引き受けて、十字架に、かけられました。イエス様、自らの命を懸けてくださった、だから、私たちの罪は許された、のです」

　片言の言葉はやや聞き取りにくかったが、熱心に語りかけるセスペデスに、玉も真剣に問い返した。

「私たちの罪?　それはどういうことでしょうか」

「生きていく上の、あらゆる罪です。あなたの、罪も、神の愛で、救われます」

「それは、おかしいのではないですか?　私は、人を殺めたこともなければ、物を奪ったことさえありません。許されるべき罪など、身に覚えのないこと。それに、仮に、罪を負っていたとしても、愛によって救われるという意味がわかりませぬ」

　玉の問い詰めるような口調にも、セスペデスは気に障った様子を見せない。しかし、セスペデスは答えようとするものの、言葉に詰まって嘆息した。

「あなたに、答えたい。ですが、説教係のコスメ、外出しています」

「説教係?」

「はい、この国の言葉で、教える者。あいにく、私は、まだ言葉が……」

玉はセスペデスの言いたいことを察して「そうなのですね」と少し肩を落とした。布教活動をしているとはいえ、難しい問いに答えるには、流暢《りゅうちょう》に言葉を介する者が必要なのだろう。

セスペデスは、玉たちの身なりから、名のある家の侍女たちと推察した様子で言った。

「コスメが、帰るまで、客間へ、どうぞ」

玉たちに断る理由などなかった。玉が頷くと、セスペデスの案内で二階に通された。

床に緋毛氈《ひもうせん》が敷かれた部屋は、土足のまま上がることが躊躇われるほどだったが、セスペデスは「どうぞ」と誘う。瀟洒《しょうしゃ》な机には、白い絹の布が掛けられ、春の野花が飾られている。玉はぎこちなく椅子に腰を掛け、絋たち侍女がその周りの床に座ろうとするのを、セスペデスが制して人数分の椅子を用意させた。侍女たちも座り慣れぬ姿勢に収まると、セスペデスが「菓子を」と目配せする。部屋の隅に控えていた小間使いの少年が、心得たように支度をする。

玉は、差し出された菓子に目を丸くした。

「これは、白い石か？」

「砂糖菓子、金平糖です」

「こんぺいとう」

小豆くらいの大きさの、硬く白い礫だった。とげとげとした角に覆われた礫を、玉は摘まみ上げた。

（細川家の九曜紋が菓子になったら、こんな形かしら）

九曜紋が星を象ったものだということを思い出しつつ、玉はそっと匂いを嗅いでみた。ほとんど匂いはしない。そのまま思いきって口の中に放り込んだ。侍女たちが「あっ」と驚いた様子で玉を見たが、玉は口の中に広がる甘みに、思わず笑んだ。

「美味しい星だこと！」

美味しい星という表現に、セスペデスは「かわいらしいですね」と笑んだ。その笑顔と目が合い、玉は赤面してしまった。

しかし、思いのほか待たされ、なかなかコスメは帰ってこなかった。

やがて、金平糖を載せた皿は空になり、陽も徐々に傾いていく。部屋には西日が射し込み、机の上に飾られた花影が伸びてくる。

「門限は、日没と……」

後ろに控える侍女たちが囁き合う。セスペデスも、帰りの遅いコスメを案ずるように、落ち着かない様子で階下を見に行っては「まだのようです」と肩を落として戻ってくる。

「日を、改めますか？」

セスペデスは玉たちを気遣うように言った。侍女たちも「その方がよいのでは……」と頷き合う。しかし玉は「いや、もう少し待とう」と言った。家臣や警護を騙して出てきたのだ。今頃、玉の不在を知った屋敷が騒ぎになっていることは想像に難くない。ここで帰ってしまえば、もう二度と屋敷を抜け出して教会を訪《おとな》うことは叶うまい。

その時、ようやくコスメの帰りを告げる声が階下から聞こえた。小間使いの少年が駆けてコスメを呼びに行く。

部屋に現れた男の姿に、玉たちは少しばかり驚いた。てっきり、セスペデスと同じ、異国の者かと思っていたが、コスメは、どう見てもこの国の青年だった。身なりも、若竹《わかたけ》色の小袖に紺色の袴《はかま》を穿いた、ごくありふれた青年の姿だ。だが、胸に十字架が輝いている様から、キリシタンなのだということは、一目でわかった。

コスメは、小間使いの少年から事情をすでに聞いたのか、玉たちの方に向き直ると、丁重に名乗った。

「お待たせしてしまい、まことに申し訳なく存じます。私は、この教会の修道士で、高井《たかい》コスメと申します」

高井コスメ、という名は洗礼名なのだろう。この若者が果たして玉の疑問に答えられるのか、という微かな不安はあった。だが、玉を見つめるコスメの誠実そうな眼差しに、偽りや、頼りなさは感じられなかった。

コスメと改めて向き合うと、玉は口を開いた。

「私は、とある家の侍女頭にございます。キリシタンのことを教えていただきたいのですが、あいにく日没までには屋敷に帰らねばならず」

セスペデスが傍らからコスメに、何かを囁いた。先ほど、玉が問いかけたことを伝えたのか、コスメは深く頷くと、玉に向き直った。

「ではさっそく、あなた様の問いにお答えしましょう。あなた様は、イエス・キリストは私たちの罪を引き受けた、ということに疑問をお持ちになったのですね」

「ええ」

「確かに、あなた様は、誰かを殺めることも、誰かのものを奪うこともなかったことでしょう。ですが、それだけが人が生きる上で負う罪でしょうか」

「え……？」

「あなた様は、かつて、一度たりとも、誰かを恨んだり、怒ったり、嫉《そね》んだりしたことはないと言えますか。なぜ、どうして私ばかりが苦しむのかと、嘆いたことはありませんか」

「…………」

「目の前の苦しみ、目の前の哀しみ、目の前の怒り、見えるものばかりに心を縛られるのは、そこにある神の愛に気づいていないからなのです」

「〈苦しみの中にこそ、神の愛がある〉ということですか」

玉の問い返しに、コスメは力強く頷く。玉は「しかし」と真剣に反論した。

「私には、その神の愛というものが、よくわかりませぬ。哀しいことは哀しく、苦しいものは苦しい。苦難の中に、愛があるとは、とても……思えません」

「あなた様が何を望んでいるのか、神は全てご存知です。つまり、あなたに与えられた試練は、あなたにだからこそ与えられたもの。乗り越えた先に、あなた様が望む場所があります」

「でも、私は、ここまで、とても言葉では表しきれないほどの苦しみを味わってきました。私は生きていていいのか、いっそ死んでしまいたいと思うことも……相手が死んでしまえばいいと思うことさえも」

「…………」

「そんな醜い感情に堕ちてしまう自分が、厭わしくて……許せない。それでも、それが神の御心なのですか？　愛なのですか……」

そこまで言うと、玉は声を詰まらせた。

父が窮地に追いやられた時、忠興の執着ゆえに自分は駆けつけることすらできなかった。そして、大切にしていた全てのものを失っても、身籠っていたがゆえに自分は死ぬことすらできなかった。「産みたくない」と泣きながら忠興の子を産み落としたのに、忠興が側室を孕ませたことには醜く嫉妬した。

今も、忠興が玉にしか見せぬ笑顔を向けてくれることに、哀しくなるほどの愛おしさを覚える。たとえ、忠興が、父を見殺しにし、玉への愛ゆえに人を斬殺し、玉を束縛する男であろうとも。忠興の腕に抱かれながら、側室の藤と罪なき幼児である古保のことを、いっそ死ねばいい、とすら思ってしまうのだ。邪な思いに堕ちて、藤と同じように、人の不幸に満たされる醜い幸せを覚えてしまいそうになる自分が、確かにいるのだ。

「こんな私をも……神は許し、救ってくださるというのですか」

忠興の愛に縛られて、いつしか玉の心は歪んでしまった。こんな自分をも、神は愛してくださるというのか。

「あなた様はすでに救われています。許されるのか、果たして生きていていいのか、そう思った時、すでに、神が寄り添っているからです」

「どうして……神が寄り添っていると言えるのですか」

玉が問い返した時、紘が「玉様……」と囁いた。夕暮れの空は橙色《だいだい》の陽光を残すばかり。しかし、玉は「構わぬ」と強く言った。

「神の愛がいかなるものか、知りたいのだ。それまでは、屋敷には帰れぬ」

「玉様……」

「コスメ様、どうか続けてください」

コスメは、玉に頷き返すと真摯に答えた。

「どうして神が寄り添っていると言えるのか。それは、神の御子イエス様が、私たちの、罪、汚れ、苦しみ、そして哀しみ、それら全てを引き受けてその命をなげうってくださったから。イエス様の死……それは、神が、あなたを愛しています、という紛れもなき御心、そのものだからです」

「あなたを愛しています、という紛れもなき御心」

「思い煩わぬことです。あなたがどんなに己に対する厭わしさを抱こうとも、神は、そんなあなたをも、愛しているのですから。どんな時も、感謝を込めて祈りを捧げ、求めているものを神にお打ち明けなさい。そうすれば、神はどんな時も哀しみや苦しみを抱えるあなた様に寄り添い、一緒に歩んでくださいます」

そこまで言うと、コスメは言葉を止め、窓の外を見やった。

「まだまだ、あなた様にお伝えしたいことはたくさんあります。ですがもう、お帰りにならねばならぬ時にございましょう」

玉はコスメの視線を追いかけて、窓の外の空を見た。

陽の光が潤んだように滲み、そうして、陽の沈む刹那に現れる深い青に、空が染まっていく。

（綺麗な、青）

玉がそう思った時、まるでそれに応えるようにコスメが言った。

「人の優しい心を色にしたならば、きっとこんな色でしょう」

その言葉に、玉はどきりとした。コスメは微笑を浮かべて言った。

「全てを赦し、全てを受け入れてくれる……そう、神の愛は、この夕空の色と同じように美しいものと思います」

玉は返す言葉が、微かに震えた。

「それは……亡き父も同じことを申しておりました。人の優しい心を色にしたならば、この夕空のような深い青だと」

「あなた様のお父上が？」

玉の言葉に、コスメは驚いたように目を見開いた。玉が頷くと、コスメは胸の十字架に手を当てた。

「ああ、私は、神に感謝いたします。こうしてあなた様という人を、この場所へお導きくださったことを」

「この場所へお導きくださったことを……」

今日、あの時、教会の前にいなければ。もしも、教会を訪れたのが、昨日か明日だとしたら。あるいは、コスメの帰りを待つことなく屋敷に戻っていたら。本当に、ただの偶然に過ぎない。死んだ父と言葉が重なったのも、偶然だといえばそれまでだ。それでも、そこに、神の導きがあるというのならば……。

（全てを赦し、全てを受け入れてくれる……神の愛は、本当に、この夕空の色と同じように美しいのかもしれない）

そう思った途端、玉の目が涙で滲んだ。玉は涙を隠すように両手で顔を覆ってうつむいた。潤んだ瞼の裏に映るのは、優しい青色に染まった、あの美しい坂本城の庭に佇む、父の姿だった。

嫁ぐ前、光秀が玉に言った言葉がよみがえる。

――いつかきっと〈光秀の娘でありたい〉と思うのと同じくらいに〈忠興の妻でありたい〉と……玉の心のままに生きようとする先に、そう思える日がくる。そう、私は願っている――

この、優しい愛に満ちた父の願いは、謀反という奔流に押し流されてしまった。そうして、玉に残されたのは、忠興の独りよがりな愛に縛られて、歪んでしまった己の心……。

「父上……」

セスペデスもコスメも、沈黙で玉の涙に寄り添ってくれた。その温かな沈黙の中で、玉は救いを求めるように、呟いていた。

「神の愛を信じたい……」

そこになら、喪失した温かな優しさと愛が、確かにある。生きる上で必要なのは、忠興の独りよがりな愛ではなく、全てを受け入れて寄り添ってくださる神の愛なのではないか。

玉が顔を上げると、傍らから、白い布が差し出された。そちらを見やると、セスペデスが手巾《しゆきん》を差し出していた。玉は会釈をして手巾を受け取ると、濡れた眦に当てた。柔らかな織布は、優しく、玉の涙を吸い込んだ。

玉は涙を拭くと、一つ深い息をついた。そうして、はっきりと言った。

「セスペデス様、どうか、私にも洗礼をお授けください」

玉の後ろに控えていた侍女の一人が感極まったように「奥方様……」と小さく声を出した。セスペデスが少し驚いたような表情をした。

「奥方様、なのですか」

「あっ」と侍女が身を竦める。玉は動じることなく返した。

「はい。侍女頭と嘘を申しましたこと、お許しくださいませ。……訳があって本当の名を申し上げることはできないのです」

コスメも戸惑うように言った。

「その振る舞いや、深き悩みから、ただの侍女ではあるまいとは察しておりましたが……」

本当の名を教えてほしいという二人に、玉は黙した。忠興からは屋敷から出ることすら許されていないのだ。それを、家臣を騙して抜け出た上に、あずかり知らぬところで洗礼を受けたとなれば、どうなるか。

やはり、この場での洗礼は難しいだろうか、事を急《せ》いているだろうか。いや、しかし、ここで洗礼を受けねば、もう二度と玉が屋敷を出て、教会を訪うことは叶わない。

その時だった。階下が騒がしくなり、小間使いの少年が階を駆け上がってきた。

「セスペデス様っ、お武家様たちが押し入ろうとしております！　奥方様がここにいらしているはずだと」

玉は椅子を倒すようにして立ち上がった。侍女たちも動揺して、青ざめる者もいる。間もなく、大きな足音で男たちが二階に上がってきた。

「奥方様！　屋敷は大騒ぎでございますぞ」

血相を変えて部屋に踏み入ったのは、小笠原秀清だった。玉は毅然として言い返した。

「私が望んだのだ。誰一人、侍女を咎めることは許さぬ」

「しかしっ、忠興様に知られれば……！」

「その時は、私を斬り殺してから侍女を斬り殺したまえ、と申し上げるまで！」

「お、奥方様……」

そうこうしている間にも、玉は侍たちに囲まれて、階下に降ろされる。抵抗も無駄だと思い、玉はおとなしく九曜紋が入った輿に乗った。追いかけてきたセスペデスとコスメに、玉は輿の窓を開けて言った。

「今日のこと、深く礼を申し上げます。洗礼は、いつか必ず」

セスペデスが何か言おうとするところへ秀清が立ち塞がり、長居は無用、とばかりに「奥方様のお帰りじゃ！」と輿を担ぐ力者に命じた。

四

忠興が九州から帰陣したのは、七月に入ってからだった。大坂は蒸し暑く、立っているだけでも汗が滲む。忠興は屋敷に帰るなり鎧を脱ぎ捨て、単衣《ひとえ》に袴姿になると、玉のもとへ向かった。数か月も離れていたのだ。一刻も早く、玉の姿が見たかった。

忠興が玉の居室の戸を開けると、玉が三つ指をついて微笑を見せた。

「お帰りなさいませ。ご無事のお帰り、何よりにございます」

「屋敷からは一歩も出なかったか」

真っ先にそれを問う忠興に、玉は微笑みを少しも崩さない。忠興は安堵の息をついて、玉の隣に座る。

玉は「こんなに日に焼けて」と忠興の頬に手を伸ばす。忠興は「夏の盛りの陣であったからな」と返すと、その手を摑んだ。数か月ぶりに触れる温かな手が、愛おしくて仕方がなかった。玉が、ここに、いてくれる。それを確かめるように、忠興は玉の手を摑み寄せると、そのまま抱きしめた。

「玉に、会いたかった」

陣中で玉を想わぬ日はなかった。出陣中に玉の身に何かあったら、再び玉を失うことがあったら……会えない日々がどれほど苦しかったことか。とめどもなく込み上げてくる愛おしさを言葉にするのももどかしく、抱きしめる腕の力ばかりが強くなる。

玉はされるに任せ、微笑んでいる。

「……玉？」

抱かれたまま、いつまでも何も言わない玉を、忠興はやや不審げに覗きこんだ。いつもの玉なら、陣中の様子や戦の攻防などを訊いてくるだろうに。

「玉、何かあったのか」

玉は崩れぬ微笑のまま「なんのことでございましょう」と返した。

「何かあったのであろう」

忠興は、がばと玉の体を引き離した。

「いいえ、なにも」

「いいや、何かあったに違いない」

忠興の低い声が微かに震えた時、「ちちうえさま！」と娘の長の明るい声がした。忠興と玉の間に漂った緊迫感は、部屋に顔を覗かせた長の愛らしい姿に途切れた。

長は「ごぶじのお帰り、うれしゅうございます」と忠興に向かって手をつく。母親の玉の真似をしているつもりなのだろう。

忠興が「うむ」と頷くと、長は満面の笑みで忠興に駆け寄り、膝の上に座った。精悍な忠興が父親であることを誇らしく思っているのか、膝に座る長は、まるで小さな恋人のように身を寄せて甘える。先ほど玉に対して抱いた疑念も、愛らしい娘の前ならば抑えねばならぬと、忠興は長と向き合った。

まだ幼い娘だが、どこぞに嫁にやらねばならぬ日などこないでほしいと思ってしまう。

（光秀殿も同じ思いをしたのだろうか）

そんな思いがよぎり、玉を見やった。玉は、長のおかげで漂う緊迫感が途切れたことに安堵しているのか、穏やかな笑顔になっている。こうして見ると、純粋で素直な長は、面差しもどこか玉に似ている。

玉も、幼い頃こうして、明智光秀の膝に乗って甘えていたのだろうか。そうして、玉が忠興のもとに輿入れするとなった時、光秀はどんな思いだったのだろうか。そう思った時、本能寺の変の夜、光秀のもとへ駆けつけたいと訴えていた玉の姿がよみがえった。

あの時の玉は、忠興の想像も及ばぬ苦しみを抱えていたのではないか。「父親」に対する感情が、忠興と玉では比較のしようがないほどにかけ離れていたのだ。そのことを、自分がこうして愛娘を膝に抱えて初めてわかったような気がした。

玉は父親への思慕を押し殺して、忠興のために細川家に残り、味土野の幽閉にも耐え、こうして今、忠興の前で微笑んでくれている。玉の微笑が、今、忠興のそばにいられることへの幸せの微笑だと信じたい。いや、それ以外はあり得ない。

（こんなにも、私は玉のことを愛しているのだから）

謀反人の娘と言われようとも正妻として遇し、美しい奥御殿に煌びやかな小袖や色打掛を与え、大勢の侍女を傅《かしず》かせている。愛らしい我が子とも引き離すことなく、その子供たちも衣食住全てを満たされ、すくすくと育っている。何より、この大坂において、玉は忠興の愛を一身に受けているのだ。側室、藤の存在は、あくまで玉が不在の宮津城の奥を守るという役目のため。玉以外の女人を愛するなど、忠興は考えもしなかった。

忠興がじっと玉を見つめていると、玉が「どうかなさいましたか？」と窺う。その美しい微笑を前に、忠興は、先ほど浮かび上がった疑念をそれ以上問うことはしなかった。

だが、それから数日後のことだった。

廊を歩いていると、侍女が道を譲るために脇に跪いた。何気なくそちらを見やった時、侍女の襟首に、首飾りがちらりと見えて忠興は立ち止まった。確か、キリシタンの高山右近も似たような首飾りを下げていなかったか。

「そなた」

忠興が目の前で立ち止まったことに若い侍女は怯えたように「はい」と返した。その首に下げたものを見せよ、と口を開こうとした時、「忠興様、城中よりの使者にございます」と声をかける家臣がいてそちらに応えた。

しかし、忠興はそれ以降、玉の周囲の侍女たちを注意深く窺うようになった。やはり、皆、襟元にあの首飾りが見え隠れしている。隠しているつもりなのだろうが、平伏した時や、膳を上げ下げする時などにちらりと見えるのだ。

（まさか、キリシタンなのか）

侍女がキリシタンだとしても、それ自体はさして驚くことではない。右近がそうであるように、キリシタンそのものは珍しい存在ではない。だが、玉の身の回りを世話する侍女たちが、揃いも揃って、あの首飾りを下げているのは訝しい。

それに、時期がすこぶる悪かった。先月、六月十九日付で「伴天連追放令」なるものが発布されたばかりなのだ。

九州に在陣した秀吉は、九州に集中するキリシタンたちの勢力を目の当たりにし、神のためならば寄進や命をも惜しまぬ彼らの姿に危惧を示していた。これはかつて信長を苦しめた本願寺の一向《いっこう》宗《しゅう》の勢力にも匹敵するのでは、と警戒したのだ。

そうして、九州を平定した帰陣の途上に「伴天連追放令」を発したのだ。伴天連とは宣教師のことを指し、すなわち宣教師を国外追放する命令だった。すでに入信したキリシタンの信仰を禁ずるものではないが、秀吉が増え続けるキリシタンに対して、快く思っていないのは確かである。家中に多くのキリシタンがいるとなると、忠興の心は穏やかならない。現に、秀吉はキリシタン大名の先鋒《せんぽう》ともいえる高山右近に棄教を迫り、拒んだ右近の領地を召し上げる強硬な姿勢を取っていた。

奥御殿の変化に対して、確証を得たかった。

その夕、足音を忍ばせて奥御殿に向かった。簀子縁を回って玉の居室に向かうと、障子戸の向こうから玉が侍女を聞き慣れぬ名で呼ぶ声が聞こえた。

「マリア、今宵は月が出ているだろうか」

「美しき夕月夜かと思います。ガラシャ様」

その名に、忠興は眉をひそめた。

「ふむ、月を眺めたい。障子戸を開けておくれマリア」

忠興が身を隠す間もなく、中からすっと障子戸を開いた。

「あっ！」

簀子縁に立ち尽くす忠興の姿が露わとなり、息をのんだのは、侍女の絃だった。

「今、そなたはマリアと呼ばれていなかったか」

忠興の問いに、絃がうろたえる。部屋の奥を見やると、玉が忠興を見据えていた。その両脇に控える侍女は、絃と同様に顔色を失っている。

絃が「こちらに、忠興様がいらっしゃるとは知らず……」と震える声で平伏した。

「マリアとは、キリシタンの名ではないのか。もう一人、キリシタンの名で呼ばれている者がいなかったか？」

忠興が鋭く問うと、絃ではなく玉の声が答えた。

「ガラシャにございます」

忠興は動揺露わに玉を見た。だが、玉は少しも動じなかった。その唇に美しい微笑を浮かべて言った。

「ガラシャとは、キリシタンの言葉で〈賜物・恩寵〉の意味にございます。私の、玉という名にふさわしい洗礼名にございましょう」

「な、ん、だと……！」

忠興は絶句した。侍女だけならまだしも、玉までもが入信したというのか。忠興は大股で玉の元まで歩み寄る。

「そ、そなた！　秀吉様の伴天連追放令を知らぬのかっ」

胸倉をも掴みかからんとする忠興に、周囲の侍女は小さな悲鳴を上げる。だが、玉は忠興の動揺に反するように、ますます冷静に答える。

「存じております。ゆえに、宣教師たちが追放される前にと、忠興様御出陣の間に、急ぎ洗礼を受けました」

「屋敷から、一歩も出るなと申したであろう！」

「ええ。洗礼にあたり屋敷から出したのは、侍女たちのみにございます」

「ならば、どうやって洗礼を受けたのだ！」

「宣教師のお許しを得て、私はこのマリアと洗礼名を受けた紘から、この屋敷の中で洗礼を受けました。私の名は、ガラシャにございます」

玉が自らの洗礼名に誇りを持って言う姿に、忠興は眩暈を覚えた。ふらつきそうになるのを気力で耐えた。

秀吉は、「日本は神国であるのにキリシタンの国から邪法を受けているのはけしからん」と声高に言っているというのに。キリシタン大名の高山右近は秀吉から棄教を迫られ、それを拒んだがゆえに、領地を召し上げられたというのに。

細川家の正妻ともあろう玉が、ガラシャなどと名乗っていると知られたら……。

「や、屋敷から一歩も出るなと言うたのに……いや、一歩も出ていないのか。いや、そういうことではない。玉が、玉が、キリシタン……？」

忠興はふらふらと玉から離れた。そうして、目の前の現実を否定したい思いから、自分に言い聞かせた。

（なに、キリシタンなどと言うても、一時の気の迷いのようなものであろう）

生まれてこのかた慣れ親しんできた教えでもないのだ。衝動的に入信したとて、しばらくたてば飽きるか、ご禁制の世に慄《おのの》いて棄教するか。忠興が出陣で不在にしていた僅か数か月の間の出来心を、真剣に取り合う方がおかしいのかもしれない。

忠興は、自分を落ち着かせようと大きく息をつくと、敢《あ》えて軽くあしらうような口調で言った。

「ならば好きに祈るなり、信ずるなりすればいい。気が済んだ頃にでも、棄教すればいい」

「棄教？　何を申されているのかわかりかねます」

玉の冷ややかな返事に、忠興の心の中で、何かが切れた。威圧するように床を踏みつけ、玉を睨んだ。

「私はそなたがキリシタンだということは、一切認めない！」

「忠興様にお認めいただかなくとも、私はもうすでにキリシタンにございます。どんな苦しみや哀しみの中にあろうとも、神に感謝を込めて祈りを捧げることで私の心は救われるのです」

「どんな苦しみや哀しみの中にあろうとも……だと？」

玉は目を潤ませて、頷いた。その目に忠興はたじろいだ。

出会った時は、この目に映ることが、どこか恐ろしくなるくらい綺麗な目だった。なのに、今では、忠興を見ているというのに、少しも目が合わなかった。

その目で、玉は言った。

「私は、忠興様の思うままではなく、神の御心のままでありたいのです」

「…………」

忠興は何も言えなくなった。頤を震わせ、やっと出た言葉はたった一つだけだった。

「……ならぬ」

「忠興様、私は」

「ならぬ、ならぬ、ならぬならぬならぬならぬ！」

忠興は幼子のように地団駄を踏んでいた。

玉の口から出る言葉を、全て拒みたかった。本能寺の変があった夜と、まるで同じだった。玉が慕う相手が、父親から神に変わっただけだった。それはつまり、玉は、今まで一度たりとも、忠興のために心を捧げたことが無かったということではないのか？　今も、忠興を見ながら、その目は神を見ているのか？

そう思った瞬間、忠興は玉の膝元に駆け寄り、その両肩を強く摑んだ。

「棄教するのだ！　今すぐ、ここで！　その目で、私だけを見てくれっ」

棄教を迫るというより、もはや懇願だった。

「棄教はしませぬ」

「玉……」

「棄教せよと言うのなら、離縁される覚悟はできております」

忠興は玉の肩を摑んだままがくりとうなだれた。

（なぜだ……なぜ……玉は、私ではなく、光秀を選ぶと言い、神を選ぶと言うのか）

「こんなに……愛しているのに」

絞り出す忠興の声に、玉は答えなかった。

忠興はふらりと立ち上がる。

「離縁はしない」

忠興はそう声を震わせると、太刀を抜き払った。玉や周囲が息をのんだ時には、手近にいた侍女の片耳を摑んでいた。悲鳴を上げる侍女の耳たぶを持ち上げ、刃を振りかざして言った。

「棄教しろ！　拒めばこの者の耳を削《そ》ぐ！」

「忠興様！　おやめください！」

玉は血相を変えて忠興の袖に縋った。忠興は「棄教しろ！　今すぐ！　ここで！」と喚き、耳を摑まれた侍女は、痛みに耐えながらも玉に向かって言った。

「奥方様、どうか私のことは構いますな！　信仰を捨てることは、神の御心をも捨てること。この身が削がれようとも、神を信じる心を貫くためならば、私は喜んで受け入れます！」

侍女は胸の前で手を組み合わせ、祈るように目を閉じた。玉も手を組み合わせ、蒼白い顔で天を仰いだ。

「ああ神よ、どうか我が夫をお許しください。そしてこの夫を怒らせた私をお許しください」

神に祈りを捧げる玉の姿に、忠興の激情が溢流《いつりゆう》した。

「キリシタンの神に、許してもらう謂《いわ》れはない！」

そう叫ぶと忠興は、侍女を床に押し倒し片耳を削いだ。侍女の悲鳴が上がり、耳を失ってのたうち回る侍女から流れ落ちた血で床が点々と汚れる。紘が駆け寄り、傷ついた侍女を抱きしめた。

忠興は玉の前に、削いだ侍女の耳を叩き捨てた。

「玉が、悪いのだ……私を、見ないから」

忠興の震える声に、玉は茫然として何も答えなかった。


細川忠興の太刀は、歌仙《かせん》拵《ごしらえ》。

近頃、そう家臣の間で囁かれているのは、忠興も薄々気づいていた。歌仙とは、柿本人麻呂《かきのもとのひとまろ》や在原業平《ありわらのなりひら》、小野小町《おののこまち》など、古《いにしえ》の優れた歌人三十六人を尊称した三十六歌仙のことを指しているのだろう。

（三十六人も、斬ってはいないが）

歌仙拵という優雅な名には、容赦なく侍女や家臣を斬りつける、という皮肉が込められているのだろう。

玉がキリシタンになってからは、忠興の感情の起伏は顕著になっていた。玉が心を寄せる神に嫉妬しているかのごとく刃を振るう。そんな忠興のことを、人は「嫉妬深い夫」などと言う。だが、己に渦巻く感情が、嫉妬、などという一言で済ませられる感情なら、どれほど楽だろうとすら思う。

瞬間的に、冷静な自分とは違うもう一人の自分が頭をもたげ、気がついたら太刀を抜いている。侍女の耳を削いだ時もそうだった。

あの後も、幾度となく棄教を迫り、頑なに拒む玉の前で、侍女たちを痛めつけた。頼むから耳を削がないでほしい、と玉に懇願されれば、鼻を削いでやった。鼻をも削ぐなと泣きつかれれば、髪を剃《そ》り落とした。

だが、忠興が凶行に及ぶたびに侍女たちの結束は強まるのか、奥御殿に響く祈りの声は高まり、玉の神への依存も増していく。信仰を持つ者の心の強さに、忠興の方が時折たじろぎそうになるくらいだった。

だが、玉が神に心を寄せれば寄せるほど、忠興もまた、沸き立つ感情が抑えられなくなる。玉自身を傷つけるのではなく、玉が優しさを向けた相手を傷つける方が、ずっと玉を深く傷つけることを、忠興はわかっていた。そうして、深く傷ついた玉のまなざしに、忠興の口元は緩みそうになる。玉の目が怒りと哀しみに満ちていようとも、忠興だけを見てくれることに、満たされていくのだ。

庭師を斬り殺した時もそうだった。

先日、玉の居室に行くと、何やら楽しそうな声がした。そっと窺うと、忠興が久しく見たことのない玉の朗らかな笑顔が、庭木を剪定《せんてい》していた庭師に向けられていた。

「まあ、美しい萩だこと」

庭の片隅に咲いていた萩の花が見事だったのだろう。若い男の庭師が萩の花枝を玉に捧げていた。

「ガラシャ様の居室からは、見えぬ場所に咲いておりますゆえ。誰にも愛《め》でられずに散りゆく花が惜しゅうございました」

庭師は玉を洗礼名で呼び、その気の利いた言葉に、玉は心底嬉しそうに萩の花枝を受け取っている。玉の優しい微笑みに、庭師の男はやや気恥ずかしそうに一礼した。

「マリア、花筒を持ってきておくれ」

玉がそう言って振り返った時、部屋の入口に立つ忠興の姿に気づいたのだろう。玉の微笑みが一瞬のうちに凍りついた。

「なんだその顔は」

忠興は低い声で言った。萩の花枝が揺れる。玉の手が震えているのだ。玉と忠興の間に流れる緊迫感に、庭師の男はやや惑うようにその場を去ろうとした。

途端、忠興は大股で庭に駆け下り、抜刀していた。

「おぬし！　ここが我が妻の居室と心得ての振る舞いかぁっ！」

「おやめください！　忠興様！」

玉が悲鳴を上げた時には、袈裟懸けに斬られた庭師の血潮が飛んでいた。

庭に仰向けに倒れた庭師は、四肢を痙攣させて口から血を吐いている。その姿を忠興は荒い息のまま見下ろした。馴れ馴れしく玉に話しかけた庭師も忌々《いまいま》しかったが、それ以上に、忠興には見せなくなった笑顔で応える玉が許せなかった。

忠興は玉の方を睨みつけた。

「庭師には笑みを向けておきながら、どうして、私にはあのような怯えた顔を向ける！」

玉は、萩の花を取り落とし、紅い花びらの上にへたり込んだ。

忠興は庭先から上がると、血に濡れた刃を玉の着ている打掛の袖で拭った。完全に、当てつけだった。玉は袖で血を拭われながら、微動だにしなかった。

「あの庭師が死んだのは、玉が悪いのだ」

太刀を鞘に納めながら言った忠興の言葉に、玉がゆっくりと顔を上げた。

その目は、怒りと哀しみを通り越して、もはや憎悪すらたたえていた。

その目に見つめられ、忠興の口元が緩む。それは、十五歳の初陣で、初めて敵の首を刎ね飛ばした時に得た快感にどこか似ていた。

玉が、刃一つで、忠興だけを見てくれる。

玉の心が、キリシタンの神によって平穏に保たれると言うのなら、忠興はその心を思う存分掻き乱してやりたかった。玉の心に癒えぬ傷をつけ、その傷が疼くたびに忠興という存在で心を占めてやりたかった。たとえ、その感情が怒りや哀しみ、憎悪であろうとも、玉の心に忠興の居場所があるのなら、震えるほど嬉しかった。

玉の冷たい目に、忠興は緩んだ口元で言った。

「その目、まるで蛇のようだな」

玉は忠興を睨《ね》めつけたまま言い返した。

「鬼の妻には、蛇がなりましょう」

忠興は玉の前に膝をつくと、玉の頬を撫でた。鬼と言われようが、玉が自分の妻だと言ってくれたことに恍惚としていた。

「そうだ玉、そなたは私の妻だ」

忠興は指先で玉の唇をなぞる。その指先を濡らす返り血が、玉の唇を紅色に染めた。

五

高く澄んだ秋空に、紅い梢が鮮やかに映えている。

忠興は紺色の肩衣に袴姿で、その梢を見上げていた。小枝に雀が戯れ、風そよぐ音が優しい。深山の静けさをも思わせる苔《こけ》むした小庭は、豊臣秀吉が都に築いた豪邸、聚楽第《じゅらくだい》からほど近いとはとても思えない。それは、この茶庵の主の人柄ゆえだろうか。

「忠興様に、ぜひ茶を振る舞いたい」と、千利休に前触れもなく誘われたのは、先日のこと。師匠からの誘いを断る理由など、忠興にはなかった。

家人たちは庵の竹垣の外で待たせている。このように改めて、利休に一対一で茶を振る舞われるのは、いつ以来だろうか。正月の茶会や陣中茶会など、大勢が招かれる場での茶事が続き、久方ぶりに師匠と向き合う貴重なひと時だった。

こうして紅葉の梢を見上げていると、抱えている煩い全てを忘れたくなる。

「私もいつか、かような茶室を作りたいな」

一人で呟くと、子供の願い事のようになってしまった。それに応えるように、足元に紅葉がはらりと落ちた。

打ち水のなされた石畳に、散り敷かれた紅葉一つ一つ。ここにある全てのものに、利休の心が感じられた。

躙《にじ》り口《ぐち》から茶室に入る。屈んだ姿勢でなければ入れない狭い入口が、太刀を外させるための工夫だということは心得ている。太刀はすでに、外に控える家人たちに預けてあった。歌仙拵と囁かれる太刀から離れ、丸腰で四つん這いになって躙り口を潜る。窮屈なはずの姿勢に、安堵を覚えてしまうのはなぜだろう。

それは、何も思い煩うこともなく、ただ、この世に生まれるためだけに産道を潜り抜けた胎児の姿勢にも似ているからだろうか。そう思うと、この躙り口の先にある薄暗い茶室へ入ることが、どこか、この世ならざる場所に誘われるような感覚に陥りそうになる。

その薄暗い空間に、利休が座して待っていた。

忠興の姿を見て、利休は柔和に笑む。その眦に細い皺が刻まれる。黒の茶人帽と道服を着こなす利休は、出会った頃と少しも変わらない。

利休の前には小さな炉が切られ、すでに茶釜からは湯気が立っている。飾り気のない土壁に、連《れん》子窓《じまど》から零れる陽が揺れている。床の間には、遅咲きの紅い萩が一枝、活けてあった。その花色から、忠興はそっと目をそらした。

「忠興様は、お幾つになられましたかな」

不意に利休に問われ、はたと思う。自分は幾つだと。当たり前のことを、改めて訊かれると瞬時に答えられない。

「……二十八にございます」

年が明ければ二十九だ。あと数か月で、自分が三十路《みそじ》の手前に立つことに気づかされた。

時の流れの速さと、歳月を忘れるほどの多忙と気苦労を重ねる日々に、こうして、利休から尋ねられなければ、改めて年齢に思いを馳せることもなかったかもしれない。

小牧長久手の戦い、九州平定、小田原北条《おだわらほうじょう》氏攻めと、絶え間なく続いた秀吉の戦線に、忠興はひたすらに従軍していた。だが、忠興の務めは従軍ばかりではない。戦陣と大坂、京の都、所領の宮津とをせわしく往来して、関白秀吉の近侍としての務めも忠実にこなしていた。宮中参内《きゆうちゆうさんだい》においては侍従としての役儀を担い、秀吉の都の豪邸、聚楽第への後陽成《ごようぜい》天皇行幸《ぎようこう》の供奉《ぐぶ》役も務めた。

秀吉主催の北野大茶湯《きたのおおちゃのゆ》では、忠興も豊臣家配下の大名家として、茶室を設けた。

武力によって地下《じげ》から関白にまで這い上がった秀吉にとって、威厳と地位を守るためには、文化教養においても衆人を瞠目《どうもく》させる必要があった。それをふまえてか、足利将軍家の武家故実を伝承する家柄の細川家に、秀吉は一目置いていた。

父、幽斎も隠居所の田辺城から、時折、秀吉のもとに伺候していた。幽斎は政《まつりごと》の場には一切顔を出さなかったが、茶人、歌人としての才を生かし、秀吉の伽《とぎ》や遊興相手として重宝されているのだ。

秀吉に重用される細川家の立場は、誰が見ても安泰なものだ。だが、忠興の身辺は心穏やかならぬものだった。

(二十八ということは、玉がキリシタンになってから、早三年か)

忠興が棄教を迫ろうとも、玉が信仰を捨てることはなかった。忠興がキリシタンの侍女たちを迫害していることを、玉がひそやかに宣教師に宛てて告げ口をしていると知った時には、凄まじく腹が立った。それを忠興が詰《なじ》ると、玉に「神の愛のために苦痛を受けられることに、私たちは喜びを覚えます」と真顔で言い返された。

近頃は、まるで当てつけのごとく、忠興の近臣にまで熱心に信仰を勧めている。奥御殿の警護を任せている小笠原秀清も、洗礼こそ受けていないが、すっかり玉に感化されている。

さらに、味土野で生まれた次男、与五郎が病弱だという理由で受洗させていた。忠興のあずかり知らぬところで我が子が「ジョアン」という洗礼名で呼ばれているのを知った時は、さすがに戦慄を覚えた。このまま長男の熊千代や愛娘の長まで改宗されてはたまらない。

秀吉の伴天連追放令は、いまだ取り下げられていないのだ。

しかし、実情は、ポルトガルなど宣教師たちの母国との交易を優先させるために、宣教師の国外追放には至らず、布教活動も今では黙認されている。だが、気まぐれを装った周到さがある秀吉のことである。いつ本格的な禁教や弾圧に踏み切るかは読めず、その時に、正妻の熱心な信仰がいかに受け取られるかはわからない。伴天連追放令が有名無実化していようとも、気を許すわけにはいかなかった。

「ということは、忠興様と出会ってから、もう六年ですな」

利休の声に、忠興は我に返り、頷き返した。

利休と出会ったのは二十二の時。玉を味土野から呼び戻した年だ。「玉をこの目でじっくり見たい」という秀吉の要求に忠興が窮している時、横から口添えしてくれたのが利休だった。

「あの時は、咄嗟に、忠興様の奥方を、重い気鬱と言ってしまいましたが、今思えば、忠興様とは初対面であったのに、ずいぶんと失礼なことを申してしまったと思っております」

「いえ、おかげで以来、何を問われても気鬱で通すことができております。……事実、妻は、憚る事情ゆえに、あまり人の目に触れさせたくはないのです。好奇の目に晒されて傷つくのは、妻ですから」

明智光秀の謀反のことを言っているのは、利休にもわかるのだろう。利休は微笑むだけでそれ以上は問わなかった。

「優しい夫君なのですね」

「…………」

気まずい沈黙を紛らわそうと、忠興はさりげなく話をそらした。

「六年もの長きにわたり、ご教示を賜りながら、これといった成長もなく恥じ入るばかりでございます」

謙遜したものの、実際のところは、忠興は利休の愛弟子の一人として、世間では「利休七哲」と称されるほどの技量を身に着けていた。利休は穏やかに返した。

「北野大茶湯での忠興様の茶室、松向軒《しょうこうけん》はなかなかのものでございましたよ」

秀吉が開いた、京の都の北野天満宮《きたのてんまんぐう》での、無礼講の大茶会のことだ。境内の広大な松原での野点《のだて》には、諸大名はもとより、都の公家、僧侶、商人や遊芸人、庶民まで、老若男女、貴賤《きせん》を問わず集い、当時二十五歳だった忠興も秀吉お気に入りの青年大名としてその場にいた。

千利休を始め、津田宗及《つだそうぎゅう》、今井宗久《いまいそうきゅう》ら、名のある茶人はむろんのこと、茶の湯に精通した大名たちが、それぞれ趣向を凝らした数寄屋《すきや》や茶屋を競うように建てた。忠興も北野天満宮の御神木である影向《ようごう》の松の傍らに「松向軒」と名付けた二畳ばかりの茶屋を設けていた。千五百を超える茶室が並ぶ境内を、都の庶民までもが闊歩《かっぽ》する光景は、戦に明け暮れた日々の終わりを人々に印象付けた。

「しかし、私の茶は、所詮〈生き写し〉にございますゆえ」

かつて、玉の膝枕で嬉々として語った高山右近からの褒め言葉を、忠興はどこか寂しい思いで呟いた。

あの時は、右近は褒め言葉としてそれを言い、忠興も素直に受け取っていた。だが、あれから数年の時が経ち、世の移りゆく中で、利休の手ほどきを受けた者たちは、それぞれの茶の湯に対する考えを体現しつつある。秀吉は黄金の茶室など、豪奢で磊落《らいらく》な性格を表した独自の感性を展開し、忠興と同じく利休を師に持つ武将、古田織部《ふるたおりべ》は武家好みの作意で一線を画している。その中で、周囲が忠興の茶を〈生き写し〉と評するのは、純粋な褒め言葉ではもうないことを、忠興は察していた。

「私の茶は模倣であって、私としての何かが、何もないのです」

「………」

「利休殿の教えを忠実に再現する私の茶を〈生き写し〉と、人は言います。ですがそれは、裏を返せば〈他に言うことが何もない〉ということでは、と近頃はそう思うのです」

忠興は、もう一度言った。

「私としての何かが、何もない」

「それでも、よいと私は思いますが」

利休の言葉に、忠興は視線を上げた。利休は、茶を点て始める。茶筅の音が沈黙の中に響き、それはどこか、紅葉の梢が風にそよぐ音に重なる気がした。思い煩うことを忘れたくなるような、そんな響きの中に、茶の香りが立ちこめる。

利休は茶碗を忠興の前に置いた。口径がやや小ぶりの筒茶碗だった。

利休が愛用している「引木《ひきぎ》の鞘」と呼ばれる高麗《こうらい》茶碗で、茶臼の引き木にかぶせる鞘に似ていることから名づけられたと聞く。

薄闇に楚々《そそ》と立つ碗に、深緑の茶が満たされている。忠興は作法通りに茶を服し、感謝と感服の心を込めて深い一礼をした。

「忠興様のようなお方が、私の生き写しであることを嬉しく思いますよ」

忠興がゆっくりと顔を上げると、利休は言った。

「たとえこの身が果てようと、私の心を、確実に、受け継いでくれる者がいる。それ以上の喜びはありませんから」

この身が果てようなどと、不吉な言葉に、忠興は返す言葉に困った。

「もう私も、年が明ければ七十でございますからね」

「………」

「秀吉様の煌びやかな聚楽第に、果たして私のような老いゆく身がいつまで必要とされるのか……。いずれは、自ら引かねばならぬと思っております」

「そのような……」

「それで、こうして忠興様と二人きりで茶を愉しみたいと思ったのでございます。師と弟子ではなく、心から茶をもてなしたい相手として。あなた様と話がしたかった」

利休の微笑に、忠興は無言で頷いた。数多の弟子の中から、こうして忠興だけを呼び出してくれたことが、ありがたくもあり、嬉しくもあり、そして、どこか寂しくもあった。

「いつか、忠興様の所領の宮津にも、赴きたいものです。天橋立を望む場所で、忠興様に点てていただく茶は、格別なものにございましょう」

紺碧の宮津の海に架かる天橋立が浮かぶ。かつて玉と眺めた天橋立は、今では忠興にとって失った日々への憧憬そのものだった。この心穏やかな師匠の隣で見る天橋立なら景勝の地として望むことができるのだろうか。

ややあって、利休は床の間に飾られた紅い萩を見やった。

「忠興様は、この茶室に入ってすぐ、あの花に目を留められた」

「………」

「だが、すぐに目をそらしてしまった」

全てを見抜いているようでありながら、決して責めるわけではない。その声に、わざわざ忠興だけを呼び出した本当の理由に入ったのだということを、忠興は悟った。

「ここ数年の忠興様は、時折、人を竦ませる目をなさる」

「は……」

「出会った頃は、まだ秀吉様にお仕えし始めたばかりで、不安の中にあっても、その目は澄んでおられました。ですが、九州からご帰陣なさった頃からでしょうか……ふとした時に、人を竦ませる目をするようになられた」

「………」

「〈私としての何かが、何もない〉さきほどそうおっしゃった時、その目をしていましたよ」

忠興は無言のまま頷いた。利休の言葉に導かれてはいたが、それは抗えない頷きではなく、自らがそう思う、という頷きだった。忠興の口から、おのずと言葉が零れた。

「〈私としての何かが、何もない〉それは……己のことが好きではないからなのです」

「ほう?」

「己が好きではないから、人にそう思ってほしい姿であろうとしているだけ、なのかと」

それは、何も茶に限ったことではないと思う。茶の湯において、師の生き写しであることに自尊心を満たしたのと同じように、細川家では父親の思う通りの姿になることで、自分の居場所を見出していた。

「〈人にそう思ってほしい姿であろうとしている〉それは、悪いことですか」

「悪いこと……ではないかもしれない。皆に対してそう振る舞えるのであれば」

いつしか忠興は、利休に答えるというよりは、自分に答えるように口を開いていた。利休はさらに問いかけた。

「振る舞えない、相手がいるのですか」

「振る舞う、というよりは、装う、かと」

玉に対しても、玉の望む姿でいればいいのだ、と頭ではわかっている。玉の信仰を認め、荒ぶる心を抑えて、玉が好きになってくれるような人柄を装えばいいのだ。だが、どうしてもそれができなかった。

「本当に好きでいてほしい人に、それができない……自分を装えない」

玉に対しては感情を抑えきれず、力ずくで向き合わせようとしてしまう。激情に任せて玉の心を傷つけた後、忠興はいつも嗚咽が込み上げそうになる。目に溜まる涙に気づかれたくなくて、傷つけた玉を放って部屋を去る。そうして、忠興が立ち去った玉の部屋からは、神に縋る祈りの声が聞こえてくる。それの繰り返しだった。

「あなた様の心は、玻璃の碗のようですな」

利休の言葉に、忠興は訝しむ。利休の口から玻璃の碗が出てくるとは思わなかったのだ。南蛮渡来の玻璃の碗は、茶の湯では使わない。熱い湯を入れれば割れてしまうからだ。

だが、利休はまるで掌《てのひら》に玻璃の碗があるかのように、両手を忠興の前に掲げた。

「硬く澄みきっていて、光を浴びて煌めく様はこの上なく美しい。だが意外と脆く、冷たい水を注がれれば美しく煌めく玻璃も、熱い湯を注げば儚く割れてしまう。そしてその破片は、人を深く傷つける」

「…………」

「それゆえに、玻璃は透き通って美しいのです」

孤高で硬質な心も、熱い感情に滾《たぎ》れば破片となる。

かつての忠興は、己の抱く感情を言葉にすることもなく、伝えたいと思う相手もおらず、もしかすると、感情というものさえ、なかったのかもしれない。

そう、玉に出会うまでは。

隣で笑い、素直に怒り、やり場のない哀しみには一緒に泣いてくれる。それだけのことなのに、それがどれほどかけがえのないことだったか。

何も得ないうちの孤独にはいくらでも耐えられたのに、失ってから知った孤独には耐えきれなかった。玉の目が自分を見てくれていないことに、恐怖を覚えた。全てを取り戻したくて、あがいて、あがいて……砕け散った玻璃の破片の中でもがく二人はもう、血に塗《まみ》れている。

利休が虚空に掲げる「玻璃の碗」を、忠興はじっと見た。それは、連子窓から零れる陽の光に、揺れるように煌めいて見えた。

六

「尊《たっと》き御十字架《みくるす》の御幸《ごこう》の道のこと」

玉が澄んだ声で唱えると、玉の前に並ぶ紘や侍女たちも声を揃えて同じ文言を唱える。

奥御殿の居室に信者の侍女を集め、キリシタンの教えをまとめた教訓書「ジェルソンの書」の一節を唱えるのが、日課になっていた。

玉は年が明けて二十九歳となり、キリシタンとなって四年の春を迎えていた。

玉の心を表すように、開け放った部屋には陽光が射し込んでいる。うららかな光の中で、鳥はさえずり、庭木の若葉までもが香しい。玉の祈りに応えるように、薄桃色の花びらが、どこからともなく風に乗って膝元にまで舞い込んだ。

玉はその花びらを掌に載せて微笑んだ。

キリシタンとなってからは、全てが神の祝福を受けてこの世に存在するのだと思え、この目に映るものが美しく愛おしい。こんな心を持てるとは、味土野で嘆いてばかりだった頃の自分からは全く想像できなかった。

（ただ一つ、忠興様以外は）

今も、部屋の外の廊には、忠興から命を受けた小笠原秀清が、玉の警護と称して監視している。

だが、味土野にも付き従った秀清は、玉がこうして侍女たちとキリシタンの信仰を深めることを、忠興に告げることはなく、むしろ見守るかのように黙している。

玉は忠興に対する邪心を戒めるように「いけない」と小さく呟いて首を振った。傍らにいた紘が、玉の心の乱れを感じ取ったのか、そっと続きを読むように促す。

「ガラシャ様、御十字架にございます」

「ええ、マリア」

玉と紘は、忠興のいない場所では、互いに洗礼名で呼び合っていた。玉は自分を諭すように「ジエルソンの書」を読み上げた。

「内証に無事を持ち、不退の冠《かぶり》を得たく思ふに於《お》ひては、何処《いずく》にても堪忍を帯すべきこと肝要なり。心よきのぞみをもて十字架を担《かた》げ行くに於ひては、即《すなわ》ち汝《なんじ》の願ふ極めに十字架より導かるべし。……一つの十字架を捨つるに於ひては、また別の十字架に遭ふべきこと疑ひなし」

玉はその一節を読み上げると、まだ信仰の浅い侍女にもわかるように読み下した。

「心に平安を保ちたいのであれば、いかなる苦難にも耐え忍ぶ心を持つことが肝要である。十字架を逃げることなく担いでいく覚悟があるならば、私たちの願うところへと十字架が導いてくれる。ただし、一つの十字架から逃れようとするものは、また別の十字架に遭う」

「十字架とは、私たちが胸にかけているこの首飾りにございますか？」

若い侍女が、胸にかけた十字架を手に問いかける。こうしてキリシタンの教えを通して、玉と侍女の間も主従ではなく、信仰をともにする仲間という意識が芽生えていた。

玉は頷き返してその問いに答えた。

「十字架とは、神の御子イエス様が磔にされた柱。イエス様は、私たちを救うために、十字架に命を懸けてくださった。その死をもって、私たちに永遠の愛を教えてくださったのだ」

たから。

「永遠の、愛……？」

「今を、誰かのために捧げたいと思うこと、それが、愛するということであり、永遠の愛となる」

この十字架に祈りを捧げる時、己の苦しみは神の御心によって救われる。なぜなら、神の御子イエス・キリストが、この十字架に命を懸けることによって、私たちに、永遠の愛を示してくださっ
たから。

玉は、棄教を迫る忠興の残忍な行為を思い起こしつつ続けた。

「苦しみがあるからこそ、神が寄り添っていることを一層強く感じられる。何もない日々をただ安穏と暮らしていたならば、神のお示しになられた愛を感じることはできなかっただろう」

その玉の傍らでは、絃が目を潤ませて、力強く頷いている。本来なら教会に通って宣教師から教えを授かるものを、玉が限られた条件の中で自ら考察を深めている姿に、絃は感動しているのだ。

忠興の監視下、玉は屋敷から出ることができず、教会に通うことは叶わなかった。だが、代わりに絃を教会に通わせ、その教えを伝え聞くことで信仰を深めていた。この「ジェルソンの書」も、絃を経由して教会から授けられた書だった。玉の熱心な信仰は、宣教師セスペデスから、畿内の教区長のオルガンティーノへと伝えられた。教会へ通えぬ玉の日々の信仰の助けになればと、オルガンティーノは文を通して教え諭してくれていた。

「ですが、ガラシャ様、あまりに酷い苦難は、背負いきれるものではないのでは」

若い侍女が真っ直ぐな目で問い返す。侍女の言葉に、数人の侍女も頷く。玉はその問いに「そうよの」と返した。

「この十字架の一節は、以前、忠興様のお仕打ちをオルガンティーノ様にお伝えした時に、ご教示

を賜ったお言葉でもあるのだ」

京の都にいる教区長のオルガンティーノとの文のやり取りを思い出しながら、玉は侍女に言った。

「オルガンティーノ様は、まず、こう諭してくださった。〈信仰はあなたの心を守るもの〉だと。〈神があなたに寄り添い続けるように、いかなる苦難をも受け入れるあなたに、我々も、愛をもって寄り添い続ける。苦しみは決して一人で背負うものではない〉と」

玉は胸に手を当てて続けた。

「ならばいっそ、教義を破ってでも離縁をしたい。そう望んだ私に、オルガンティーノ様は〈忠興様はあなたが負うべき十字架だ〉と」

「負うべき十字架、にございますか」

「離縁を望むことは、目の前の十字架から逃れること。一つの苦難を逃れようとする者は、逃れたところでまた別の苦難に遭う」

玉は、一呼吸置くと、毅然として言いきった。

「今を受け入れられず壊したいと思うのは、歪んだ愛。忠興様の愛はこれなのだ。私がキリシタンとなったことを受け入れられずに、力で抑え込もうとなさる、歪んだ愛」

侍女は頷く。玉は、キリシタンの教えと己の考えが一致していることを、改めて確かめる思いで言った。

「そして、私が忠興様から離れたいと思うことも、今を守りたいと思う自己愛に過ぎぬ」

「自分を愛することは、生きるためには必要ではないでしょうか」

「ああ、確かにそうだ。だが、イエス様が私たちにお示しになった永遠の愛は、今を、誰かのために捧げたいと思うこと。その、永遠の愛を信じるのであれば、全てを神の御心として受け入れられる、そうオルガンティーノ様に諭され、私は恥じ入るばかりだった」

そもそも、キリシタンが離縁を禁じられているのは、神が結び合わせてくださったものを人は離してはならない、という教えがあるからだ。

「神を愛している、と言うのであれば、その神が結び合わせてくださった夫を愛さずして、どうして神が愛せるというのか。目に見える夫を愛せない者が、目に見えない神を愛することができるのか」

だが、疑問を呈した侍女は、臆することなく続けた。

「ですが、私は、ガラシャ様が忠興様の残酷な行為に耐え忍んでいるのを見ることが、辛くなる時があります」

「そうだな」

玉は侍女の考えに同意してから続けた。

「しかし、そう思ってしまうことこそが、心から十字架を担げていないことの表れなのだ。どんな苦難も、神を信頼すればこそ意味を持つもの」

玉は手を組み合わせ「ゆえに、忠興様のお仕打ちを受け入れられない私も、まだまだ、神の御心を信じる思いが足りぬということ」と反省するように言った。

玉は、侍女を見回すと朗々と言いきった。

「苦しみの中にこそ、神の愛があり、苦しみの意味を受け入れた私たちに神は寄り添ってくださる」

玉の声に応えるように、部屋の入口から声がした。

「私は仕打ちの中に、神の愛とやらを込めたつもりはないが」

その低い声に、場が一瞬で凍りついた。腕を組んだ忠興がにこりともせずに立っていた。

怯えたように肩を寄せ合う侍女までいる中、玉は気を強く保って問うた。

「忠興様、いつからそこに？」

「そこの小娘が、声高に言っていた辺りからだな」

忠興の不機嫌な声に、玉に疑問を呈していた若い侍女の顔がさあっと白くなる。周りにいた侍女が忠興から守ろうと取り囲む。玉も忠興の前に立ちはだかった。

「この子の髪の毛一つ、削ぎ落とさないでください」

忠興が太刀を抜こうものなら、玉はこの身を斬られる覚悟で侍女に覆いかぶさるつもりでいた。

だが、忠興はどこを見るともない視線を投げて言った。

「耐えられないのなら、耐えなくともよいではないか」

その声が、あまりに哀しそうで玉は忠興を見やった。忠興のまなざしには、今までの激高からは想像もできぬほど、深く静かな暗闇が漂っていた。

忠興はふいと玉から離れると、部屋を立ち去った。忠興が激高することなく立ち去ったことに、侍女たちの間に安堵の息が漏れた。紘がそっと言った。

「まるで、お人が変わったようでございます」

（人が変わったのではない……）

そう思った途端、玉は後先考えず、廊に去った忠興を追いかけていた。

あれは、人が変わったのではない、戻ったのだ。

寂しそうなまなざしをしていたあの頃と、同じ目をしていた。

「忠興様……！」

玉の声に忠興は立ち止まった。だが、背を向けたまま振り向かない。

「忠興様」

玉はもう一度その名を呼んだ。すると、忠興は背を向けたまま、低い声で問いかけた。

「耐えがたきことを耐えよ、というのが、そなたの信じる神とやらが望むことなのか」

「そうではなくて……いかなる時も、神は寄り添ってくださるのです。ゆえに、私たちは、神に全てをゆだね、神の御心のままに生きれば……」

「神の御心、御心……」

玉は眉をひそめた。忠興は玉を見やることなく続けた。

「神にゆだねる、それは、諦めることと同じではないか」

「それは違います。神の御心を信じていれば、どんな耐えがたきことも乗り越えて行ける。その乗り越えた先に、己の望む場所が……」

「どんな耐えがたきことも、か」

玉の言葉を忠興は遮った。その声は震えていた。

「私のことが、そんなに耐えがたいか」

「それは……」

「ならば、解き放ってやる」

「え……？」

「私と離縁したいのだろう」

忠興の声は、ひどく静かな響きだった。振り返るまなざしが、出会った頃のような寂しそうなまなざしならば……この人の想いを掬えるのは、私しかいない……そう、思ってしまいそうだった。

だが、ゆっくりと振り返った忠興のまなざしに、玉の身は竦んだ。

（人を、殺しそうな目……）

事実、忠興はその手で、そして玉の目の前で、幾人の命を殺めたか。思わず、玉は後ずさった。

忠興の唇がわななないたと思った瞬間、玉の手を、忠興が強く摑んだ。

気づいた時には忠興の腕に抱きすくめられていた。忠興は玉の黒髪に顔を埋めると、泣きそうな声で言った。

「私を、独りにしないでくれ」

忠興の腕の力は、あまりに強く、抱きすくめられる体が折れそうだった。玉は「痛い」と、苦しい声を漏らした。忠興は、はっとして腕の力を緩めた。

忠興は玉の体を離すと、眉根を寄せて玉を見つめた。何かを言おうとして口を開いたが、言葉をのみ込んだのか口元を引き締めると、玉から逃げるように去った。

忠興は居室に戻ると、深く息を吐いて脇息にもたれた。

〈あなた様の心は、玻璃の碗のようですな〉

利休に言われた言葉が、頭の中に反響していた。

（ああ、まただ……）

昂《たかぶ》る感情のままに玉をこちらに向かせようとしてしまった。

「〈神が結び合わせてくださった夫を愛さずして、どうして神が愛せるというのか……〉か」

玉が侍女に語り聞かせていた言葉を呟いた。

神など介さずに、ただ愛してほしい、それだけなのに。

その想いが伝わらないもどかしさから玉を傷つけてしまう。そして、その忠興の愛を、玉は〈歪んだ愛〉と断言していた。

忠興は暗澹とした思いで、文机《ふづくえ》を見やった。文机には、以前、千利休が忠興を茶室に招待してくれた時に使用した茶碗「引木の鞘」が置かれていた。その隣にある忠興宛てに届いた文を手に取る。

それは、この年の閏《うるう》正月に届いた、千利休からの文だった。

〈……昨日は大徳寺《だいとくじ》から帰宅した後、困却した果てに床に臥《ふ》せっておりました。……この「引木の鞘」を忠興様に進上いたしたい……〉

前触れもなく、利休から愛用の茶碗を贈られるということは、今までなかった。その時は、愛弟子として嬉しく、誇りにさえ思った。だが、まさかこの茶碗が、形見の品になるとは、思いもしていなかった。

引木の鞘で茶をもてなされたのは、昨年の秋だったか。

（僅か半年にも満たぬ間に、まさか、お命を召されるとは……）

この年の正月、利休は聚楽第で秀吉や諸大名を相手に、恒例の新年茶会を催した。その時は、忠興もその場にいたが、何の異変も感じなかった。しかし翌月の閏正月、突如として、利休は秀吉の勘気に触れたのである。

表向きの原因は、都の大徳寺の山門の楼上に、利休自身を象った木像を安置したことだった。関白秀吉はもちろんのこと、天皇の勅使も通る山門だ。その楼上に木像を置くとは不遜の極み、関白や天皇を足の下に敷くも同じであると、秀吉の側近の石田三成《いしだみつなり》が苦言を呈したのだ。

石田三成の苦言を受けて、秀吉は利休に激怒した。

忠興を含め、利休の愛弟子たちが和解に向けて奔走したが、それもかえってよくなかった。

全てを己の「力」一つで手に入れてきた秀吉のことである。茶の湯という「心」によって諸大名の信望を集める利休を、嫉視、あるいは危惧を抱いていたとしてもおかしくはなかっただろう。秀吉の権力を確固たるものとして維持するためには、諸人が心酔する相手が秀吉以外に存在してはいけなかったのだ。

だがそれは、忠興の推測に過ぎない。関白秀吉を相手に問い糺《ただ》すだけの度胸も器量も、忠興にはなかった。

利休は聚楽第を追放となり、堺に蟄居《ちっきょ》処分となった。京の都から淀川を舟で下り、堺へ去りゆく師を、忠興は夕暮れの川辺で見送った。誰もが秀吉の勘気を懼れ、追放される利休を見送ることを憚る中、忠興は迷うことなく川辺に立っていた。

秀吉から利休に切腹の命令が下ったのは、忠興が淀川の川辺でその姿を見送った僅か半月後のことだった。

〈あなた様の心は、玻璃の碗のようですな〉

玻璃の碗は、滾る思いに耐えきれず、割れて砕けて散ってしまう。それゆえ玻璃は透き通って美しい。たとえその破片が、玉も、自分も、深く傷つけたとしても……。忠興の心に潜む純粋さと危うさを、解《かい》してくれた。

川辺の夕闇の中で、最後に見た利休の後ろ影を思い出しながら、忠興は目頭を押さえた。込み上げてくる涙が零れ落ちる前に、忠興はくっと喉を鳴らし、口元を歪めた。それはどこか、自分で自分を嘲笑っているようにも思えた。

心を掬ってくれた玉を失い、心を解してくれた利休を失った。自分のことを受け入れてくれる人を失うのが、これほど辛いことだなんて。

こんな思いをするくらいなら、自分のことをわかってくれる誰かがいる喜びなど、知らなければよかったのだ。そうすれば、最初から死ぬまで、傷つくことも、傷つけることもなかったのだから。

七

利休の死の翌年、正月五日に出陣命令が下ったことを告げた忠興に、玉は耳を疑うように訊き返した。

「朝鮮……？」

秀吉から軍令を受け取った忠興は、居室で玉と向き合うと、淡々と伝えた。

「秀吉様は九州の肥前名護屋《ひぜんなごや》に城を築かれ、そこを拠点に朝鮮国、明国《みんこく》、果ては天竺《てんじく》までをも支配下に入れるおつもりだ」

天下統一を果たした秀吉の覇道は、海を越えた異国まで延びようとしていた。秀吉は甥《おい》の豊臣秀《ひで》次《つぐ》に関白職を譲って太閤《たいこう》となると、国内の統治を秀次に任せ、自身は〈唐入《からい》り〉に専心すると宣言したのだ。

「細川家は三千五百の軍勢を率いて、まずは肥前名護屋へ参陣せよとのご命令だ」

西国、九州の大名は勿論《もちろん》のこと、徳川家康や前田利家《まえだとしいえ》などの大大名から伊達政宗《まさむね》など奥羽《おうう》諸国の諸大名まで、秀吉に臣従する者は肥前名護屋へ集結せよという、大軍令だった。

「肥前名護屋に参陣するのは、渡海のための順風を待つため。秀吉様がお考えになった陣立に従って、遠からず朝鮮国へ進軍することになるであろう」

「異国との戦……」

玉は壮大な戦略に、困惑したように目を瞬く。

忠興とて、これまで幾度となく死を覚悟して出陣してきた。だが、異国との戦いは前代未聞のことである。不安がないと言えば嘘になる。言葉は通じず、気候も違えば水も違うだろう。今までの戦の仕方が通用しないであろうことは想像に難くない。まして、海を渡った戦だ。一度渡海してしまえば、文のやり取りすら容易ではなくなるだろう。万一、異国で討ち死にすれば、遺髪一本、日本の土に帰ることもできぬと覚悟せねばならない。

「いっそこのまま私が帰ってこなければいいとでも思っているのだろう」

すると、玉は零れ落ちんばかりに目を見開いた。

「なんということを……」

「さすれば、そなたは信仰とやらに生きることができよう」

突き放すように言いながらも、忠興の内心は祈るような思いだった。玉が「そんなことは思っておりません」と言ってくれたら、どれほど嬉しいか。その言葉さえ聞ければ、たとえ異国で討ち死にしようとも、心安らかに逝けるとさえ思ってしまう。

するとと、玉は忠興ににじり寄って真剣に言い返した。

「誰かの不幸と引き換えに、自らの幸せを手に入れることを、私は望みません」

玉の言葉に、忠興ははっとした。玉が、自分のことを想って言ってくれたのかと。だが、次に続いた言葉に、その淡い希望はたちまちにして潰《つい》えた。

「あなた様の死と引き換えに、信仰を手に入れたとて、きっと神はお喜びになりませぬ」

「私の死すらも、神に諮《はか》ろうとするのだな」

そう呟くと、忠興は心の中で嗤った。それは自分に対する嘲笑だった。

生きる場所が欲しくて、父に従い、信長に尽くし、人を殺すことすら厭わなかった。玉に出会い、初めて、想い想われる喜びを知ったのも束《つか》の間《ま》、突如押し寄せた謀反という名の濁流に抗えぬままに引き裂かれた。

玉は胸の前で手を組んで、忠興を見ていた。だが、その目はもう、忠興を見ていない。忠興を見ながら、その心は、神に寄せられているのだ。

忠興は深く息を吸って、目を閉じた。その瞼の裏に、いつかの日の、傷ついた鳩を掬い上げていた玉の姿が映った。

(もう二度と、玉は私を掬い上げてはくれない)

「忠興様……」

何かを言おうとする玉を、忠興は手で制した。これ以上、玉の言葉を聞いたら、昂る感情を抑えきれずに、また傷つけてしまいそうだった。

「秀吉様は三月朔日《ついたち》に京よりご出陣なさる。諸大名も戦支度が整い次第出陣する。そのつもりで、そなたも心得ておけ」

そのまま忠興は玉の方を見やることなく部屋を出た。

すると、廊へ出たところに、娘の長が立ち尽くしていた。

「父上様、異国に御出陣なされるのですか」

父母の会話に聞き耳を立てていたのか、それとも家臣から聞いたのだろうか。いずれにせよ、十一歳になった娘には、異国に父親が出陣するということが、何を意味するのか察しがついているのだろう。両手をぎゅっと握りしめ、涙をためた目で忠興をじっと見ていた。

玉が味土野に幽閉された時には、まだ乳飲み子だった娘が、いつの間にか、こうして戦に向かう父親を案じるまでに成長していることを、目の当たりにした。

忠興は長の視線に合わせて腰を屈めた。そうして肩の下まで伸びた黒髪に指を通した。忠興の指に触れる髪質は、玉の生き写しのようだった。年を追うごとに玉に似てくる愛娘を見つめながら、忠興は思わずにはいられなかった。手に入らなかったものほど、眩しく見えてしまうから。

もしも、本能寺の変が起こらなかったら。

宮津の城から天橋立を望む忠興の隣には、今も玉が寄り添っていたのだろうか……。

玉の目の前に、さざなみが揺れている。静かな波音とそよぐ風に、玉は思う。

（ここは、坂本のお城？）

足元の白い砂浜が、真っ直ぐ大に延びているように見えて、玉は目の前に広がる青い水が湖ではなく、紺碧の海だと気づいた。

（ここは、宮津の天橋立……）

そう思った時、これは夢を見ているのだ、とわかった。夢を見ながら、ああこれは夢だと思う、その感覚に浸りながら、玉は辺りを見回した。

不意に忠興の声がした。

「橋立とは、梯立て、つまり梯子のことだ。天にも続く梯子のように見えるゆえ、天橋立と名付けたのだろう」

だが、忠興はいない。玉は声を出そうとしたが、喉が詰まったように声が出ない。玉は幾度も声を出そうとするが吐息が漏れるだけで声にならない。

「私は、玉が傷つけられることは、耐えられない」

また忠興の声がした。だが、その姿はどこにも見えない。ただ白い砂浜が海に延びている。

「……玉が細川家の妻だから、ではなくて。……私が、耐えられないのだ」

（忠興様……）

「だから、この先、何があっても玉を守りたい。……だけど」

玉は忠興の姿を探して走ろうとするが、砂に足を取られて一歩も踏み出せない。夢だとわかっているのに、言うことをきかない体がもどかしくて仕方がなかった。

「そう思ったら、どうしてだろう……」

忠興の声が、泣きそうに震えた。

「一緒に生きたい人ができたら、生きていくのが怖くなった」

玉はその言葉にどうしても応えてあげたかった。

なんとか声を発しようと、思いっきり息を吸い込む。それでも伝えたい言葉は吐息になるばかり。

忠興の姿を求めて駆け出したくても、玉の両足に白砂が重くまとわりつく。

(忠興様!)

見えぬ忠興に向かって懸命に両手を伸ばした瞬間、やっと玉の言葉が声になった。

「生きていくのが、怖いなんて言わないで!」

ようやっとの思いで叫んだ時、玉は目を覚ました。

横になったまま、両腕を天井に向かって伸ばしていた。

「またこの夢……」

一人呟くと、床から身を起こした。まだ真夜中なのか、障子戸の外は白んですらいない。

忠興が唐入りのために肥前名護屋へ出陣してから、早くも半年が過ぎ、暦は秋に移り変わろうとしていた。

玉はここ最近、同じ夢を繰り返し見ていた。情景は、その時々によって変わるのだが、たいてい忠興の姿は見えず、寂しそうな声ばかりが玉に語りかける。それに応えたくても声が出ず、やっと声を出せた途端に目が覚めるのだ。

忠興からは、肥前名護屋の細川家の陣屋敷を経由して文が届いていた。開戦当初、秀吉の命で渡海した諸大名の軍勢は破竹の勢いで朝鮮国を北上し、五月には先鋒として進軍していた加藤清正《かとうきよまさ》や小西行長《こにしゆきなが》などの軍勢により、朝鮮国の王都漢城《かんじょう》が陥落したという。細川家の軍勢は、秀吉の陣立では九番隊に配置され、しばらくの間は壱岐《いき》に在陣しているという文が届いていた。

海を隔てた島とはいえ、まだ日本の国内に在陣していることに、玉は心のどこかで安堵していた。

しかし、漢城が陥落した後は、忠興も朝鮮国に上陸したと知らせが届き、以来、忠興の文は途絶えた。肥前名護屋と大坂を行き来する家臣の話によると、肥前名護屋の本陣と漢城との間の兵糧補給路を確保するための戦で、朝鮮南部の晋州《しんしゅう》城攻めに向かったという。

(ああ、早く異国との戦など、終わってほしい)

玉は深く息を吐いた。秀吉はいったい何のために異国にまで攻め入ったのか。天下人の真意は玉には計り知れない。だが、秀吉の欲望のために、忠興が命懸けで海の向こうの戦場を駆け回り、罪なき異国の人々に刃を振るっているのかと思うと、深いため息とともに胸が重く痛む。忠興は秀吉に臣従する大名である以上、秀吉には逆らえない。だが、夫の戦場での奮闘が、すなわち、異国の人々の命と暮らしを蹂躙《じゅうりん》することでもあるという事実が、今までの戦とは違う苦悩を玉に与えていた。

〈一緒に生きたい人ができたら、生きていくのが怖くなった〉

忠興は、玉の前ならば、そのような言葉を泣きそうになりながら言う青年なのに。

隣の部屋で控えている宿直《とのい》の侍女に気取られぬようにそっと床から出ると、障子戸を開けて簀子縁まで出た。

雨が降ったのだろうか、少し水気を帯びた夜の庭に微かに虫の音が聞こえる。庭木の梢を揺らす風が頬を撫でた。

出陣前に忠興に言われた言葉を思い出していた。

〈いっそこのまま私が帰ってこなければいいとでも思っているのだろう〉

あの言葉に、「そんなことはない」と言えなかった。正直なところ、異国への出陣と聞いて、心の片隅に、もし、忠興が帰ってこなければ……とよぎってしまったのだ。そうすれば、誰に憚ることも、怯えることもなく、心の合う侍女たちとともに神に祈りを捧げる日々を送ることができる、と。

だが、忠興の死と引き換えに手に入れた信仰の日々を、幸せと思えるのだろうか。

夜空に流れる叢雲を見上げた。流れゆく雲の間から僅かに月明かりが漏れた。その儚い光に、玉の胸が締めつけられる。

(もしも、戦の無い世で出会っていたら……)

生きていくのが怖い、と声を震わせる忠興は、どんな青年だったのだろう。

八

空の色が変わったと思った。と同時に、海の匂いも鮮明に変わったと思った。

忠興は軍船《いくさぶね》の甲板から空を見上げて、深く息を吸った。朝鮮国の釜山《ふざん》を出立して肥前名護屋へ帰路の舵《かじ》を取る船上は、血と疲弊した男たちの呻き声が充満していた。だが、確かに記憶の底にあった海の匂いを感じ取り、忠興の胸に郷愁が込み上げる。

青い空にも海にも境界線はないはずなのに、船の向かう先が日本であるというだけで、空の色も海の匂いも、その瞬間に自分の見知ったものに変わるように思えた。

忠興が朝鮮国へ渡海したのは昨年のこと。それから一年あまりの間、異国での戦に明け暮れ、ようやく文禄《ぶんろく》二年の九月に肥前名護屋へ引き揚げる船に乗ることができた。戦は、明国の講和の使者の派遣を受けて、休戦となったのだ。

（結局、生きて帰ってきたな……）

玉はどんな顔で忠興を迎えるのだろうか。生還を喜んでくれるだろうか。

（いや、もう期待はやめよう）

期待が裏切られれば、また感情が滾り、玉を傷つけるだけだ。

そこへ、家老の松井康之が忠興の傍らにきた。康之のやつれた顔に、忠興は思索を中断させた。家臣を前に、私情に浸っているわけにはいかなかった。

「肥前名護屋に着いて下船したら、すぐに陣屋敷に医者を呼び寄せる」

康之は「ありがたきお言葉にございます」と一礼する。だが、その表情には諦めが滲み出ていた。忠興が物心ついた時にはすでに細川家に仕えていた康之は、この文禄の役にも忠興とともに従軍していた。四十を過ぎた忠臣の疲れきった表情を、忠興は痛ましく見やる。

船室には、康之の嫡男で十七歳の松井興之《おきゆき》が瀕死の状態で横たわっているのだ。

十七歳の若き体をも蝕《むしば》む疫病は、日本の国では経験したことのない病だった。兵糧の不足もさることながら、水の違いにここまで苦しめられるとは思わなかった。食あたりならぬ水あたりによって、陣中の痢病《りびょう》は凄惨を極めたのだ。

この帰還の船に乗る者のうち、壮健な者の方が少ないのではないかとすら思う。「王都漢城陥落」「朝鮮国南部の実質的な支配」と、文字の上では華々しい戦績に、肥前名護屋城の秀吉は狂喜したという。だが、この惨憺たる帰陣を目の当たりにしたら、秀吉はいったいどう思うのだろうか。戦場で討ち死にするならばまだしも、体に合わぬ水と風土によって蔓延《まんえん》した疫病で将兵を失った現実に、忠興は悔しさを声に滲ませた。

「一刻も早く、興之を帰還の船に乗せてやれたらよかったのだが……」

この遠征において、忠興の軍勢は陥落した王都漢城に入城したのち、兵糧補給路を確保するべく朝鮮南部にある晋州城を攻めた。だが、朝鮮軍の抵抗凄まじく苦戦を強いられた。木村重茲《きむらしげこれ》と長谷川秀一《はせがわひでかず》、そして細川忠興の連合軍は、晋州城攻めにおいて数万の兵を押し返されるという大敗を喫したのだ。

晋州城を攻め損ねたという知らせに秀吉は激怒し、晋州城の陥落を至上命令とした。いかなる状況になろうとも撤兵は断固として許されなかった。その間にも、軍勢は疫病や兵糧不足による飢餓に苦しめられ、約八か月に及ぶ攻防の末、晋州城を陥落させた時には、忠興は配下の多くを失ってしまったのだ。

兵糧すらも滞る中、薬や医師が派遣されることもなく、戦傷病者の手当てなどなすすべもなかった。今、船室で横たわる松井興之の命も、正直なところ、肥前名護屋まで持たないだろう。

「晋州城陥落に秀吉様が拘《こだわ》らなければ、もう少し早く帰還できただろう」

忠興が顔を歪めると、康之は落ち着いた声で返した。

「いえ、日本の地で死ねるだけ、我が子は恵まれておりましょう。援軍として派遣された伊達政宗殿の軍勢も、多くの者が病死したと聞きます」

「……興之はまだ生きて」

康之は静かに首を振ってその先を制した。

「忠興様より一字をいただいておきながら、忠興様をお支えすることなく先立つ息子を、どうかお許しくださいませ」

忠興は視線を波間に投げた。

「興之のそばにいてやれ」

そう言ってやるのが精一杯だった。康之が一礼して立ち去ると忠興は船べりにもたれた。頬を、海風がなぶるように叩いた。

「忠興殿」

不意に声をかけられ振り返ると、船に同乗している武将、前野長康《まえのながやす》がいた。長康は秀吉から関白職を継いだ豊臣秀次の重臣だ。以前から聚楽第などで時折見かけてはいた。秀吉とも近しい者に、忠興は僅かばかり警戒の姿勢で向き合った。先ほど、康之と話していた内容から、帰還の延引の要因が秀吉の晋州城攻めへの固執だと批判していると受け取られては、少なからずまずい。

だが、長康は心底気の毒そうに言った。

「隣にいらしたのは、確か、細川家の家老の松井康之殿か。ご子息のこと、おいたわしいことでございます」

「は……」

「私も、年の近い息子を持つ身。気持ちは痛いほどわかります」

そうため息交じりに言うと、長康は忠興の方にふっと近づいた。

「豊臣秀次様は、此度の唐入りをご憂慮されておりました」

「秀次様が？」

秀吉の甥であり、養子でもある秀次が、この朝鮮出兵を憂慮していたとは意外だった。

「明国を治め、天竺まで征しようなど、無謀が過ぎると。この将兵たちの惨憺たる様をお伝えすれば、きっと秀次様は秀吉様に御隠居を迫るに違いありません。秀次様に政道をお任せになられていたら、このような戦は起きなかったでしょう」

長康の確信に満ちた言い方に、忠興はどう返していいか迷う。安易に同感を示しては、遠回しに秀吉への批判に賛同することになりかねない。

忠興の心の内を察したのか、長康は雰囲気を変えるように言った。

「いやはや、父親という立場で、つい感情が先走ってしまいました」

「いえ……私も子を持つ身でございます」

忠興は、暗に同感していることを匂わせた。

息子たち、熊千代や与五郎、光千代は元服前ゆえに、従軍しなかっただけである。もし、元服していたら、松井康之と同じ思いを味わっていたとしてもおかしくはない。もしそうなった時、忠興は康之のように「日本の地で死ねるだけ恵まれている」などと冷静に言えるとは思えなかった。

しかし、秀吉が治める世が続く限り、またいつ、異国を攻めるとも言い出しかねない。この撤兵も、あくまで休戦に過ぎないのだ。異国に出陣する父親を案じて、目に涙をためていた長の姿もよぎる。その姿を思いやりながら、忠興はぽつりと言った。

「……娘は、大坂で私の帰りを待っていることでしょう」

「ほう、忠興殿には姫君がいらっしゃるのですね」

長康が関心を示すように返した時、船室の中から息子の傍らに寄り添っている松井康之の悲泣が聞こえた。忠興と長康は押し黙り、互いの沈黙の中にその死を察し合った。


数多の死と犠牲を払って肥前名護屋に帰陣した忠興が耳にしたのは、驚くべき事実だった。

「秀吉様は、すでに帰坂《きはん》された？」

肥前名護屋に構える細川家の陣屋敷で、留守居の家臣にそう告げられた。秀吉はすでに大坂城に戻ったというのだ。釜山を発つ前に聞いた話では、秀吉は忠興ら朝鮮から引き揚げて来た諸将を率いて大坂まで凱旋するはずだった。

「それが……大坂城で、秀吉様のご側室、茶々《ちゃちゃ》様が男児をお産みになられたという知らせが届き、急遽、諸将を待たずしてお帰りになられました」

気まずそうな声で伝える留守居の話に、忠興は啞然とした。

(ご側室に、男児が生まれた、だと？)

秀吉は五十七歳だ。これまで正妻の他に多くの側室を持ちながら、なかなか実子に恵まれなかった。茶々との間に唯一生まれていた長男の鶴松《つるまつ》は、二年前に病没していた。再びその茶々との間に男児に恵まれた喜びは、人としてわからなくはない。だが、秀吉の野望のために命懸けで戦った諸将を置いて帰坂するとは。

秀吉が晋州城陥落に固執するがゆえに、忠興らの帰還は延引し、数え切れぬほどの将兵を失ったというのに。

そうして、忠興は肥前名護屋の陣屋敷を引き揚げて、大坂の細川屋敷に戻った。

大坂屋敷の留守居の家臣たちは総出で出迎えた。

長く仕える者の中には、忠興らの無事の帰国に涙する者もいた。表御殿で迎え出た家臣たちに囲まれて、熊千代、与五郎、光千代と三人の息子が「お帰りなさいませ」と声を揃えた。長男の熊千代はこの年十四歳。育ち盛りの少年の体は、出陣する前よりもまた一回り大きくなったような気がする。

「父上、ご無事のお帰り、何よりにございます」

声変わりの始まった熊千代に、忠興は「うむ」と頷きながらも、心は、まだ元服させていなかったことへの安堵とともに、自分は十五歳の時には初陣を果たしていたという現実に僅かばかり動揺した。その心の揺れを隠しつつ、重々しく言った。

「そなたも、次の戦の折には元服をして初陣とせねばならぬ」

父、忠興の言葉に、熊千代は「はい！」と意気込んだ声で返した。

忠興は部屋を見回したが、玉と長の姿はない。

鎧を解き、小袖袴姿に着替えると奥御殿へ向かった。だが、その足取りは重かった。かつては、戦から戻れば真っ先に奥御殿へ向かい、玉に一刻も早く会いたいと思っていたのに。

玉に会いたい、その気持ちは確かにある。だが、玉に会えば、また自分は玉を傷つけてしまうだろう。それが、何より怖いのだ。

忠興の帰りを侍女が知らせたのか、奥御殿に続く渡廊に待ち構えていたのは、娘の長だった。

「父上様っ！」

忠興の姿を認めた途端、長が駆け寄った。駆け寄る長の後ろから、しずしずと玉がやってくる。玉は忠興の前に跪き「ご無事のお帰り、まことに嬉しゅうございます」と一礼する。

正妻として疵一つない口上だ。だが、その言葉ほどに感情がこもっているとは思えないのは、玉の心が離れているからなのか、それとも、自分の心が離れようとしているからなのか。

忠興は無言のまま、そっと玉から視線を外した。

それから数日後、忠興は大坂城表御殿にいた。

我が子の誕生に喜色露わにする秀吉は、諸将を大坂城に集めて「拾《ひろい》」と名付けられた赤子のお披露目《ひろめ》の儀を行ったのだ。

喜色満面に、赤子を抱きあやす秀吉に向かって、諸大名は「豊臣家の増々《ますます》のご繁栄に尽くしてまいる所存」などと当たり障りのない祝儀を述べていく。忠興も侍烏帽子に直垂姿の武家の正装で、秀吉と赤子の御前に進み出ると「まことに麗しい若子様にございます」と祝儀を述べた。

世辞ではなく、本当に見目の整った綺麗な赤子だった。母親に似たのだろうか、と秀吉の傍らに座す茶々を見やりたくなる。だが、秀吉の側室である茶々をまじまじと見れば、無礼者！　と秀吉の上機嫌も一瞬にして消え失せかねない。

忠興は深く一礼をすると、粛々と御前を下がった。

表御殿の大広間を出て、なおも小首を傾げつつ廊を歩いていると、思いがけない者に呼び止められた。

「忠興殿、一大事にございますぞ！」

忠興の姿を見つけるなり駆け寄ったのは、あの帰還の船に同乗していた前野長康だった。「一大事とは」と身構えて訊き返す忠興に、長康はそっと耳打ちする。長康の告げた言葉に、忠興は声が裏返りそうになった。

「か、改易《かいえき》？」

「さよう、秀吉様は今でこそ、拾様の御誕生にお喜びであるが、事が落ち着いた頃に、晋州城攻めで苦戦する要因を作った細川忠興殿の所領を取り上げ、改易するべきだと進言する者がいると」

「な、な……ぜ、そのような」

忠興は声どころか体まで震えそうになる。なぜ、秀吉の命に従って戦い、多くの家臣や兵を失った忠興に下されるのが、勲功ではなく、改易なのか。全く解《げ》せなかった。

「誰がそのようなことを」

ようやっとそう問い返すと、長康は周囲を素早く見回して聞き耳を立てる者がいないことを確かめると、そっとその名を告げた。

「石田三成殿です」

秀吉の最側近の一人であり、秀吉の政務を実質的に担う奉行《ぶぎょう》だ。むろん、忠興自身も大坂城や聚楽第、肥前名護屋でも、秀吉に謁見する様々な場面でその名も姿も見知っている。だが、秀吉に臣従する大名としての付き合い程度の仲であり、それ以上の関わりも親しい会話もしたことはない。恨まれる覚えも、陥れられる覚えもない。

長康は忠興に囁いた。

「秀次様は案じておられます。朝鮮出兵の勲功差配を、不当に評された諸将の不満が高まるのではと。秀次様は、忠興殿のためにお口添えくださるとおっしゃっています」

だが、忠興は長康の話の続きをほとんど聞かず、廊を突き進んでいた。「忠興殿！」と呼び止める長康の声も耳に入らなかった。

忠興は大坂城表御殿にある奉行が控える部屋に向かった。とにもかくにも、改易だけは免れたい。命を懸けて戦った忠臣たちのためにも、細川家を潰すわけにはいかないのだ。そのためには、石田三成の真意を問わねばならぬ。その思いで、忠興は奉行たちが控える部屋の襖を開けた。

「三成殿はおられるか」

前触れもなく現れた忠興の姿に、部屋に控えていた奉行たちが驚いた。丹後国宮津城の大名、細川忠興だと察した者が、敬意を示しつつ「何事でございましょうや」と返す。

「石田三成殿に、会いたい」

忠興が低い声で言うと、書棚の陰で書き物をしていた小柄な男が立ち上がった。

「私に、何の御用ですか？」

忠興の方が背は高く、自然、見下ろすことになる。三成はやや不快そうに見上げたが、忠興は構わなかった。相手は秀吉の右腕とも寵臣とも言われようが、所詮、秀吉の直轄地の代官に過ぎぬ男。こちらは丹後国宮津城十二万石の細川家当主。抱える家臣や領民のためにも、ここで弱気を示すわけにはいかない。

対峙する二人の剣呑さに、周囲は余計な諍《いさか》いには巻き込まれたくないと言わんばかりに離れていく。

「三成殿は、この私に晋州城攻めの咎を負わせるおつもりと聞き及んだのだが、まことか」

すると三成は、そんなことか、とでも言うように小さく息を吐いた。そうして、独り言を装って呟いた。

「まさか、あの失態を認めず、勲功のみを欲するつもりなのか？」

「な……」

（なんなのだ、この男は）

そう思った瞬間、忠興ははっとした。この独り言を装う嫌味な言い方、どこか覚えがある。

三成は忠興を見上げると、すらすらと言ってのけた。

「晋州城攻めの咎を負わせる、と申されるが、負わせるもなにも、本当の事ではありませんか？川沿いの要衝にあるとはいえ、平城《ひらじろ》攻めに数万の兵を押し返されるとは。戦上手の細川忠興殿とも思えぬ失態。あの平城を攻め損ねたせいで、漢城陥落に歓喜していた秀吉様を激怒させ、あげく、落城までに半年以上の時をかけ、東国の大名まで動員させた。どれだけの時と兵を費やしたと？」

立て板に水のごとき口調の三成に、対する忠興は口下手だ。危うく、そのまま言いくるめられそうになる。必死の思いで、喘ぐように言い返した。

「あ、あれは、兵糧不足と疫病が……」

「晋州城が早々に落ちていれば、兵糧補給路も確保され、兵は餓死も病死もすることなく帰還できたのでは？」

「……っ」

戦場で病と飢えに斃れた者たちの姿を思い出し、忠興は唇を噛んだ。

「兵糧不足と疫病。それを言いたいがために、わざわざここへ？」

「違うっ！」

なぜ、秀吉の御為に戦い、多くの家臣や兵を失った者に下されるのが、勲功ではなく、改易なのかが解せぬ。それを問い糾したいのだ。

唇をわななかせる忠興を前に、三成は口元を緩めた。

「あの時と、何も変わっていないではないか。そうやって、すぐに苛立って人を見下す」

その薄ら笑いに、忠興はようやく思い当たった。この目の前にいる男は、かつて青龍寺城で出会った嫌味な青年ではないか、と。

荒木村重謀反の折、明智光秀を嗤っていた、羽柴秀吉の家人。

「あの時の……」

ようやく思い出したか、とでも言いたげな薄ら笑いは、あの時と全く同じだった。

年は、忠興よりは二つか三つ年上に見えるが、名は知らない。地面に跪いて主人を待つ家人など、忠興が名乗るほどの相手ではないし、不遜な薄ら笑いが不快で、訊こうとも思わなかった……あの家人だった。

「さすがは細川家の御嫡男にございます。取るに足らぬ家人をも、覚えていてくださったようで、ありがたく存じます」

忠興は攣りそうになるこめかみを片手で押さえた。その忠興を見上げて、三成は尋ねた。

「ずいぶんと頭《ず》が高いようですが、忠興殿にとっては、私は今も、取るに足らぬ豊臣秀吉様の一奉行、なのでしょうか？」

忠興は返せる言葉がない。ようやっとの思いで、膝頭を手で押さえつけるようにして三成の前に跪いた。今度は、三成の薄ら笑いを、忠興の方が仰ぎ見る形になる。忠興は憤りを押し殺して言った。

「どうか……秀吉様にお口添えいただきたい。命を賭して戦い、生きて帰った家臣たちのためにも、改易だけは……どうかお許しいただきたい、と」

三成は忠興を見下ろすその一呼吸さえをも堪能するように、たっぷりと間を置いてから返した。

「考えておきましょう」

この屈辱的な三成への嘆願が功を奏したのかはわからない。だが、その後、改易の話が取りざたされることはなかった。単に、見目麗しい男児誕生の喜びに秀吉の怒りが吹き飛んだだけなのかもしれない。あるいは、前野長康が、豊臣秀次を通して秀吉に働きかけてくれたのやもしれぬ。いずれにせよ、細川家の改易は免れた。

だが、忠興の頭の片隅から、朝鮮出兵の労苦、秀吉の無責任な帰坂、それに続く三成の讒言《ざんげん》と、不満が消えることはなかった。

九

「秀吉様は、拾様を溺愛《できあい》なさっておるな」

忠興の前で、父、幽斎が脇息にもたれていた。忠興は「さようにに」と短く返す。

幽斎は、隠居所の田辺城から時折、秀吉のもとへ、茶や和歌など遊興の相手として出仕していた。今日はこうして、田辺城へ帰る前に細川屋敷の忠興を訪っていた。

「あの伏見城《ふしみ》は、拾様のための城よ」

幽斎の言葉に、忠興は無言のまま庭越しの天守閣に視線をやった。細川屋敷の庭越しに見える天守閣は、金色の大坂城ではない。大坂と京の都の間に、新たに築かれた伏見城だ。

秀吉が愛児、拾と過ごすための城。その普請には、細川家も含めた多くの大名が奉仕した。豊臣家への忠誠を示すために、諸大名は城下には大坂屋敷と同様に、伏見屋敷を築いていた。

忠興は、その伏見屋敷で、父、幽斎と向き合っていた。

「秀吉様は、お年を召された」

父上もお年を召された、と思ったがそれは言葉にしない。

久方ぶりに対面する父は、体の線が細くなり、目尻や口元に滲み出る心身の老け込みが隠しきれていない。それでも父を前にすると、忠興は幼い頃の感覚に陥りそうになる。忠興を見定める目をした父を前に、膝を正して身動きが取れなくなる感覚。一つ過ちを犯せばその場で見限られるのではないか……細川家の嫡男という名の居場所を失うのではないか、という幼き頃に抱き続けた懼れ。

〈そなた、自刃の作法を教わっておらぬな〉

〈じじん？　でございますか〉

初めて父から、己の命を絶てと、教えられた日がよみがえる。

――散るべき時を知り、己の命を絶て――

あの日、喉元に突き付けられた白い扇は、父親に見限られた瞬間に、白い刃に変わる。

三十二歳になっても、その感覚は変わらない。もう、自分が細川家当主なのだ、父親は隠居したのだ、何もできなかった幼き頃とは、違うのだ。そう自分に言い聞かせても、こうして、父の目を前にすると、身じろぎ一つ許されなかった頃に戻るようだった。忠興は、その感覚に、膝に置いた拳を握って耐えていた。

「それで、忠興よ、長のことだが」

「は……」

単に忠興に会いにきたわけではないことは最初からわかっていた。だが、娘の長の名が挙がったことに、僅かばかり意表を突かれた。

「長を前野家に嫁がせよ」

「それは……」

前野家は、関白職を継いだ豊臣秀次に重用されている家臣だ。以前、朝鮮出兵から帰陣する船上で声をかけてくれた前野長康の姿が思い出される。

「前野長康殿の御子息の、長重《ながしげ》殿が良き年頃であろう」

「しかし、長はまだ十三にございますれば」

まだ表情や仕草はあどけない少女そのものだ。さすがにもう、無邪気に膝に乗ってくることはしないが、それでも父親の忠興を慕い、この前は、仕立てたばかりの打掛を、忠興に披露するような年頃の娘なのだ。

忠興が首肯しないことに、幽斎はやや不機嫌そうな口調になった。

「伏見城は、秀吉様の御隠居所。そう囁かれていることを、知らぬとは言わせぬ」

「は……」

秀吉の世はもう長くはない。秀吉が退いた後の次代を担うであろう豊臣秀次と、縁を結べるうちに結んでおきたい。秀次の重臣である前野家との縁談、その思惑に、忠興は押し黙る。

華やかな色打掛を纏って「似合《にお》うておりますか？　父上様！」と、忠興の前でくるりと回っていた、そんな娘の姿を思い出してしまう。細川家の将来のためとはいえ、物のように「長を嫁がせよ」と言う幽斎の意向を、すぐには受け入れられなかった。

だが、思えば、玉にしても明智家と細川家の縁を結ぶために嫁がされた政略の道具だった。そして、妹の伊也も、細川家と一色家との均衡を保つために一色義有のもとへ嫁がされたのだ。それが、戦国の世の女子のさだめなのだ、と思えばそれまでだ。

忠興が黙していると、幽斎は低い声で言った。

「玉のキリシタン信仰はいかにするつもりだ」

「は……？」

唐突に玉の信仰を切り出され、忠興は返答に惑った。

「秀吉様はキリシタンを黙認なさってはいるが、伴天連追放令は、撤回されたわけではないのだぞ」

「はい……」

「キリシタンを邪法と公言なさっている態度を、秀吉様は変えておらぬ。正妻がキリシタンである細川家がいかような立場に置かれるか、わかったものではない」

「……棄教せよと、玉には幾度となく命じてはいるのですが」

「この先、キリシタンの弾圧となった時、お前は玉を離縁できるのか」

「それは……」

「万が一、細川家が窮地に立たされた時、関白秀次様と縁戚で繋がっているのといないのとでは、まるで話も変わってくる」

「…………」

「細川家当主として、間違った選択は許されぬぞ」

（ああ、父上は、何も間違ってはいない……）

父は、常に正しい選択をしてきたのだ。細川家の名と生き残りを懸けて。

足利将軍を擁して幼き忠興を都に捨て置き、その将軍に室町幕府再興の力がないと見限ると、織田信長に臣従し将軍の権威を凋落させた。そうして、信長の命に従い忠興に明智光秀の娘を娶らせ、明智光秀が信長を滅ぼせば玉を幽閉して明智との縁を断った。さらに、伊也を敵国に嫁がせた後、反逆の匂いをかぎ取った途端、躊躇うことなく忠興に妹の夫を殺させた。

膝に置いていた拳を開いて、鼻梁に当てた。刻まれた古傷に、指先が触れると、あの時の狂乱する妹の声が耳の奥に響くようだった。

〈兄上様は誰かを憐れむような人ではなかったのに！〉

忠興は、震える吐息とともに言った。

「……おっしゃるとおりと思います」

玉は婚礼の白打掛を纏う長の姿に目を細めた。

大坂屋敷の奥御殿、夕闇の漂う部屋に美しい花嫁姿が白く浮かび上がる。白粉《おしろい》を塗り、紅をさした唇は、実際の年よりもずっと、長を大人びて見せていた。

忠興の朝鮮遠征帰還から、二年の歳月が過ぎ、長は十四歳になっていた。固い花蕾がようやく綻び始めるような年の娘だ。あどけない少女の面影を白粉で隠して嫁に行かねばならぬ娘の身を、玉は精一杯の思いで言祝《ことほ》いだ。

「長、ほんとうに美しいですよ」

玉の言葉に、婚礼衣裳の着付けを手伝った侍女の絃も目を潤ませている。

「母上様……私は、前野様の良き妻になれるでしょうか」

張り詰めた長の声に、玉は「もちろんです」と頷き返す。

前野長康の息子の長重に嫁ぐ長の婚儀は、関白豊臣秀次の重臣である前野家との縁を結ぶための、政略といえば政略だ。だが、大名同士の戦が絶えなかった玉の頃の輿入れとは事情が少し違う。老齢となる秀吉の後の世を見越して、次代の豊臣家を担う秀次との縁を結んでおくための婚姻なのだ。

秀吉は昨年、伏見に新たに城を築き、そこに拠点を移した。その伏見城は、今や秀吉の隠居所とまで言われている。秀吉から秀次へ、政の推移に細川家も順応していくのだ。

豊臣家に逆らう者は皆無であり、豊臣の世は盤石そのもの。まかり間違っても、玉のように戦や謀反によって危機に晒されることはない。それでも、長は嫁ぐ不安を隠せぬ様子で言った。

「前野の家に嫁いでも、細川の家のことを忘れることはありません」

白粉を塗った頬に、涙が伝う。玉は「せっかくの化粧が落ちてしまいますよ」と涙を拭ってやりながら言った。

「細川の家のことも、案ずることはありませぬ。父上と兄上が、しかと守り抜いてくださいます。長は、前野長重様と末永く過ごせるように、そのことだけを考えていればよいのです」

長男の熊千代も無事元服を果たして忠隆《ただたか》と名を改め、忠興の後嗣として育っている。味土野で生まれた次男の与五郎は、忠興の弟の興元に子がないため養子になった。三男の光千代はまだ十歳。今しばらくは、玉とともに過ごせるだろう。

（藤が産んだ古保は、確か十一）

ゆくゆくは、家老松井康之の子に嫁がせる、と聞いている。細川家の重臣の子息に嫁ぐことは、忠興が古保を細川家の姫として誠実に遇している証だ。

夫が他の女に産ませた子のことなど、本当は考えたくもなかったが、我が子の成長を思いやる時、やはりどうしてもその存在は頭の片隅によぎる。

（藤を憎むことも、ましてや罪のない古保を憎むことも、神はお望みではない）

藤の存在が脳裏をよぎる時、玉は神の御心を思うことで平静を保っていた。

神は、善人にも悪人にも分け隔てなく、陽の光を与え、雨を降らせる。

神が藤にも光を降りそそぐというのなら、それも神の御心ということ。その御心を受け入れられなければ、自分は神を信じているとは言えない。たとえ、藤が玉の幽閉中に忠興の寵愛を受けた身だとしても、そして、凋落した玉の境遇を愉しむ心の持ち主だとしても。

玉は、その藤の過ちをも許し、受け入れられる人でありたかった。そうでなければ、自分も藤と同じ、醜い心の持ち主に堕ちてしまうだろう。醜い心が出そうになる時や、憤りたくなる時、玉は、それが神の御心のままか？　を己に問うようにしていた。

藤は藤で、憐れな女なのだ。親兄弟とは死に別れ、忠興の側室として生きるしかない。その境遇に、藤自身が望んで身を投じたわけではない。人の不幸を愉しむことでしか、自らの心を満たすことができない可哀そうな人なのだ。

それを思いながら、玉は長を見た。

（嫁ぐ前に、長を受洗させてやりたかった）

嫁ぐ長も、女として妻として、どんな境遇が待っているかはわからない。だからこそ、心の拠り所となる信仰を知ってほしかった。

だが、入信を長に促しても長は首を縦には振らなかった。「母上様のお気持ちはわかりますが、父上様がお望みでなければ、私はキリシタンになりたいとは思いませぬ」と言われてしまった。

確かに、長がそう答えるのも当然のことやもしれぬ。忠興が棄教を迫る姿を、子供たちには見せぬようにしていたが、きっと侍女や家臣の口の端から伝わっていたのだろう。それに、父親としての忠興は、長を大切に育て、長もまた父想いの娘だった。思えば、長はずっと忠興と一緒に過ごしていたのだ。玉が味土野に幽閉されていた間も、長は忠興のそばにいた。

長が入信することなく嫁ぐことに、玉として心残りはあるが、それ以上強く勧めはしなかった。

「あなたに、神の御加護がありますよう、祈っておりますよ」

その時、廊から「輿のお支度が整いました」と侍女の声がした。玉は長の手を取って部屋を出た。紘が後ろから付き従う。

表御殿まで行くと、正装姿の忠興が口元を引き締めて待っていた。玄関の式台の前には、細川家の九曜紋が入った婚礼の輿が用意され、付き従う家臣や侍女たちも正装姿で輿の脇に控えている。

長は忠興の前で、両手をついて深々と一礼した。

「父上様、行って参ります」

忠興が無言のままなのは、きっと何かを言えば声が震えてしまうからだろう。玉は忠興の隣に立つと、嫁ぐ愛娘を夫婦で見送った。

長を乗せた輿は、京の都へと向けて発った。聚楽第の豊臣秀次に仕える前野家の屋敷は京の都にあるのだ。粛々と遠ざかっていく輿を見送りながら、玉は横目でそっと忠興を見た。

(思えば、こうして二人で並ぶのはいつぶりだろう)

近頃の忠興は激しい感情の起伏で玉を苦しめることは少なくなっていた。だが、その代わりというか、感情を抑えるためなのか、玉のことをどこか避けているようにも思えた。奥御殿で過ごすことも減り、夕餉などをともにしても、その目はすっとそらされる。

長の輿が見えなくなると、忠興は玉に声をかけることも、見やることもなく、その場を立ち去った。傍らに控えていた紘が、慮るように言った。

「忠興様は長姫様をたいそう可愛がっておられましたから。消沈なさっているのでございましょう」

確かに、近頃の忠興は、玉に会うというよりは、長に会うために奥御殿に足を運んでいるようなものだった。長がいなくなれば、ますます、忠興の足は奥御殿から遠のくに違いなかった。そうなれば、玉も侍女たちも忠興に怯えることもなく神に祈ることができる。憚ることなく洗礼名のガラシャを名乗ることもできる。

それなのに、喜びや安堵よりも「それで、いいのだろうか」という思いが心を占めていた。

その夜、玉は自ら忠興の居室を訪った。

「忠興様、よろしゅうございますか」

玉から訪ねてくることなど、めったにない。忠興は少し驚いた声で「どうした」と返した。

玉が部屋に入ると、忠興は文箱《ふばこ》の蓋《ふた》を慌てた様子で閉じた。何か、青い色の小袋を隠したように見えたが、問うことはしなかった。問うたところで、宮津にいる藤か古保への贈り物だ、とでも返されれば、ただただ不快になるだけだ。

玉は何も見なかったことにして、気を取り直して言った。

「今宵は……娘を無事に嫁がせた父と母の想いで、忠興様とお話がしとうなりました」

玉が改まって何の用件か、と構えていたのか、忠興は肩の力を抜くようにして、小さく息を吐いた。

「娘を嫁に出すのは……なんというか、むなしいものだな」

忠興の率直な言葉に、玉は「ええ」と応えた。

「戦から帰陣する時よりも、むなしい」

「戦から帰陣する時？」

思いがけない言葉に、玉は問い返した。忠興は問い返されると思っていなかったのか、やや気まずそうに視線を外した。

「帰陣する時、心のどこかで思うのだ。……此度も死ねなかったな、と」

「どうして、そのように思われるのですか？」

戦から無事に帰れれば、生きて帰れたことを喜ぶものではないのか。

忠興はやや黙した後に、答えた。

「〈散るべき時を知り、己の命を絶て〉……それが、私が父上から最初に教えられたことだったからだろうか」

「散るべき時を知り……」

「私は、七つまで他人の手で育てられていたのだ。……父上が、足利将軍とともに都落ちしていたからな。そうして、再会した実の父から最初に教えられたのが、自刃の作法だった」

「七つの時に、自刃の作法を教えられたのですか？」

そんなに幼い頃に、と玉は驚いた。玉も、武家の子女として、自刃の作法は明智家で教わっていた。だが、それは、細川家に嫁ぐと決まってからのことだった。武家の正妻として、知っておかねばならぬ作法の一つとして教えられたのだ。

するると、忠興は僅かに頬を歪ませて言った。

「武家の嫡男としては、むしろ、七つまで知らなかったことに落胆されたが？」

「そう、なのですね」

「思えば、あれから私はずっと、死に場所を探しているようなものだったな」

「死に場所……」

玉はその言葉に、思い出すように言った。

「味土野にいた頃、私も、死を思っておりました」

味土野の言葉に、忠興は敏感に眉間に皺を寄せた。玉は少し慌てて「あなた様を責めるつもりで言うのではありません」と前置きをして続けた。

「今はもう、死にたいとは思いませぬ」

「それはキリシタンの教義で自害が禁じられているから、ではないのか」

忠興はやや不機嫌そうな声で返した。玉は慎重に言葉を選びながら言った。

「それもありますが……何より、私は神の御心に救われたのです。神はどんな時も、私に寄り添ってくださる、神の御心にゆだねることで、不安も煩いも、なくなったのです」

玉の言葉を忠興なりに汲み取ったのか、キリシタンの教えを口にしても激高することはなかった。

忠興は、確かめるような口調で言った。

「今を、誰かのために捧げたいと思うこと……それが、永遠の愛、なのだな」

忠興の口から、永遠の愛、などという言葉が出るとは思っていなかったゆえに、玉は少々戸惑った。忠興は淡々と続けた。

「以前、そなたが、いっそ離縁したい、と侍女にこぼしていた時に、そう言っていたではないか」

「…………」

「今を受け入れられず壊したいと思うのは、歪んだ愛。そうも言っていた」

「……ええ」

忠興様の愛は、歪んだ愛。かつて、そう侍女に断言したことも、聞かれていたのだ。次に忠興が何を言うのか、玉は僅かばかり身構えた。

だが、次に続いた忠興の言葉は、とても静かなものだった。

「今を、誰かのために捧げたいと思うこと……それが、永遠の愛だとは、私には信じられない」

「……どうして、ですか」

「私は、何かを信じて失うのはいやだから」

「神は、決して見捨てませぬ」

「それはつまり、人は見捨てる、ということだろう」

「………」

「私は、この世に神などいてもいなくても、構わぬ。……同じものを見て、同じことを思ってくれる、玉がいれば、それでよかったから」

見つめる忠興は、寂しそうなまなざしをしていた。

そのまなざしを前に、玉は唇に伸ばされる指先を拒めなかった。すると、玉が逃れなかったことに、忠興の方が惑う。唇をなぞる指先が、微かに震えていた。

忠興が玉の意思を確かめるように「よいのか」と目で問う。玉は無言のままだった。

だがこのまま、忠興からの愛撫を許しても、それが残酷な行為で玉を苦しめた日々を赦すことにはならない。

その意思が玉の表情に現れたのを感じ取ったのか、途端に、忠興は身を離した。

「忠興様……」

玉を振り払うように、忠興は立ち上がった。

「私の愛は、歪んだ愛か」

忠興のまなざしに、玉は何も答えられなかった。忠興のこめかみが微かに攣っている。激高しそうになる感情を、必死に抑え込もうとしているのだ。忠興は震える声で言った。

「奥御殿に戻れ」

「忠興様」

「頼む。これ以上は……抑えられない」

玉は、忠興を独りにすることに逡巡《しゅんじゅん》を覚えた。だが、その躊躇いが、同情なのか愛情なのか、わからなかった。

身動きが取れずにいる玉に、忠興はほとんど叫ぶように「去れ！」と言った。玉は唇を噛みしめて、一礼すると忠興の部屋を去った。

部屋を出て、玉は一人、冷えきった廊に立ち尽くした。

その頬に伝う涙の意味がわからぬまま、頤から滴る雫を、指先でそっと拭っていた。


長が前野長重のもとに輿入れしてからしばらくして、前野家から懇切丁寧な文が届いた。

長の利発な気性や器量の良さに、大変感心していることや、愛らしい姫を嫁がせてくれたことへの感謝を綴《つづ》った文だった。その文には長自身の文も添えられて、夫の長重は穏やかで優しく、大坂下向の折には細川屋敷に二人揃って訪いたい、などと微笑ましいことが綴られていた。

そうして、輿入れから半年が経とうかという、七月のことだった。

玉が奥御殿で桔梗の花を活けていると、居室に近づく大きな足音が聞こえた。玉も、周囲にいた侍女も何事かと身構えた。

「玉っ！」と襖を開けたのは忠興だった。忠興の顔は青ざめている。もしや長の身に何かあったのか、と直感した。母親としての勘か、それとも、忠興に父親としての動揺が滲み出ていたからか。

忠興は侍女たちに下がるように目で命じた。侍女たちが互いに目配せをしながら立ち去ると、忠興はぴしゃりと襖を閉じる。

「秀次様のご謀反だ」

「え……」

謀反の言葉に、玉は桔梗の花筒を倒した。床に広がった水に袴が濡れるのも気に留めず、忠興は玉ににじり寄ると両肩に手を置いた。玉を落ち着けるためというよりは、そうしないと忠興自身が動揺のあまり体を支えられないのかもしれない。

「秀吉様に対する叛意あり、と石田三成殿の詰問に遭ったらしい」

「石田三成様の詰問を……。それで、秀次様は？　お仕えする前野家は？」

「秀次様は……関白職剝奪の上、高野山《こうやさん》へ追放……切腹の命が下ったと。助命嘆願に尽くした前野家にも、連座の嫌疑がかけられた」

「……では、長は」

「わからぬ。前野長康殿と長重殿は蟄居となったが……秀吉様のお怒り次第ではどうなるか」

「そんな……いったい秀次様に何の叛意があったと？」

「……諸将への勲功差配や所領の配分で秀吉様の意に沿わぬことがあったとか、越権があったとか、色々と噂はされておるが。……根本のところは、秀吉様は秀次様を疎《うと》んじられたのだと思う」

「疎んじる？　自らの甥御様にございましょう」

「甥だからこそだ。……秀吉様は、豊臣家を秀次様に託すおつもりだったが、関白職を譲った後に、ご側室の茶々様が拾様をお産みになった」

「では、秀吉様は我が子に豊臣家を継がせるために、秀次様を……」

「しっ」

忠興は玉にそれ以上を言わぬように鋭く制した。忠興の厳しい目に、玉は自分が口にしようとしたことが、いかに恐ろしいことかを自覚した。

忠興は玉の両肩に手を置いたまま言った。

「長を前野家に嫁がせている細川家も……他人事とは言えぬ」

玉は「ああ……」と声とともに息を漏らした。そうして、床に散乱した桔梗を見やった。

「私の時と、同じにございますね」

玉の言葉に、忠興はうなだれたまま何も言わなかった。

「それで、忠興様は……細川家は、長をどうするのですか」

「…………」

「私が謀反人の娘となったのと同じように、長は謀反人の妻になったのでございますよ」

自分でも驚くほど淡々とした声だった。連座の憂き目にある前野家に嫁いだ長を見殺しにするのか、と忠興を見やる。忠興はがばと顔を上げた。

「あの時とは違う！」

「何が、違うのでございますか」

「……とにかく、あの時とは、違うのだ」

忠興の唸り声は、問いの答えにはなっていなかった。

（時が経てば、きっと、秀吉様はお許しになる）

忠興は秀吉の勘気が解けることに、一縷《いちる》の望みを託していた。

だが、忠興の望みはむなしく散った。秀次は高野山に追放された後、僅か七日で切腹の命に従って果てたのだ。それに続いて、秀吉の矛先は秀次の妻女や家臣にまで向き、乳飲み子を含む三十人余りの妻女が、悲泣と慟哭に包まれた京の都の三条河原で処刑された。家老職の前野長重、蟄居していた父の長康も切腹して果てた。

僅か十四にして寡婦となった長は、実家の細川家お預けの沙汰となった。

屋敷に戻った長は、泣き濡れることはなかった。それは気丈ゆえではない。泣くことさえ忘れた表情に、玉は涙を浮かべ、忠興も連日のように、長の様子を見るために、奥御殿へ顔を出していた。

玉がキリシタンの教えで長の心を救わんとしている姿を見ても、忠興は黙認するしかなかった。

「苦しみの中にこそ、神の愛があるのです。ともに祈りましょう。さすれば、神は寄り添ってくださる」

魂の抜け殻のようになった長の肩を、玉は抱きかかえて神の愛を説いている。その様子を部屋の外からそっと見やりながら、忠興は懐に手を入れた。懐の中から取り出したのは、掌におさまるほどの青い小袋だった。それは以前、玉が突然訪ねてきた際に、慌てて文箱に隠したものだった。

(今こそ、これを渡してやるべき時ではないか……?)

忠興はそう思いつつも、長に寄り添う玉の背に声がかけられなかった。この青い小袋の中に入っているものを玉に渡すこと、それは、玉にとって必要なのは、忠興の愛ではないと認めるのと同じことだった。

忠興は青い小袋を握りつぶすと、再び懐にしまいこんだ。

そうして、長が細川家にお預けとなってひと月が経とうかという頃、忠興は突如、秀吉の御前に呼び出された。

「細川家が秀次から黄金百枚を受領していた、と三成から聞き及んだのだが？」

不機嫌な声の秀吉に問われ、忠興は額から冷や汗が落ちそうになった。

言いがかりではない。心当たりがあった。確かに、秀次から黄金百枚を拝領していた。

だが、それは、前野長重のもとに輿入れする長の婚礼支度を整えるための、いわば祝い金として受け取ったものだった。正直なところ、関白家の重臣である前野家との縁談で、輿入れ支度を相応に整えることができないほどに、細川家の財政は窮していたのだ。

朝鮮出兵においては、実情をほとんど知らぬ三成ら秀吉側近たちの勲功差配によって、改易までちらつかせられた上に、戦功の恩賞は貰えなかった。さらには伏見城普請においても、石垣や堀の多大な役賦課を負わされた。朝鮮出兵での痛手も回復せぬうちの城普請の役賦課には、さすがの細川家も家臣の俸給を削らんばかりの懐事情に陥った。そこに黄金百枚拝領の話があり、とにかくありがたく頂戴したのだ。

秀吉の隣に控える石田三成が、すました声で言う。

「秀次殿の遺領を整理していた勘定方から報告を受けたのです。忠興殿は、秀次殿叛意の前に、黄金百枚を拝領していたと」

「それは……拝領ではなく、借用にございます」

忠興は苦しい弁明をした。

「借用？　何のために」

秀吉が片眉を上げた。

「娘の……婚礼支度を整えるためにございます」

用途を明かさねば、謀反のために買収されたととられかねない。そう判断して、忠興は言った。

すると、秀吉は「ほう、婚礼の？」と少し身を乗り出した。三成が秀吉に告げた。

「忠興殿は、娘の長姫を、前野長重に嫁がせていたのです」

「前野……確か、連座の咎で切腹したな」

まずい、と瞬時に思った。前野家と細川家の婚姻関係を、蒸し返されかねない。だが、秀吉は鷹《おう》揚《よう》に言った。

「まあよいわ」

忠興が胸を撫でおろそうとした時、秀吉は付け足すように言った。

「その、長という娘を、わしに差し出せば許してやろう」

「は……？」

「娘を前野の倅《せがれ》に嫁がせて、秀次と懇意になろうとしたことは確かなこと。今一度、細川家として、わしへの忠誠を誓うならば、証としてその娘を差し出せ」

秀吉はにんまりと笑い、黄ばんだ歯を覗かせた。その笑顔に、忠興の背筋が凍る。秀吉は、五十九歳の今でも、奥御殿に多くの側室を侍らせ、その中には臣従させた大名や討ち滅ぼした城主の幼《いたいけ》気な子女も含まれると聞く。跡継ぎの拾を産んだ茶々も、秀吉に攻め滅ぼされた近江国小谷城主、浅井長政の娘だ。……冷静に数えてみれば、秀吉との年は、父子以上に離れている。

「その娘、味土野に隠していたそなたの〈玉〉が産んだ娘であろう。さぞ、美しい娘であろうのう」

吐き気が込み上げそうになった。その時、薄ら笑いを浮かべる三成の姿が目に入った。忠興はこめかみを引き攣らせて三成を睨みつけた。

（この……この男、私にいったい何の恨みがあるというのだ）

三成が黄金百枚の存在を嗅ぎつけて秀吉に進言しなければ……。

「どうか……それればかりはご容赦を」とようやっと答えると、ふらふらと立ち上がり、秀吉の御前を下がった。

部屋の外の廊に控えていた松井康之は一部始終を聞いていたのだろう。ふらつく忠興に駆け寄るとその肩を支えてくれた。

細川屋敷に戻ると、忠興は込み上げる憤りを隠せなかった。

「朝鮮出兵の時といい、此度の讒言といい、三成……どこまで陰険なのか」

思い起こせば、千利休が失脚したのも、石田三成の苦言が発端ではなかったか。あまりの悔しさと屈辱に、人差し指を噛んでいた。松井康之が「お気をお静めくださいませ」となだめようとするが、忠興の怒りはおさまらない。

「三成のけちな勲功差配のおかげで、そちのような有功の家臣を称すべき手段すらないのだぞ」

「それは……」

「この上、三成の讒言によって娘を差し出す屈辱を味わうくらいなら……」

忠興は思いつめる。言ってはいけないことだとわかりながら、唸るように声を出していた。

「今すぐ三成を討って、城下を焦土と化したい」

「忠興様、それはなりませぬ」

「できぬのか。細川家の軍勢は三成一人をも殺せぬか」

「できぬことではありませぬ。ですが、それでは、明智殿と同じにございますぞ」

松井康之の言葉に、忠興は押し黙る。理不尽な扱いに対して、武力をもってやり返せば、それは明智光秀の轍を踏むことになりかねない。

「直ちに黄金百枚を秀吉様に献上し、改めて許しを乞いましょう」

「それだけで、秀吉様が長を諦めると思うか」

それに、黄金百枚と簡単に言うが、その百枚が支度できなかったがゆえに、輿入れに際して秀次から頂戴したのだ。

「では、長姫様を秀吉様に差し出し、忠誠の証となさいますか……」

「長は、まだ十四だぞ！」

一度は嫁にやったとはいえ、十四の娘である。それも夫を失ったばかりの傷ついた心のまま、秀吉の側室に差し出すなど、考えるのもおぞましかった。

その時、思いがけない人の声がした。

「長を差し出すほかあるまい」

その声と同時に襖を開けた男の姿に、忠興は声が裏返りそうになる。

「ち、父上……？」

突如として現れた前当主、幽斎の姿に、松井康之も驚き慌てて低頭する。

「秀次様ご切腹の沙汰を聞き、細川家に累が及びはせぬかと案じて、田辺城より出てきたのだ。先ほど屋敷についたところだが、ちょうど忠興が城中に呼び出されたところと聞いて、奥御殿で待たせてもらった」

「奥御殿で……ということは」

忠興が幽斎の背後を見やると、そこには玉と長が肩を寄せ合うようにして立ち尽くしていた。長は、己の身に降り掛かろうとしている事態に、今にも卒倒しそうなくらい血の気の引いた顔をしていた。

玉が、尖った声で問うた。

「秀吉様に長を差し出し、細川家の忠誠の証とするというのは、まことですか」

忠興が応えるより先に、幽斎が返した。

「長は、憐れなことであったな」

そう言うと、幽斎はゆるりと忠興の前に座した。

「前野の家に嫁がせたところまでは、間違ってはいなかった。が……まさか、秀次様がご謀反とは、何とも皮肉なものよの。明智に続き、つくづく謀反と縁がある」

「…………」

「だが、此度は本能寺の時のようにはいかぬぞ。ここは潔く長を差し出せ。それが、細川家のためぞ」

「しかし……！」

忠興は身を乗り出した。その鼻先に、幽斎の扇が鋭く突き出される。忠興の鼻梁の古傷に刺さりそうなくらいの勢いだった。

「また、私に髻を落とされたいのか」

その言葉に、三十三歳の忠興は、父親と対峙した二十歳の夜に戻る感覚にとらわれた。

父がいて、松井康之がいて、傍らには固唾《かたず》をのむ玉がいて……。忠興に向けられる目は、本能寺の変が起きた十三年前の夜と同じだった。

「長を秀吉様に差し出せ。それで、謀反連座の疑いは晴れる」

（それは、細川家として正しい選択だ）

父は、常に正しい選択をしてきたのだ。細川家の名と生き残りを懸けて。

耳の奥に、十三年前の夜の、玉の悲痛な願いが響くようだった。

〈……忠興様は明智にお味方くださいますか？　この玉とともに、父のもとへ馳せて、戦ってくださいますか？〉

あの夜、玉は、忠興に救いを求めていた。その叶えられなかった願いは、玉を傷つけ、忠興を孤独の中に落とした。

（あの時……もしも、私が玉の願いを受け入れていたら？）

忠興が玉の願う通りに光秀に味方をしていたら……そして、玉とともに明智光秀のもとに駆けつけていたら。間違いなく、細川家は明智家とともに滅びていただろう。しかし、忠興が玉の心を失うことはなかった。

きっと、燃え落ちる城で、玉は忠興を愛して死んだはずだ。

（その方が、ずっと……）

幸せだった。

玉は長のために手を組み合わせて祈っていた。

「神よ……どうか、どうか、長をお救いくださいませ」

あの夜、忠興に救いを求めていた玉は、今はもう、神に救いを求めている。

今を、誰かのために捧げる……その永遠の愛を示してくれる神を、玉は信じている。

その現実を前に、忠興は突き付けられた扇を、無言のまま摑んでいた。

「忠興……」

扇を摑まれた幽斎が驚いたように忠興を見る。忠興は父の目から逃れることなく言った。

「長を差し出して潔白を示すくらいなら、この腹を切って潔白を示します」

忠興の言葉に、その場にいた誰もが驚いた。

「忠興！　何を申しておるか！」

幽斎は声を荒らげた。

「長を差し出さずして、当主が腹を切るだと？　細川家が謀反に連座していると認めるようなものではないか！　お、おぬしは、細川家を潰す気か！」

「細川家当主としては間違った選択だとしても、私は、一人の夫として、父親として、間違った選択は、もうしたくない」

そう言いきった瞬間、摑んでいた扇が、ぱきりと折れる音がした。

「な……」

幽斎は言葉を失った。忠興は毅然として松井康之に命じた。

「康之、ただちに黄金百枚を工面せよ！　屋敷中の金銀を掻き集めるのだ。恥も外聞も捨てて、近隣の大名屋敷に借りたとしても構わぬ」

「はっ！」

康之は力強く応じると、すぐさま部屋を出た。

黄金百枚の調達に走っていく康之を見届けると、忠興はようやく扇から手を離した。折れた扇の骨が食い込んでいたのか、掌にうっすらと血が滲んでいた。

幽斎は深いため息とともに「愚かな」と言った。忠興は血の滲んだ掌から顔を上げた。

「愚か、でございますか」

そうして、唇の端を僅かに上げた。

「〈散るべき時を知り、己の命を絶て〉それが、父上が私に最初に教えたことではありませんか」

「……………」

「私にとっての散るべき時は……玉の願いを叶える時でありたい。それを、私は愚かだとは思いませぬ」

そう言うと、忠興は玉を見やった。玉は祈りの手を解いて、茫然と忠興を見ていた。

「忠興様……」

忠興は玉の声に、無言で頷き返した。

工面した黄金百枚を携えて、秀吉の御前に忠興が平伏したのは、その翌日のことだった。

「秀次様より借用いたしました黄金百枚、全て秀吉様に返上いたします」

秀吉は「ほう？」と声を出した。

その声の調子から、秀吉の機嫌を損ねたことを瞬時に察した。平伏する忠興の頭の先に、秀吉が歩み寄る気配を感じ取る。

秀吉は置かれた黄金百枚の前にしゃがみこみ、黄金を、ぱし、ぱし、と手で叩き始めた。

「これで、許されるとでも思うたか?」

「…………」

「わしが、金に目が眩《くら》んで許すと」

「いえ、そういうわけでは……。秀次様より借用いたしました黄金を、豊臣家にお返ししようと……」

「たかだか黄金百枚を返して欲しくて、そちを問い詰めたと。返せぬのなら、代わりに稚い娘をよこせと言われたとでも。そう思うたか」

「…………」

「それが、名家の矜持か。さすがは細川家よの」

忠興は落ち着いて答えねば、と深く息をする。その吐息までもが震える。

ぱし、ぱし、と黄金を叩く音だけが部屋に響く。

その音が、ふっと止まった。

「そちの目には、豊臣秀吉が、さように、さもしい男に見えるか」

「そのような……」

忠興が弁明する間もなく、目の前の黄金を蹴り飛ばされた。忠興は咄嗟に顔を上げたが、その眦を黄金が掠めた。直撃していれば、瞼が裂けていた。

「黄金など、この豊臣家には腐るほどあるわ！」

「ご無礼、お許しくださいませ！」

すぐにひれ伏した。その忠興の顎を摑み、秀吉は顔を上げさせた。

「わしが欲しいのは、忠誠じゃ！　心じゃ！　その証じゃ！」

秀吉は忠興の目と鼻の先で、叫んだ。そのまま憤りに任せるがごとく、忠興の体を突き放した。

忠興は体勢を崩したが、すぐに起き直り床に平伏した。

平伏しながら思い起こすのは、秀吉の勘気に触れて命を取られた、茶の湯の師、千利休の柔和な笑みだった。

全てを「力」で手に入れてきた秀吉は、茶の湯という「心」によって諸大名を引き寄せる利休を殺した。権力の頂に立つ者は「証」がなければ、誰も信じることができぬのか……。

忠興は一つ、深い呼吸をすると言った。

「ならば、忠誠の証をこの場でお示しいたします」

「……………」

「長をご所望というならば、代わりに、この場で、当主たる私が腹を切って細川家の忠誠をお示ししたい」

自分でも不思議なくらいに声が震えなかった。

娘を救ってほしい……その妻の願いを叶えるためならば、夫としてこの命を懸けることなど、少しも恐ろしくなかった。

忠興は腹を切らんと膝を立て、肩衣の裾を袴から引き抜く。躊躇うことなく脇差を抜いた。腹に白刃を突き立てんとする忠興を、秀吉は止めることもなく、無言で見下ろしていた。

切先を腹に当て、柄を握る手に力を入れた瞬間、秀吉が「待て」と低い声で言った。忠興は顔を上げた。

「この黄金百枚、どう工面した」

「は……」

「一夜で、黄金百枚をそう容易く工面できるとも思えん」

忠興は、白刃を構えたまま、どう答えるべきか逡巡した。

事実、この黄金は徳川家康から借用したものだ。

小田原城攻めの勲功により関東の江戸に本拠を置くこととなった大大名だ。かつては秀吉と敵対し、小牧長久手の戦では、忠興も苦戦を強いられた相手だ。だが、今では加賀《かが》の大大名前田利家と並んで秀吉政権を支える重鎮。当然、城下にも細川屋敷よりもはるかに広大な屋敷を持っている。以前、家康の嫡男の秀忠《ひでただ》が初めて秀吉に拝謁する時に、細川家とは縁ができた。幼少の秀忠の作法指南を、家康が忠興に頼んだことがあったのだ。その縁を頼りに、黄金百枚を貸し付けてもらったのだ。

忠興が答えようとした時、秀吉が先に口を開いた。

「そちがここで腹を切れば、黄金百枚を貸した者が笑うであろう」

「……？」

「そちがここで死ねば、この世に残るのは、〈黄金百枚を快く貸した者の恩〉と〈忠興を殺した秀吉の非情〉だけだ。……黄金百枚を貸した者は、さぞ、ほくそ笑むであろうな」

「…………」

黄金百枚を、ぽんと貸し付けることができる者など、豊臣家以外にそうそうない。その相手が、秀吉に思い当たらないとは思えない。その者と細川家が、今後、この黄金を機に結びつかれては困る、そう、秀吉は思ったのかもしれぬ。

確かに、家康の好意は骨の髄に沁み込むほどありがたかったが、この貸し借りは家康なりに思うところがあっての行為だということは、この戦国乱世を切り抜けてきた忠興も察してはいた。

忠興は白刃を構えた姿勢のまま、ゆっくりと言葉を返した。

「ここで腹を切ったとて、私は、秀吉様に殺された、とは思いませぬ」

「……なぜだ」

「私は……妻の願いを想ってこの命を懸けているから、にございます」

忠興がそう言いきると、秀吉はやや黙した後「そうか」とだけ、呟いた。

そうして、秀吉は散らばった黄金を一枚拾い上げると、大仰に息をついた。

「その刃を下ろせ」

「……は？」

「刃を下ろせ、と言うておる」

秀吉の言葉に戸惑いつつ、忠興は白刃を下ろした。忠興が刃を鞘に納めるのを見届けると、秀吉は、ほんの少し寂しそうな口調で言った。

「明智にさえ加担しなかった細川だ、黄金百枚ごときで靡《なび》くとも思えぬ。そう、信じてやれぬ心に、いつの間にかなってしまったのだな。天下を統《す》べるとは、そういうことよ」

「…………」

「ゆえに、忠興の心は、殺すにはあまりに惜しくなった」

秀吉はそう言うと、手にしていた黄金一枚を、忠興の喉に突き付けた。

「この黄金百枚は、そちに返す。改めてわしから細川家に下したということにしてやろう」

秀吉はそのまま、忠興の耳元でくぎを刺した。

「何事も、借りは早々に返しておけ」

黄金を借りた相手に、早々に返せ。そういう意味での、改めての下賜だった。忠興は喉に突きつけられた黄金を受け取る時、微かに震えているのを感じ取った。震えているのは、忠興の手か、秀吉の手か。それはわからなかった。


細川屋敷で、玉は長とともに忠興の帰りを待っていた。

「父上様は、秀吉様にお命を召されてしまうのでしょうか。私のせいで、私のせいで……」

長は、もう声が掠れている。その背に、玉は手を当てて言った。

「あなたのせいではありませんよ。きっと……ご無事に帰ってきてくださいます」

長に言い聞かせるつもりだったが、自分に言っているような心地でもあった。

朝鮮出兵の折、〈いっそこのまま私が帰ってこなければいいとでも思っているのだろう〉と忠興に言われた時は、「そんなことはない」と言えなかった。それなのに今、玉は、確かに、帰ってきてほしい、と思っている。

〈私にとっての散るべき時は……玉の願いを叶える時でありたい〉

幽斎に向かってそう言いきっていた忠興を思い出す。

その言葉はまるで、本能寺の変の夜以来、独りよがりな愛を押しつけ続けた忠興の、玉に対する贖罪《しょくざい》のようにも思えた。

あの夜、離縁したくないと言っていた忠興には、父のもとへ帰りたいという玉の願いへの思いやりはなかった。忠興が玉を失いたくないという一心で、感情を剝き出しにしたに過ぎなかった。

だが、十三年の時を経た今、忠興は、命を懸けて玉の願いを叶えんとしてくれている。

——散るべき時を知り、己の命を絶て——

忠興は、玉の想いを救うために、その言葉を、白刃のごとく自分自身に突き立てたのだ。

「忠興様……」

勘気に触れたという理由で、秀吉は茶頭の千利休を殺し、甥の秀次まで殺した男だ。思うことを言葉にするのが不得手な忠興が、秀吉相手にそつのない弁明をしているとは思えない。帰ってくるのは、首のない忠興の遺骸ではないか……。

「思い煩わぬこと、全ては神の御心のままに」

そう唱えてみるものの、忠興の死を、神の御心と受け入れられるのか。

（どうか、ご無事に……）

たとえそれが神の御心とは異なったとしても、そう祈らずにはいられなかった。

陽も傾きかけた頃、ようやく廊に足音が響いた。

「あれは……！」

長が声を上げた。聞き慣れた足音に、襖が開く。現れた忠興の姿に、長は「父上様！」と声を上げ、玉も駆け寄った。

「忠興様……秀吉様は」

「お許しになった」

相変わらずの言葉少なの返答に、涙が溢れそうになる。

目を潤ませる玉を前に、忠興は手を差し伸べかけては、玉に触れるのを躊躇って下ろそうとする。

その手を、玉は掬い上げるようにして握っていた。

「ご無事のお帰り、まことに嬉しゅうございます」

「玉……」

「まことに、嬉しゅう……」

涙で言葉が詰まった瞬間、忠興の手が玉の手を強く握り返していた。忠興はそのまま玉の手に顔をうずめるようにうつむいた。震えるほどに握りしめる力は、痛いくらいだ。だが、その指先に唇を寄せて囁く忠興の言葉は、脆く割れてしまいそうな玻璃のように純粋だった。

「もう二度と、玉を傷つけたくない」

これが、忠興という人なのだ。

正しいのか、間違っているのか……そういうことではなく、これが、忠興という人なのだ。

玉は、そう思える自分がいるのを感じていた。

十

大坂城の空は、今にも雨が降りそうだった。

曇天に鈍く光る金色の天守閣に、忠興は、この城の主が死んだという事実を改めて感じていた。

豊臣秀吉の死。

主君の死に、あの小柄な男、石田三成は何を思ったのだろう。忠興は登城する道すがら死を悼《いた》む気持ちよりも、三成のことを考えていた。新たに大坂城の主となった秀吉の遺児、豊臣秀頼《ひでより》に謁見するための登城だというのに、忠興の頭の中は三成の存在が占めている。

秀次の謀反から三年が経った慶長《けいちょう》三年の八月十八日、秀吉は伏見城で病死した。しかし、その死は三成ら側近たちによって秘匿され、秀吉の遺骸は密やかに、京都東山《ひがしやま》の阿弥陀ヶ峰《あみだがみね》に葬られた。世の混乱を避けるためだという。特に、朝鮮に在陣している将兵の動揺や反乱を懼れたのだろう。

忠興も従軍した文禄の朝鮮出兵は、和議による一時休戦となっていた。だが、その後、秀吉は再びの出兵を命じ、和議は破れた。その二度目の慶長の朝鮮出兵に渡海した諸大名たちの混乱を避けるためとはいえ、秀吉の死を隠し通した三成の冷静な差配は、並みの家臣ではとても成し得なかっただろう。

忠興は二度目の朝鮮出兵は免れていたため、国内政務を執り行う三成とは、幾度となく顔を合わせていた。だが、三成の挙動から秀吉の死を察知することはできなかった。平然と政務を執っていた三成の表情には、動揺も悲嘆も、何一つ感じられなかったのだ。

その間にも、和睦は進められ、朝鮮在陣の将兵たちの引き揚げが完了した後、秀吉の死は公表された。

三成に対して腹立たしさや相容《あいい》れないものを感じていた忠興も、この冷静沈着な没後処理には、感服するものがあった。秀吉の弔いよりも朝鮮在陣の将兵の引き揚げを優先させた三成を、それだけは褒めてやりたいくらいだった。

忠興は、秀吉の死から今に至るまでを思いながら、大坂城の本丸御殿に入った。

その廊で石田三成の姿を見つけて思わず立ち止まった。すると、相手も忠興に気づいた様子で、つかつかと歩み寄り、すれ違いざまに口を開いた。

「無様《ぶざま》か」

何のことを言っているのか、すぐにはわからなかった。従者は詰所に控えており、周りには忠興と三成以外、人の姿はない。その静かな廊に、三成の淡々とした声が響く。

「泥底から這い上がり、戦場を駆けずり回り、恩ある信長様が斃れた隙に天下を掻っ攫《さら》った。天竺まで征すると豪語しておきながら、あっけなく咳気《がいき》で死んだ男。その男に、死後も尽くしている私は、さぞ無様だろう」

三成が言う「男」が、秀吉であることは容易にわかった。

秀吉は死の数か月前、咳気を患うと一気に病状を悪化させた。だが、それまでは、これといった死の兆候はなかった。それは、秀吉に供奉することの多かった忠興も、この目で見ていた。

正妻や側室を引き連れて、盛大な花見を醍醐《だいご》寺で催し、秀次謀反によって破却された聚楽第に代わる新邸を京の都に築き、華やかで豪奢な日々を送っていたのだ。いったい誰が、秀吉の病死を予想しようか。いや、誰より秀吉自身が予想していなかっただろう。それら華やいだ日々に秀吉は、拾から秀頼と名を改めた六歳の我が子を抱いて、豊臣家の栄華と将来に呵々大笑していたのだから。

「……無様だとは、思わぬ」

「………………」

「秀吉様の死から、動じることなく朝鮮在陣の諸将の引き揚げまで取り仕切った三成殿には、感服している」

正直な思いを告げた。三成は「ふん」と鼻で応えると言った。

「誰にも褒められなかったのに、忠興殿に褒められるとは意外だったな」

「……ただ、そう思ったから申したまでだ」

「ありがたく褒め言葉として受け取っておこうか」

なんだその言い方は、と言おうとすると、三成はどこか寂しそうに言った。

「人が誰かを褒める言葉は、全てが本音とは限らぬ。悪口《あっこう》は全てが本音なのだが」

忠興はその言葉を否定はしなかった。三成の横柄な態度を、諸将が陰で謗っていることは、忠興なりに察している。とくに、文禄、慶長の二度の朝鮮出兵で三成は敵を多く作った。三成配下の軍目付《いくさめつけ》が諸将の動向を秀吉に報告しては、戦功をあげられなかった大名を譴責《けんせき》し、改易や処罰に関わったのだ。

自信の強さからなのか、秀吉の威光を笠に着ているからなのか、常日頃から人の言葉には耳を傾けない男だとは思っていたが、もしかするとそれは、傾けないのではなく、傾けたところで自分が傷つくだけだとわかっていたのかもしれない。

「だが、忠興殿の言葉は、褒め言葉だと受け取れる」

ほう、と忠興が三成を見やると、三成は言葉を続けた。

「忠興殿は、偽りは申さぬからな。いや嘘がつけぬ、か。顔にすぐに出る」

うっかり心を寄せそうになった自分が愚かだった、と思い直す。

（どこまでも好きになれない男だな）

それも顔に出たのか三成は「その顔だ」と苦々しく言った。

「初めて会った時も、同じ顔をしていた」

初めて会った時？　と忠興が訝しむと、三成が応えるように言った。

「青龍寺城で初めて忠興殿を見た時。秀吉様の家人として地べたに跪く私を、忠興殿はその顔で見下していた」

見下すなど、そんな顔をしていただろうか、と忠興は今さらながら顎先に手をやった。三成はあの時を思い出すように、どこか遠くを見やって言った。

「長岡の桂川を望む風光明媚《ふうこうめいび》な庭に、新造の御殿。戦国の城とは思えぬ優美さに、これが足利将軍の側近を担った細川家の城か……と秀吉様を待ちながら見惚れていた。そこに、現れたのが、忠興殿だった」

忠興は三成の話を聞きながら、青龍寺城の庭先で跪いていた青年の姿を思い起こしていた。

「客間から廊に出てきた忠興殿の姿に、私は一目で嫉妬を覚えた」

「嫉妬……？」

三成は忠興を横目で睨みつけるようにして言った。

「すらりとした背丈に、整った目鼻立ち。信長様から直筆の感状まで与えられた武勇を彷彿とさせる体格。それに加えて、名家の嫡男という立場。生まれ年は二つか三つしか変わらぬというのに、神というものは二物も三物も与えるものよと」

「…………」

「私の姿に気づくと眉間に皺を寄せて見下ろしていた。地面に跪いて主人を待つ家人など、この私が名乗るほどの相手ではない、とでも言わんばかりの目をして。……這い上がるすべさえ持たない者の苦悩など、わからぬ目をして」

三成が何一つ持っていないものを、忠興は生まれながらにして持っている。その嫉妬を、三成は薄ら笑いに秘めていたというのか。

三成はあの時と同じ薄ら笑いを浮かべて続けた。

「この青年は、何の苦労もせずに数千の軍勢を率いる総大将になれる将来があると思うと、笑うしかなかった。自分は、近江の石田村の地侍の次男に過ぎず、寺の稚児小姓として預けられ……秀吉様に見出されなければ、私には、昇るための階すらなかったのに」

三成が近江国の寺に預けられていた少年の時分、鷹狩りに訪れた秀吉にその才知を見出されたという話は、忠興も噂に聞いたことがある。秀吉が信長の家臣として長浜城主に任じられて出世を果たした折、領内視察を兼ねた鷹狩りで立ち寄った寺で、佐吉《さきち》と呼ばれていた少年の三成が、茶でもてなしたのだ、と。

秀吉は、貧しい足軽の子から、己の才一つで長浜城主にまで這い上がった男だ。そんな秀吉にとって、才があるにもかかわらず寺に預けられた少年の姿に、心通じるものがあったのかもしれない。

三成の言っていることには、一理ある。むろん、同情も覚える。そして、同情を覚えるという時点で、三成を見下していると言われても、それを忠興には否定できない。だが、生まれた家や立場は違えども、それがたとえ他者から見て恵まれたものであろうとも、そこに何の苦悩もなかったわけではない。むしろ、生まれながらにして背負わされた立場と矜持を守るために、溺《おぼ》れ喘ぎ続けるようなものだった。

だが、そう言おうとして、忠興は口をつぐんだ。

三成の眦が、濡れていることに気づいたのだ。

三成は涙が頰に伝う前に手の中ですばやく拭うと言った。

「……私は、秀頼様を立派な豊臣の主としてお支えして、秀吉様とともに描いた世を続けて見せる。大名たちが豊臣家にひれ伏して従う世を、永劫《えいごう》に」

涙を見せまいとする三成の目には、在りし日の秀吉の姿が映っていたのかもしれぬ。きっと、近江の寺で秀吉に向かって手をついた佐吉の頃と、その心は何一つ変わってはいないのだろう。

佐吉の煎れた茶を、呵々と笑って褒める秀吉の姿が、忠興にも見えるような気がした。

しかし、次に続いた三成の言葉に、その幻影は消え去った。

「大坂屋敷の正妻は、豊臣家の人質」

その独り言に、忠興は訝しく三成を見やった。そんなことはとうの昔からそうだったではないか、と言い返そうとすると、三成は忠興を見据えた。

「それは、秀吉様亡き後も変わらぬ。たとえ、秀吉様の後に誰が力を握ろうと」

たとえ、秀吉の後に誰が力を握ろうと……秀吉の遺児、秀頼は天下を治めるには、まだあまりに幼い。群雄割拠の戦の世を生き抜いてきた諸大名たちが、次の天下を狙って動きを起こしたとしたら。

（豊臣家を擁護する三成と、新たに天下を得ようとする者との間で戦が起きたなら……）

何も答えられない忠興に、三成が先ほどと同じ言葉を繰り返した。

「大坂屋敷の正妻は、豊臣家の人質」

「………」

「そのことを、忘れない方がいい」

いつの間にか三成の涙は消え、その口元には薄ら笑いが浮かんでいた。


数日後、忠興は大坂屋敷で祈りの声に耳を傾けていた。

「尊《たつと》き御十字架《みくるす》の御幸《ごこう》の道のこと」

玉の澄んだ声に、忠興は部屋の外の廊で黙していた。玉は居室の一角に、小さなキリシタンの祭壇を作っていた。その祭壇には金色の十字架や銀の燭台など、教会を模した祭具が並んでいる。

忠興は、玉の信仰を正式には認めてはいない。教会に通うことも許してはいない。だが、こうして祭壇を作ることに反対はしなかったし、祈りを捧げる玉に、かつてのように激高して棄教を迫ることはしていなかった。

玉をもう二度と傷つけたくない、その想いから信仰を黙認していた。そして、祈りの声に耳を傾けるようになってから、忠興は一つ、思うことがあった。

（玉の声は、この上なく美しい）

祈りの声に耳を傾けていると、いつしか自分に語りかけられているような感覚に浸りたくなる。

それが、神に捧げられた祈りだとしても。この美しい声をいつまでも聞いていたいと思う自分がいるのだ。

祈りの時が終わったのだろう、集まっていた侍女たちがそれぞれの持ち場に戻ろうと立ち上がる気配がして、部屋の襖が開かれる。廊に立つ忠興の姿に、侍女はさして驚くこともない。それだけ、この頃の忠興は、玉の祈りの声に耳を傾けているということだった。

「お戻りでございましたか、忠興様」

忠興の姿に気づいた玉が、忠興を部屋に迎え入れる。

「今、祭壇を片づけさせます」

玉が紘に命じて祭壇に布を被せようとするのを、忠興は「構わぬ」と制した。そのまま忠興は祭壇の前に立った。改めて祭壇の前に立つのは初めてのことだったので、玉は「忠興様？」と訝った。

「この十字架、というものは、キリシタンには大切なものなのだろう」

祭壇に飾られた十字架を指して、忠興は確かめるように言った。玉は頷いて返す。

「十字架とは、神の御子イエス様が磔にされた柱にございます。イエス様は自らの命を懸けてくださるほど、私たちを愛してくださっていたから」

「今を、誰かのために捧げたいと思うこと、それが、永遠の愛、だからか？」

「覚えてらっしゃるのですね！」

「そなたの祈りを幾度となく聞いていれば、覚えてしまう」

「ならば……」

「信じようとは思えぬがな」

忠興の切り返しに、玉は寂しそうに言った。

「今を、誰かのために捧げたいと思うこと……それが、永遠の愛だとは、やはり信じられませんでしょうか？」

忠興は黙った。以前、長が嫁いだ夜に語り合ったことを、玉は言っているのだ。

あの時の思いは、今も変わらない。神は決して見捨てぬ、と言うが、それはつまり、人は見捨てる、ということの表れだと思うから。

「しかし……そなたの祈りの声は、美しいと思う」

「忠興様……」

玉は頬を染めて、微笑んだ。

その微笑に、忠興は心が苦しくなる。それが表情に出ないように、胸に手を当てた。掌に、ずっと渡せぬまま懐に隠している青い小袋の感触が伝わった。

〈大坂屋敷の正妻は、豊臣家の人質〉

三成に言われたことを思い出さずにはいられなかった。

豊臣家を擁護する者と、新たに天下を得ようとする者との間で戦が起きたなら、間違いなく、玉は命の危険に晒される。それは「忠興の妻」である以上、逃れることはできない。だとしたら、永遠の愛を信じられぬ忠興の妻であり続けることが、玉にとっての望ましいこととは思えなかった。

「忠興様も、一度は教会を訪ってみては」

玉の微笑みに、忠興は沈黙で返した。

戦など、起こらないでほしい。このまま、豊臣秀頼を中心にして天下が乱れることなく治まっていてほしい。玉が忠興に微笑んでくれる、このささやかな日々が、いつまでも続いてほしい。

（この願いも、神が叶えてくれると言うのなら、教会に行ってもいい）

本当はそう答えたかった。

十一

玉は屋敷の簀子縁から、見慣れた大坂城の天守閣を仰ぎ見ていた。

「思い煩わぬこと……全ては、神の御心のままに」

この言葉を口ずさむ時は、すなわち、何かを思い煩っているということなのだ。

（また、戦になるのだろうか……）

秀吉の死から二年が経とうとしていた。

この二年の間に、豊臣家の栄華と天下の平穏は確実に揺らいでいた。秀吉亡きあとの豊臣家を守ろうとする石田三成と、大名たちを取り込んで権力を握ろうとする徳川家康との対立は、忠興をも巻き込んでいた。

石田三成襲撃の企てや、徳川家康暗殺の噂など、次々と戦の火種が燻《くすぶ》っては消えていく中、忠興は所領の丹後国宮津城と、豊臣家本城の大坂城、そして徳川家康が居を置く伏見城とを立ち回り、細川家の生き残りの道を探っていた。

豊臣秀頼を中心に、誰が権力を握るかわからぬ状況の中、時勢を見誤れば、細川家が粛清されてもおかしくはなかった。神経をすり減らす日々に、玉のいる大坂屋敷に帰ってくる忠興の表情は、いつも疲れ切っていた。

一つ判断を誤れば、自身の命だけでなく、玉や子供たち、そして家臣たちの命をも危険に晒しかねない。当主としての心労が祟《たた》ってか、三十八歳という年齢以上に、髪には白いものが増えた気がする。

「宮津の長姫様より、お文が届いております」

紘に声をかけられ、玉はそちらを見やった。紘の隣には、華奢な若い侍女がいた。玉は文を受け取りながら、その侍女に優しく声をかけた。

「ここにも慣れたか、霜《しも》」

この霜という名の新入りの侍女は、その名の通り、霜のように透き通った白い肌の華奢な娘だった。その姿はどこか、出会った頃の紘にも似ている。紘自身もそう思っているのか、霜のことをまるで妹のように可愛がっていた。

玉は居室に戻ると、紘と霜を下がらせた。長から届いた文を、一人で読みたかった。

長は、秀次謀反によって夫を失った心の傷が深く、忠興の計らいもあり、宮津城で過ごすことになったのだ。

玉は長から届いた文に目を落とした。

〈先日、家臣が宮津の海に舟を出したので、舟遊びをしました〉

長の筆跡に、玉は宮津の紺碧の海を思い、微笑んだ。

〈お祖父《じい》様がご隠居なさっている田辺城も訪いました。お祖父様のお好きな和歌を教えてくださいました〉

長にとっては祖父にあたる幽斎が、傷心の孫に和歌を詠ずる姿が目に浮かぶ。幽斎は秀次謀反を見事に乗り切った忠興を認めたのか、あれから忠興の細川家の当主としての采配に口を出すことはなくなっていた。

返事をしたためようと、筆をとった。だが、玉の近況は不穏なものばかり。何を書いたらいいのかと迷っているところへ「義母上様《ははうえさま》」と可憐な声がした。

玉が声の方を見やると、長男の忠隆の妻で、前田利家の娘の千世《ちよ》が玉の様子を窺うように部屋の入口から顔を覗かせていた。「入りなさい」と玉は優しく促す。

千世は忠隆と同じ二十一歳だ。二人は、三年前の十八歳の時に、秀吉の命によって婚姻していた。主君の命で同い年の大名家の息子と婚姻させられた千世の境遇は、玉が信長の命で忠興と婚姻したのとまるで同じだった。それもあって、玉は千世には嫁という立場以上の親近感を覚えていた。千世も玉を慕い、こうして気兼ねなく玉の部屋を訪ってくれる。

千世は付き従う侍女に、何色かの布を持たせていた。

「忠隆様の小袖を縫おうと思うのですが、忠隆様に似合う色を、義母上様に選んでいただこうかと」

「忠興様は青や紺が似合いますが、忠隆は……この、萌黄色《もえぎいろ》などが映えてよいのでは」

玉の助言に、千世は嬉しそうに萌黄色の布地を膝元に広げた。仕立てた小袖を纏う夫を想像するかのように、うっとりと布地を撫でている。

ふと、千世は、玉の文机に書きかけの文があるのを見て取ると「お取り込み中でございましたか」と慌てた。玉は「構いませんよ」と頷く。

「宮津にいる娘から文が届いたのだけれど、返事を書こうにも、何を書いても不穏なことばかりになってしまいそうで、どうしたものかと思って」

玉の言葉に、千世の顔色が曇った。

「前田の家のことでは、義父上様《ちちうえさま》のお気を煩わせてしまいました」

玉は「それは、もう済んだこと」と言ってやる。

千世の父、前田利家は豊臣秀頼の後見を担い、秀吉亡き後の権力を握ろうとする徳川家康を抑え込んでいた。だが、利家が病死したことで状況は一変してしまった。家康の権力が増大し、家康に心を寄せる武将たちが、豊臣家の奉行である石田三成を粛清しようと、襲撃を企てたのだ。

忠興は、情勢を読んで三成襲撃に加わった。朝鮮出兵の折の理不尽な勲功差配、秀次謀反の禍根、そして黄金百枚の徳川家康への借り……忠興が「三成の讒責」を名目とした襲撃に加わる理由は多分にあった。

だが、三成が巧みに逃れたことで襲撃は未遂に終わり、今度は忠興が窮地に立たされた。

三成が家康に讒言を吹き込んだのだ。

〈細川家は大坂屋敷に矢狭間《やざま》を切り、戦仕立《いくさじたて》にしている。縁者の前田家も領国加賀で武具を支度し城を固めている。細川家と前田家は示し合わせて家康殿を討ち取るに違いない〉

忠興にしてみれば、全くの言いがかりだった。三成は忠興を陥れることで家康に取り入って、形勢の逆転を狙ったのだろう。

前田家の姫、千世を忠隆の妻としているがゆえの三成の讒言に、忠興は憤慨した。その勢いのまま、家康のもとへ潔白を訴えるために馳せ参じ、三男光千代を人質として江戸に差し出すことで疑いを晴らした。

「あの時、私を離縁して前田家に戻せば、光千代様は江戸へ行かずに済んだやもしれません」

沈んだ声で言う千世の背に、玉はそっと手を添えた。

「思い煩わぬことです。全ては、神の御心のままに」

「空の鳥を見よ、野の花を見よ、でございますか」

千世は洗礼を受けていないが、玉のキリシタンの教えに素直に耳を傾けてくれる。

「千世がこうしてここにいるのも、光千代が江戸へ参ることになったのも、季節が巡って花が咲き、鳥が空を渡るのと同じこと。思い煩うのではなく、心から祈り、願いを打ち明ければ、神はそなたが望む場所まで一緒に歩んでくださいます」

千世は、膝元に広げた萌黄色の布地に目を落として「はい」と頷いた。


忠興に出陣命令が下ったのは、その年の四月の末の頃だった。

「上杉攻め？」

それは、徳川家康から発せられた軍令だった。上杉家は東北会津《あいづ》の大名だ。突如として浮上した出陣命令に、忠興は眉間に皺を寄せた。

(私が大坂を離れている間に……)

忠興は今、九州の豊後国《ぶんごのくに》杵築《きつき》にいた。そこは、家康から新たに与えられた所領だった。細川家の潔白を認めた家康は、光千代を人質として江戸へやらざるを得なかったことへの禍根を残さぬように、宮津とは別に、飛び地として新たに六万石を加増していた。忠興はその新領地の視察のために、しばしの間、大坂を離れていた。

忠興は杵築城で使者が差し出した文を受け取った。それは、大坂屋敷に留守居する家臣からの文だった。そこには、〈上杉家に謀反の気配あり。豊臣秀頼様の「御名代」として、家康殿が諸大名に出陣命令を発したため、忠興様に急ぎ帰坂してほしい〉という旨が書かれていた。上杉攻めの先手に、家康は、福島正則《ふくしままさのり》、加藤嘉明《かとうよしあき》、細川忠興の三大名を指名したのだという。

豊臣秀頼の「御名代」となっているが、僅か八歳の豊臣秀頼が、家康に命じて大名を徴発させたとは思えない。ましてや、石田三成が承知のこととも思えない。

「これは……」

何かある。そう思って傍らに控える家老、松井康之を見やると、康之も目で頷いた。先手に細川忠興を始め、先ごろの石田三成襲撃に失敗した者たちを指名しているということが、いかにも怪しかった。

(所領の佐和山《さわやま》城にいる三成を、家康殿は誘《おび》き出そうとしている……?)

囮《おとり》のように三成と敵対する大名たちを先鋒にして家康が東国へ向かい、大坂城をわざと幼き豊臣秀頼だけにする。その大坂城に三成を誘き出そうとしているのではないか。

秀吉亡きあと、豊臣家への忠誠を誓っていた三成のことだ。豊臣秀頼を手中に確保したならば、打倒家康と猛進するに違いないだろう。そうなれば、諸大名たちは否応なく、徳川に付くか、豊臣に付くかの選択を迫られる。

まさに、天下を二分する大戦《おおいくさ》となってもおかしくはなかった。

「急ぎ、大坂へ向かう」

忠興はそう言うと、帰坂の支度を命じた。さらに忠興は付き従おうとする康之に言った。

「康之は杵築に残れ」

それだけで康之は全てを察した様子だった。もしも、天下を分ける戦となれば、その混乱に乗じて、この九州杵築も、新領主である忠興が不在の間に、旧領主の大友《おおとも》家が侵攻してくるだろう。命懸けで新領地の留守居をせよという忠興の命に、康之は敢然と頷いた。

だが、腹心の康之を九州に残して出陣するということは、細川の軍勢を分散させるということだった。家康に従い上杉攻めへ向かう忠興の軍勢、本領である丹後国宮津城を守る軍勢、九州の杵築を守る康之の軍勢、そして、大坂屋敷の警護……家臣団を四分させるしかなかった。

「いかなる状況になろうとも、援軍を送ることはできぬぞ」

康之は全て覚悟の上だというように「承知いたしました」と宜った。

それは、大坂屋敷にいる玉も同じことだった。天下を分ける戦となれば、大坂城下の屋敷も戦火を免れまい。

〈大坂屋敷の正妻は、豊臣家の人質〉

三成が言い放った不敵な言葉を忘れたわけではない。

（だからといって、家康殿を討とうとする三成に味方することは……）

立場がそれを許さなかった。細川家は、家康に人質として三男の光千代を預けた上に、領地まで与えられた。それはつまり、家康の意に背けば、江戸にやった息子を殺され、細川家は粛清されるということだ。それに、三成の妬みや讒言によって、幾度窮地に立たされたことか。忠興自身はむろんのこと、ここまで細川家に尽くした松井康之ら忠臣たちを、三成方として戦場で命を懸けさせたくはなかった。

細川家の立場と、自らの選択が、玉を危険に晒している。

(それならば、もう私が玉のためにできることは……)

それ以上を言葉にすることができないまま、忠興は大坂へ急ぎ向かった。


僅かな供回りで急遽、杵築から帰坂した忠興に、玉はただならぬ事態を感じ取ったのだろう。夕陽の射し込む部屋で忠興と向き合うと、玉は「戦でございますか」と静かに問うた。

「表向きは上杉攻めだが……家康殿の御出陣の隙を狙って三成が大坂城入りすれば、豊臣秀頼様を確保した三成と家康殿の間で、今までにないほどの戦になるやもしれぬ」

忠興は、玉を見つめたまま「もしそうなれば……」と続けた。

「そなたは、私の妻である以上、死なねばならぬ」

忠興は家康方に付くしかない立場なのだ。その忠興の妻である以上、三成方の人質に取られれば、殺されるか、自ら命を絶つかの二択しかない。

その事実に、玉は落ち着いた口調で返した。

「武家の妻として、拒むことはできぬと心得ております」

「ゆえに……私は、そなたを解き放とうと思う」

忠興の言葉に、ここまで動じた様子を見せなかった玉が、驚いた表情をした。忠興が言わんとすることが、どういう意味かわからぬ目をしていた。

いつしか部屋に射し込んでいた夕陽は沈みゆき、黄金色の空は、一日の終わりを告げる深い青に染まっていた。忠興はその深い青に包まれながら言った。

「そなたは、以前、私にこう言ったと思う。〈忠興様の思うままではなく、神の御心のままでありたい〉と」

それは、玉が洗礼名のガラシャを忠興に告げた時のことだった。玉も、その時のことを思い出したのか「……はい」と小さくも、しっかりと頷いた。

「私は……ただ、ただ、そなたを否定することしかできなかった。だが……私はあの時、玉に、こう言うべきだったのだと思う」

そこまで言うと、忠興は言葉を詰まらせてうつむいた。言うべきか言わぬべきか。

（だが……今、言わなければ、もう二度と言えない）

忠興は顔を上げた。

「玉の心のままにすればいい、と」

玉のことを本当に大切に想うのならば、そう言えばよかったのだ。忠興の思うままではなく、神の御心のままでもなく、玉の心のままにすればいい、と。遡れば、本能寺の変の夜に、死にゆく父親の元に駆けつけたいと願う玉に、この言葉を言ってあげればよかったのだ。

「それなのに、言えなかった。いや、言いたくなかった。……玉には、私のことを、ただ愛してほしかった、から」

それだけが、今までもこれからも、忠興が玉に望むことだ。たったそれだけのことなのに、あがいて、もがいて、しがみつこうとするあまり、どれだけ玉を傷つけてきたことか。

「私は、玉が傷つけられることは、耐えられない」

「………」

「だが、玉を誰よりも傷つけていたのは、私だ……」

玉の心と身体に絡みつきながら、他ならぬ忠興自身が玉を傷つけていた。

それは、己が抱える不安や鬱屈をぶつけるためではない。玉に自分だけを見ていてほしかったから。ただひたすらに、玉から愛されたいがゆえの、抑えられない狂気だった。

「愛しているのに、愛し方がわからなかった……」

「忠興様……」

忠興は懐から、渡そうと思って渡せずにいた、青い小袋をようやく取り出した。

「これを……今、渡さねば、私は死ぬまで後悔すると思う」

そう言って、忠興は玉の手にそれを握らせた。玉は訝しそうに小袋の中身を掌の上に出した。途端、「これは……」と声を震わせた。

玉の掌には、桔梗の花が装飾された美しい十字架があった。

「キリシタンのことは、私にはよくわからぬ。だが、尊き御十字架のこと、と玉が唱えていたのを、聞いていたから。ずっと、玉の祈る声を、私は、聞いていたから……」

玉がキリシタンの信仰に心を傾けたのも、忠興の歪んだ愛に、優しくて真っ直ぐな心を奪われそうになったからだ。神に縋るしかないまでに玉を追い詰めたのは、忠興だ。

玉にとって必要なのは、忠興の愛ではなく、神の愛なのだ。

忠興は、自分に言い聞かせる思いで言った。

「これからは、玉の心のままにすればいい」

「忠興様、それは……」

真意を問わんとする玉の唇を、忠興は唇で塞いだ。

あたたかく、心なしか少し甘い、この玉に触れることができるのは、もうこれが最後だ。慈しみと、離別の想いを込めてゆっくりと唇を離すと、忠興は微笑んだ。

「私の口から、言わせるな」

これ以上、言葉にしようとすると、本能寺の変の夜のように「離縁したくない」と呻いてしまいそうだった。あの時、噛みしめすぎた唇からは、血が滴っていた。今は、心から血が滴り落ちている。

もう、この独りよがりな愛から、玉を解き放たねばならない。

玉の答えは言葉にならなかった。桔梗の十字架を握りしめて、玉は泣いていた。

玉の頬を、涙の粒が伝い、その一粒が、細い頤から零れ落ちる。玉の涙を受け止めた忠興の指先が、温かく濡れた。忠興はその手で、玉の両頬を包み込んだ。

「綺麗な目だ」

それは、忠興にとって、いつまでも見つめていてほしい、かけがえのない、綺麗な目だった。出会った日からずっと言えなかった想いを、忠興は、手離す時になってようやく言葉にすることができた。

その翌日、忠興は軍勢を整えるために嫡男忠隆を引き連れて本領の丹後国宮津城へと発った。

屋敷を発つ忠興に、玉は桔梗の十字架を胸に言った。

「忠興様の御武運をお祈りしております」

玉の澄んだ声に、忠興は無言で頷き返した。忠興の無言が、言うべきことはもう全て言ったという意味だと、玉にはわかっていた。

二人の横で、千世も夫である忠隆を不安げに見送っていた。忠隆は張りつめた表情で千世を見ている。秀吉の栄華の中で夫婦になった若い二人だ。初めて夫を戦に送り出す千世を気遣い、玉はその背を支えた。

忠興が出陣した後、玉は居室に戻った。その途上、庭越しに大坂城の金色の天守閣を眺め「思い煩わぬこと……全ては、神の御心のままに」と言いかけて、やめた。

「心のまま……」

そう呟くと、玉は居室に戻り、文机に向かった。そこへ、紘が入ってきた。

「ガラシャ様、宮津へのお文にございますか？」

「いいえ……オルガンティーノ様に」

畿内の教区長であるオルガンティーノへの文は、これまでも幾度となく教えを乞うためにしたためていた。その都度、オルガンティーノからは懇切丁寧な返答があり、玉の信仰を支えていた。だから、玉がこうして改めて文を書こうとしていることに、紘は驚くこともなく、むしろ、興味を惹《ひ》かれる様子を見せた。

「此度は、どのようなことを？」

「心のまま、とは、どういうことなのか」

「神の御心のままに、でございますか？」

何を今になって、と言いたい様子で、紘は玉を見やった。玉は静かに首を横に振った。

「いえ、神の御心のまま、ではなく、私の心のままとは」

「……？」

紘は玉の胸に揺れる、桔梗の十字架に気づいたのか「ガラシャ様、それは……？」と問うた。

「忠興様にいただいたのだ」

「忠興様が！」

狂暴に棄教を迫った忠興の姿を見知っている紘には、忠興が十字架を贈ったということが、信じがたかったのだろう。

「忠興様は〈玉の心のままにすればいい〉とおっしゃって、御出陣前に、この十字架をくださったのだ」

「………」

「もし、天下を分ける戦となれば、私は、忠興様の妻である以上、人質に取られるであろう。ゆえに、忠興様は、私を解き放つと。この十字架を贈り、玉の心のままにすればいい、と」

「それは……つまり」

忠興の妻という立場から解き放つということは、これからは一途に信仰に生きることができるのか？　紘の表情にはその問いかけが、期待とともに浮かんでいた。

「ならば、さっそくにも、オルガンティーノ様にお文を出しましょう！」

紘は勢いづいて言った。オルガンティーノは忠興が棄教を迫る中で、諭し、励ましてくれた司祭だ。忠興の狂気に耐えていた頃に思いを馳せるように、紘は涙目で言う。

「オルガンティーノ様のご紹介があれば、教会に身を寄せることもできましょう。さすれば、私が教会の小間使いをしながら、ガラシャ様は祈りに専念なさる日々を送ればいいのです」

希望と期待に満ちた紘の言葉に、玉はすぐには答えられなかった。

確かに、そうすれば玉は戦火に巻き込まれることもない。そして、神に祈りを捧げ、紘たち心通じ合う者と、キリシタンとして、ガラシャとしての生をまっとうできるだろう。

しかし、この十字架を与えてくれた忠興は、心から、玉を想ってくれていた。

〈私は、この世に神などいてもいなくても、構わぬ。……同じものを見て、同じことを思ってくれる、玉がいれば、それでよかったから〉

いつだったか、忠興はそう言っていた。

（それは、歪んだ愛……なの？）

歪んでいるのは、この世なのではないか。

狂気的に玉に縋り、玉を求めねばならぬほど、彼を追い詰めた、この世の方がずっと歪んでいるのではないか。その歪んだ世に、忠興を独りにすることが、玉の望むことなのか、それが、心のままなのか。

しかし、このまま忠興の妻であり続けるということは、来《きた》るべき時には、忠興の妻として死ぬということだ。キリシタンに自害は許されない。

（私は、忠興様の妻としてありたいのか、キリシタンのガラシャとしてありたいのか……）

その答えが知りたくて、玉はオルガンティーノに宛てて筆をとった。

オルガンティーノからの返事は、そう日を経ずして届いた。

「オルガンティーノ様よりの、お文にございます」

文を差し出す紘は、窺うように玉を見る。玉は、紘が文の内容を知りたいのだと察し「紘はここにいてよい」と言った。

文を読む間、紘は玉が何を言うのかと、息を詰めて待っている。玉は最後まで読み終えると、静かに微笑み、その文を紘に渡した。

「紘、あなたも読んで」

紘は「よろしいのですか？」と少し戸惑うように文を受け取った。文を読み始めた紘は、しばらくして、文の一節を震える声で呟いた。

「……ガラシャ様の行いは、神とあなたの間のみが知り得るもの……」

オルガンティーノの文は、こう続いていた。

〈ゆえに、ガラシャ様の行いの真意を、他の者が断定することは許されない。それは、神を疑うことと同じだからです〉

オルガンティーノの言う「行い」が、武家の妻として万が一の時に取るべき行為「自刃」を指しているのだとは、紘にもわかったのだろう。それは、紘の震える声から伝わってくる。

教義の上で、自害は許されない。それでも、忠興の妻としての立場と、キリシタンのガラシャとしての立場と、そのはざまに悩む玉に、オルガンティーノが寄り添おうとしていることが伝わってくる文だった。そして、その文は、こう締めくくられていた。

〈心のままにあることは、大切なことです。行動するかどうかを決めるのは、紛れもなくあなた様のご意志、心のままであっていいのです。その行動の果てを、神の御心として受け入れることがで

きるのならば、神はあなた様に寄り添ってくださるでしょう〉

読み終えた紘が「ガラシャ様……」と顔を上げた。玉は、頷き返して言った。

「心のままにあろうとする私に、神は寄り添ってくださる。そう信じることが、神を信じるということ……私は、そう思う」

そう言うと、玉は胸にかけた桔梗の十字架を見た。十字架に装飾された桔梗の花色に、玉は嫁ぐ日の前、父、光秀に言われた言葉がよみがえる思いがした。

〈この世は、心のままにあろうとすることは難しい。だが、心のままにありたいと思うこと自体を、捨ててはならぬ〉

父が教えてくれた標《しるべ》を、忠興が贈ってくれた桔梗の花色が、もう一度、玉に示してくれたような思いがしていた。

「この十字架を贈ってくれた忠興様を、私は、独りにしたくない」

それは、忠興の妻として、この大坂屋敷に留まるという決意でもあった。たとえ、この身に危険が及ぼうとも、妻として、夫の無事の帰りを待っていたかった。


玉は桔梗の十字架を胸に、祈りを続けた。

表向きは上杉攻めなのだ。家康の思惑に気づいた三成が挙兵しない可能性だってある。このまま大きな戦になることなく、無事に忠興に帰ってきてほしい。そして、もう一度、忠興と同じものを見て、同じことを思いたい。その日々がくることを、玉は祈り続けた。

その祈りが通じたのか、それとも三成の警戒心が強いからなのか、忠興が大坂を出立してからふた月が過ぎた七月に入っても、三成が挙兵する動きはなかった。三成は居城の佐和山城に留まったまま、上杉攻めへ向かう家康の軍勢を静観する姿勢を見せているという。

屋敷の留守居役を担う小笠原秀清も、三成の動きがないことに安堵する様子で言った。

「豊臣秀頼様はまだ御年八歳。今、大きな戦が起これば、かえって豊臣家が揺らぐことになりかねぬと、三成殿も深慮しているのやもしれませぬ」

「うむ、そうであるとよいのだが……」

玉は頷き返しながらも、この静けさが、かえって不気味といえば不気味ではあった。

「忠興様がご帰還なさるまでは、気を緩めるわけにはまいらぬぞ」

「それはむろんのこと」

「もし、忠興様がご憂慮されたように、この後、三成様が挙兵し、大坂屋敷の妻を人質に取らんとすれば、秀清はどうするのがよいと思う」

「は、まずは、断固として拒むことが肝要かと」

「私は、忠興様の妻として、万が一の時は人質に取られる覚悟は決めておる」

「潔いご覚悟と思いますが……奥方様が三成殿の人質に取られたとなれば、奥方様の御身はもちろんのこと、忠興様の御身をも危うくしかねませんぞ」

「それは、どういうこと？」

忠興の身が危なくなる、という意味がわからず問い返した。忠興はもうすでに、家康の陣営に出陣した後だ。三成方に害される恐れはないはずだ。

「細川家は、すでに、光千代様を江戸に人質に出しております。ここで、奥方様が、大坂の人質に取られては、家康殿から、果たして細川家はどちらにつくのかと疑われます」

「しかし、忠興様ご自身は、すでに家康様のお味方として御陣中にいらっしゃるではないか」

「ゆえに、家康殿に疑われれば、忠興様は、裏切り者としてお命を召されかねぬ、ということでございます。御陣中にいるということは、そういうことにございます」

〈私は、玉が傷つけられることは、耐えられない〉

その言葉を幾度となく繰り返していた忠興のことだ。もし、玉が人質に取られたとなれば、その心は乱れるに違いない。玉を助けたいがために、家康の陣営から離脱しようとするかもしれない。忠興の挙動によっては、細川家に叛意あり、と疑われるやもしれぬ……。玉が人質に取られるということは、玉の身に危険が及ぶだけでなく、忠興自身も危うい立場になりかねないということだった。

そこまで考えが及んでいなかった玉は、率直に問いかけた。

「では、どうすればよい」

「人質を求める使者がこようとも、断固として追い返しましょう。〈当主忠興様お留守につき、人質は差し出せぬ〉と言い通せば、家康殿への御面目も立ちます」

「それでも使者が諦めねば？」

「〈田辺城にいらっしゃる幽斎様にお出ましいただいて、御指図を仰ぎたい〉と言って時を稼ぎましょう」

その秀清の主張に、玉は承諾の頷きをした。

それから数日が経った頃、ついに石田三成が動きを見せた。

「三成殿もなかなかの策士にございます。家康殿の軍勢が、そう簡単に大坂には引き返せぬ場所に進軍するまで待っていたようでございます」

三成の様子を玉に伝えた秀清が、苦々しい顔をして言った。

「家康殿についた諸大名の戦線離脱を画策しているようです」

そうとなれば、三成は確実に、大坂屋敷の玉を人質に取りにくるだろう。

予想通り、数日ばかりで「豊臣家の人質として、妻子は大坂城の本丸に取り入れる」という三成の使者が細川屋敷にきた。

細川屋敷を訪れた使者は、玉を大名の妻として敬う丁重な態度だった。玉も秀清も、事前に話し合っていたこともあり、使者の来訪に動じることはなかった。

「申し合わせた通り〈当主忠興様お留守につき、人質は差し出せぬ〉と押し通すのだ」

「かしこまりました」

秀清は、玉の命を受けて使者のもとへ向かった。

長い押し問答になるであろうと思っていたが、秀清は意外にも早く、玉の前に戻ってきた。使者はあっさりと引き下がったのだという。秀清は首を傾げつつも、使者の様子を伝えた。

「この細川屋敷は、そもそも本丸に近い玉造の地。我々の頑なな態度に、敢えて本丸に奥方様を取り入れずとも構わぬと、判断した様子にございました」

「確かに、この屋敷は、本丸天守閣が庭から望めるほどの近さよの」

玉は、一息ついて言った。

「ここで下手に動くと余計な波風も立ちかねぬ。趨勢が決まるまで様子をみるのがよかろう」

玉の言葉に、秀清も「それがよろしいかと思います」と宣った。

しかし、その安堵も束の間、問答をした翌日、武装した使者が再来した。

武装した三成方の兵が門前に群がると屋敷は騒然とした。事態を把握した秀清が、奥御殿の玉の部屋に駆け入る。秀清の表情には、昨日の様子とはまるで違う緊迫感が漂い、すでに薙刀《なぎなた》を携えた姿からも事態が伝わってくる。

「まさか三成殿が、かように事を急いてくるとは……！　とにかく、留守居の者で防いでおりますが、あまりに多勢に無勢。このまま屋敷に押し入られるやもしれませぬ！」

兵が屋敷に押し入るという事態に、忠隆の妻の千世も気が動転した様子で玉の部屋に入った。

「義母上様、私たちはどうしたらよいのでしょう！」

忠興と三成がかねてよりの不仲であることは周知のことだ。武装した勢力で妻を確保するということは、見せしめのごとくこの場で殺すつもりかもしれなかった。だが、玉は冷静に言った。

「忠興様が三成殿に従うことができぬお立場と心情であるのは、私も、皆も心得ているはず」

玉は警護の者に命じた。

「門を打ち破られぬよう時を稼ぎなさい」

すると、千世が蒼白い顔で、玉に向かって言った。

「ならば、その間に、私の姉の夫、宇喜多《うきた》様のお屋敷に、逃げましょう。かねてより、有事には、宇喜多の屋敷に逃げるようにと、姉から言われておりました」

千世の姉は、豊臣家の一門である宇喜多秀家《ひでいえ》の正妻だった。宇喜多屋敷は細川屋敷からも近い。

女人とわずかな供回りだけでも逃げ延びることができるだろう。

紘も「急ぎ出立のお支度を」と立ち上がる。それを玉は制した。

「待て！　宇喜多様は、豊臣家一門。すなわち、石田三成様のお味方。宇喜多様のお屋敷に行くことも、三成方の人質になるも同じこと」

千世は「そんな……」と顔を引き攣らせる。

「忠興様のことだ。もし、私が人質に取られたとなれば、お心は乱れるであろう。家康様にその挙動を疑われれば、陣中にいる忠興様のお命が、危うくなってしまう」

義母の言葉に、千世は思いつめたように押し黙った。

それを見ていた紘が、秀清に問うた。

「今からでも、隙をついて、本領の宮津城へ落ち延びることはできぬのですか」

秀清は険しい表情のまま、唸るように言った。

「わしとて、お逃がししたい」

「では……」

「だが、大坂屋敷の警護の数では、ここを脱出しても、無事に宮津まで辿り着けまい。道中、奥方様が襲われれば、この手薄な兵ではとても……」

細川家の家臣団は今、忠興の本軍と、杵築城の松井康之、そして本領宮津と分散している。三成が武力をもって玉を奪取せんとする状況下で、無事に宮津城まで護送できるだけの家臣はいないのだ。

二人のやり取りを聞いていた玉は、毅然として言った。

「私は、逃げぬ」

「ガラシャ様、しかし」

「忠興様は、逃げなかった。いや、逃げることを許されなかった」

その言葉に、紘が何のことかと訝しげにする。

「〈散るべき時を知り、己の命を絶て〉……忠興様は、その言葉から逃れることを許されなかった人なのだ」

それを聞いた紘は、涙目を玉に向けたまま「ですが……」と唇をわななかせる。玉は紘と視線を合わせ、その両肩に手を置いた。

「忠興様は、己の立場から逃げることなく、その命を懸けてきた。その忠興様の妻であるならば、私も、逃げることなくこの命を懸けたい」

「ガラシャ様……」

「もう逃れることは叶うまい。かといって、このまま捕らえられてしまえば、忠興様の御身を危うくしてしまう。それならば、私は……」

その言葉を最後まで聞くことなく、紘が玉の胸にしがみついた。

「自らの命を絶つことは、なりません！」

まるで同じ言葉を紘から言われた日を、玉は忘れもしなかった。味土野に幽閉されていた絶望の中で「もう、死んでしまいたい」と呟いた玉に、紘は全く同じ言葉を言ったのだ。

あの時は、紘の純粋さに、玉は苛立ちが隠せなかった。だが、今は違う。紘の言うことは、痛いほどよくわかる。命を自ら絶つことは、たとえ、自刃という戦国の世の習いであろうとも、キリシタンとして、この世に生を享《う》けた者として、許されない。それは、わかっている。

玉は「マリア、ありがとう」と絃の頭を撫でる。そうして、ほんの少し声を詰まらせた後、揺らぐことのない思いで言った。

「だが、わかってほしい。忠興様は〈玉の心のままにすればいい〉と、この十字架を贈ってくださったのだ」

玉は胸にしがみつく絃の体をそっと引き離すと、十字架に装飾された桔梗の花を見た。その優しい花色が、ふっと涙で滲んだ。

「〈光秀の娘でありたい〉と思うのと同じくらいに〈忠興の妻でありたい〉と……私の心のままに、今、そう思えるのだ……」

思えば、この命は、明智光秀が信長に謀反を起こした夜、死んでいたとしてもおかしくなかった。それを、忠興の愛によって、ここまで生きてきたのだ。その独りよがりで、歪んだ愛に苦しんだ時もあった。離縁を真剣に考えたことは一度や二度ではない。そのたびに神の御心を信じることで救われた。だが、玉の心が神に寄せられるほどに、忠興の孤独は増し、玉を求める激情が溢流した。そうして、互いが砕け散った心の破片で傷だらけになった。

（あの寂しそうなまなざしは、愛されることを知らないまなざしだったのだ）

玉は、遠く戦陣にある忠興に語りかけるように言った。

「私は、忠興様の妻でありたい」

それが、忠興の愛に対する、玉の答えだった。

細川忠興の妻ゆえに命を奪われるというのならば、その死をも受け入れたかった。

「今を、あなたのために捧げたい……私が信じた永遠の愛を、忠興様に知ってほしいから」

玉の袖を掴む絃の手から力が抜けた。玉が見やると、絃は床に泣き崩れていた。侍女たちもすすり泣く中、ひときわ大きな泣き声を上げたのは、秀清だった。

「ううぅっ！」

秀清は腕を瞼に押し付けて泣いていた。輿入れの時から玉の警護を担う中で、時に父親のような眼差しで見守ることもあった秀清だ。ここまでずっと、陰に日向に仕えてきてくれた。

いつの間にか、千世は部屋からいなくなっている。それに気づいた者たちが「さては、奥方様に断りもなく宇喜多の屋敷へ！」と騒ぎ始める。だが、玉は「よい」とそれを制した。千世を咎めるつもりはなかった。

（それもまた、千世にとっての心のままなのでしょう）

宇喜多秀家は三成方とはいえ、千世にとっては義兄。屋敷には実姉もいる。まかり間違っても、千世の命を取ることはしないだろう。千世は、忠隆の妻という立場から逃れてでも生きる道を選んだのだ。それが、千世の心のままなのであれば、受け入れてやらねばならぬ。

その時、表門を守っていた警護の侍が部屋に駆け入った。

「門が打ち破られますぞ！」

玉は滲んだ涙を拭った。

「秀清、そなたには、私の胸を突いてほしい。キリシタンは、神からいただいたこの身を、自らの手で切り裂くことはできぬゆえ」

「この秀清、どこまでもお供いたしましょう……！」

玉は秀清に頷き返すと、改めて紘と、ここまで仕えた侍女たちを見て言った。

「そなたたち女人は、誰一人、私に殉ずることを許しません」

床に泣き崩れていた紘が、肩を震わせて顔を上げた。

「それは、あまりに無慈悲にございます。私とてここまで、ご一緒いたしましたのに！」

玉は微笑んで首を横に振った。

「空の鳥を見よ、野の花を見よ。その美しい神の御心を、私に最初に教えてくれたのは、マリア、そなただ。その美しい御心を守り抜いてこその……紘であろう？」

紘は零れ落ちる涙のままに「玉様……」と言うと、もう何も言葉がでなかった。

玉は、部屋の隅に控えていた色の白い侍女を見つけると「霜」と呼び寄せた。誰かに紘を託さねば、衝動に駆られて玉の後を追いかねないだろう。

「霜、どうか紘を頼む。そうしてその目で見たまま、忠興様に私の最期を伝えてほしい」

「……かしこまりました」

霜はか細い声だったが、震えることなく頷き返してくれた。

玉は懐から予《あらかじ》めしたためていた忠興への文を出すと、それを紘の手に握らせた。

「万が一を思い、忠興様への私の想いを綴っておいた。こればかりは、そなた以外の者には託せぬ。確実に、生きて忠興様にお渡しするのだ。よいな」

表の喧騒が大きくなり、男たちの怒声が聞こえた。三成勢が押し入ったのに違いなかった。秀清が立ち上がり、様子を見に部屋の外へ飛び出す。

その間にも、玉は侍女たちに裏門から逃げるように命じる。紘と霜以外の侍女たちが部屋を去ると、秀清が駆け戻ってきた。

「奥方様！　ご覚悟の時にございますぞ！」

玉は畳の上に座して、静かに頷いた。その両脇に絃と霜が目を真っ赤にして玉の最期を見届けんと正座している。

秀清は玉に向かって薙刀を構えた。玉は一つ深い呼吸をすると、「少しばかり待て」と言った。秀清は薙刀を構えたまま、無言で頷いた。

玉は、両の掌に桔梗の十字架を包み込むようにして手を組んだ。

（忠興様……）

玉は忠興を想いながら、そっと口ずさんだ。

「散りぬべき　時しりてこそ……」

それは、絃に託した文にも綴ってある、辞世の歌の一節だった。傍らで玉のささやかな声を聞き取った絃と霜は、きっと、玉が覚悟を決めた言葉だと思っただろう。

その言葉を口ずさみながら、思い浮かぶのは、寂しそうなまなざしだった。

（どうか、この歌に込めた私の想いが、忠興様に伝わりますように……）

玉は十字架を包んだ手を解くと、薙刀で胸を突きやすいように、両腕で長い黒髪を巻き上げた。心得た秀清は、ぐっと歯をくいしばり、構えた薙刀を玉の胸に向かって突き出した。玉の胸は一刺しで貫かれ、その衝撃に体が後ろに倒れそうになる。それを両膝に力を入れてかろうじてこらえた。

刃が引き抜かれた瞬間、玉の胸から血潮が噴き出した。

深紅の飛沫が散る中、秀清の慟哭も、紘の悲鳴も聞こえなかった。

ただ、いつの日か忠興と交わした、たわいもない会話が響いていた。

〈葡萄酒はな、玻璃の碗に注ぐのだ〉

〈玻璃の碗？〉

〈うむ。南蛮渡来の硬く透き通った碗でな。深紅の葡萄酒を注ぐと、灯火に煌めいて、何とも美しかった〉

己の胸から、美しく煌めく、玻璃の破片が、飛び散っていく……。

玉は体から力が抜けていくのを感じた。そのまま散らばった破片の上に倒れ伏すと、最後の力を振り絞り、桔梗の十字架を握りしめた。

十二

忠興は、大坂へ引き返す行軍の中にいた。

会津上杉攻めのために、下野国《しもつけのくに》小山《おやま》に本陣を構えていた家康は、三成が打倒家康の挙兵をしたという知らせを受けて、急ぎ大坂へと軍勢を引き返すことを決めたのだ。

忠興は行軍の馬上で口元を引き締めていた。このまま、大坂へ引き返す家康勢と、それを待ち受ける三成勢との間で、天下を分ける大戦となることは、もう避けられない。

その西へ向かう途上、早馬の使者が駆けてくるのが見えた。葵《あおい》御紋の旗印からして、大坂からの家康宛ての急使だと見て取った諸将は道を譲り、早馬は行軍を掻き分けて遡っていく。忠興も細川家臣団を道の脇に控えさせるよう命じた。

しかし、早馬の使者は、大軍勢の中から細川家の九曜紋の旗を見つけると急停止した。訝しむ家臣団の間を使者は「細川忠興殿はおられるか！」と大声を張り上げる。山鳥の尾羽が風になびく鎧兜姿の忠興を見つけ出すと、使者は忠興の騎馬の前で下馬をするなり告げた。

「細川忠興様の奥方様、大坂屋敷においてご自害！　石田三成の人質になることを拒まれてのご決断。屋敷は炎上しましてございます！」

その場が動揺に包まれた。家臣たちが「奥方様が、ご自害……」「屋敷が炎上」とざわめき、嫡男の忠隆も「母上が……」と言葉を失って忠興を見やる。

忠興は、使者に何も言葉を返すことができなかった。使者は「では、私は家康様のもとへ急ぎますゆえ」と一礼すると再び馬に乗り駆けて行った。しかし、忠興は使者が駆け去ったことも気づかず、「父上、いかがなさいますか！」と問う忠隆の声も、耳に入らない。

〈細川忠興様の奥方様、大坂屋敷においてご自害！〉という言葉をようやく理解した時、掠れた声で呟くのがやっとだった。

「玉が……死んだ」

途端、目の前が滲んだ。

涙が零れ落ちそうになるのをこらえて、うつむいた。兜の眉庇《まびさし》を深く下げて、固く目を閉じる。家臣や諸将が周りにいる。ここで、泣くわけにはいかない。玉がいる場所以外で、涙を流したことなど、一度もないのだから。

そう思った瞬間、愕然とした。

（一緒に泣いてくれる人は、もう、この世にいない……）

その現実に、たまらず声を上げていた。

「なぜだ……なぜ……死んだ！」

もう、溢れ出す涙をこらえきれなかった。

玉が危険に晒されるとわかっていながら、こうして出陣せざるを得なかった。その立場に細川家と玉を立たせたのは、ほかならぬ、忠興自身だった。だから、忠興は言ったのだ。

〈玉の心のままにすればいい〉と。

忠興の妻という立場から解き放てば、きっと玉は、キリシタンのガラシャとして生きていく、そう思っていたのに……。だから、桔梗の十字架を渡したのだ。明智の家紋の花に彩られた十字架を持って、幸せだった光秀の娘の頃を思いながら、心のままに生きていけばいい、と。

（私を、独りにしてしまえばよかったのに……！）

「父上……皆が見ております」

忠隆が低い声で、周囲の視線を指摘する。だが、忠興は誰の目も憚らず、馬上でむせび泣いていた。弟の興元や細川家の家臣が見ている。周りで諸大名も見ている。それでも、忠興は涙を止めることができなかった。

家康は、玉の死を受けて、そして忠興の号泣を聞き、改めて軍議を開くと、諸将に問いかけた。

「大坂に妻子を置いている諸将は、家康に付くか、三成に付くか、今ここで進退を定められよ」

家康は諸将の動揺を静め、忠誠を試したかったのだろう。だが、忠興はそんなことは、もうどうでもよかった。返答を躊躇う諸将の中で、忠興は討ち死に覚悟で言った。

「諸将が一人残らず三成方に付いたとしても、私はここに残り家康殿の先手を承る」

玉を死に追い詰めた三成の首を叩き切ってしまいたい。その果てに討ち死にするのなら、むしろ本望だった。

忠興の言葉に、諸将は触発されたように呼応していく。「今さら、三成に味方しようなどありえぬ！」といきり立ち、家康のもとに団結していく諸将を横目に、忠興は、三成を殺して自分も死ぬことだけを思っていた。

終

忠興は初めて足を踏み入れた教会というものに、目を瞠《みは》っていた。

見上げる祭壇は綾錦《あやにしき》と絹で覆われ、銀の燭台に蠟燭の火が揺れている。祭壇の中央には、金色の十字架が煌めいていた。高い天井には明かり窓が切り取られ、陽射しが祭壇に降りそそぐ。その陽光は祭壇の前に立つ忠興をも包み込むようだった。

忠興が慣れ親しむ寺社の仄暗い御堂にはない、透き通った光に満ち溢れている。

(これが、玉の見ていた景色なのか……)

十字架は、忠興が飾ってほしいと頼んだ桔梗の花で彩られている。聖堂の中には、忠興の他に細川家の家臣たちが正装姿で居並んでいた。その列の端には、玉の最期を見届けた、侍女の紘と霜もいた。

桔梗の飾られた十字架に向かって、忠興はぽつりと言った。

「此度も死ねなかったな……」

玉の死から、一年が経っていた。

天下を二分する戦は、徳川家康の勝利に終わり、忠興は勲功として九州の豊前国《ぶぜんのくに》一国と豊後国の国東《くにさき》、速見《はやみ》両郡の約四十万石を賜った。それに伴い、細川家は丹後国宮津城から、豊前国中津《なかつ》城へ城移りをしていた。

忠興の身辺も、世の中も落ち着きつつある中で、忠興は周囲の反対を押し切って、大坂の教会で玉の葬儀を執り行うこととしたのだ。

細川家の宗旨は代々、禅宗だ。その正妻である玉の葬儀も菩提寺で行うべきだと、父、幽斎からも、家臣たちからも苦言を呈された。だが、忠興は頑として、教会での葬儀を譲らなかった。誰が何と言おうとも、玉にとって望ましい方法で、玉の命を弔いたかった。

大坂の教会に、忠興は自ら教会葬を依頼した。玉の死はキリシタンの教義に反する自害に当たるのでは、と教会葬への疑問を囁く者もいた。その中で、宣教師たちを束ねる教区長のオルガンティーノは、玉の死について、忠興にこう示した。

〈生も、死も、神のみが知りえるもの。つまり、死を自害だと断言することは、何人《なんぴと》にも許されない。そして何より、その人の尊厳を傷つけること。ゆえに……奥方様の死を自害か否かと、私は問いませせぬ〉

こうして、大坂の教会で玉の葬儀を整えることができたのも、オルガンティーノあってのことだった。

「忠興様、オルガンティーノ殿が参りました」

松井康之の声に忠興は頷き返し、姿勢を正して康之が示した方を見やる。黒い祭服をまとった西洋人の司祭が、忠興に一礼した。

「忠興様、お待ち申しておりました」

流暢な言葉に、忠興も敬意を示して一礼を返した。

「オルガンティーノ殿のお心遣い、まことに感謝いたす。桔梗の花も、あのように美しく飾っていただいた」

「ええ、とても優しい花色にございます」

「玉も喜んでいることと思う。……かの戦の折には、教会の者が玉の骨を拾ったとか」

「あの時は、侍女の紘殿と霜殿が教会に駆け込み、教会の者は奥方様の死を知りました」

オルガンティーノはそう言うと、家臣の列の端にいた紘の方を見やった。心得た紘は忠興の前まで進み出ると、あの時のことを語った。

「玉様の遺骨を衆人に晒すわけにはいかぬと、教会の者たちが助けてくださいました」

玉が石田三成の人質になることを拒んで死を選んだ直後、細川屋敷は炎上した。玉の遺骸を敵に奪われまいとした小笠原秀清ら留守居の家臣が火を放ったのだ。

「燃える屋敷から逃げ出した私と霜は、真っ先に教会に逃げ込みました……」

男性家臣たちは秀清を始め、玉に殉死した。侍女たち女子の足で混乱の中を逃げるには、まずは教会に逃げ込むのが安全だと判断したのだ。紘たちから玉の死を知らされた教会の者たちは、楼に駆け上がり、細川屋敷の炎が焦がす天を仰いで涙を流した。それは、三成が以降、大名の妻子を人質に取るのをやめるほどの、壮絶な光景だったという。

「そうして、炎が燃え尽きる頃を見計らって、教会の者たちと密やかに細川屋敷へ向かい、焼け跡から遺骨を拾い集めました」

紘の語る場景を思い浮かべながら、忠興はうつむいた。

(私は何もできず……。こうして、細川家としての葬儀すら、一年もの時が経ってしまった)

玉の死後、諸将の猛勢を味方につけた徳川家康は、美濃国関ヶ原《せきがはら》で石田三成の軍勢を打ち破った。結果、三成は斬首となり、豊臣家の権威は失墜した。今では、豊臣秀頼は摂津、河内《かわち》、和泉《いずみ》の三国を治める一大名に過ぎぬ地位になっている。家康は虎視眈々《こしたんたん》と、豊臣家の息の根を止める時を探っている様子だが、それがいつになるかは忠興には計り知れない。

関ヶ原での戦によって、忠興は豊前国四十万石の大大名となった。丹後国十二万石からの大躍進に、諸将や家臣たちは忠興を賞賛し、玉の犠牲までもが「武家の妻の鑑《かがみ》よ」と賛美された。玉が人質になることを拒んで死を選んだのは、忠興が「武家の妻」として逃げることを許容せず、玉もそれを従順に受け入れたからだ、と人々の口から口へと伝わり、いつしか、忠興の苛烈な気質と玉の芯の強さだけが語られていた。

忠興はそれを否定しなかった。玉のいなくなった世の中で、誰に何を言われようと、もうどうでもよかった。玉を失い、かけがえのない思い出が残る宮津をも離れ、それでもなお生きていかねばならない。そのむなしさが、忠興の中に吹きすさんでいた。

戦で討ち死にしてしまっていた方が、どれだけ良かっただろうか。むしろ、あの時、玉の死を知ってすぐに、後を追っていれば……。それは、今からでも遅くはないだろう。玉のキリシタンとしての弔いが無事に終われば、もう、この世への未練など、何もなかった。

「忠興様」

紘の声に、忠興は我に返った。紘は、祭壇の十字架を仰ぎ見ると言った。

「玉様の死は、忠興様あっての死にございます」

紘の口調は責めるものではなかった。だが、忠興様あっての死、の言葉に忠興は押し黙る。

「石田の兵に屋敷を囲まれて、もう逃げることも叶わぬとなった時、玉様は、このまま人質になれば、陣中にいらっしゃる忠興様が窮地に立たされてしまうと案じられました」

「…………」

「忠興様のことを、想って おられたのです」

「私のことを、想う……？」

「〈散るべき時を知り、己の命を絶て〉……忠興様は、その言葉から逃れることを許されなかった人なのだ……と」

その言葉を聞き、忠興は懐に手を入れた。そこには、玉の死後に紘から渡された文が入っていた。

その文を懐から取り出して、そっと開く。その手が、微かに震えた。

散りぬべき　時しりてこそ　世の中の　花も花なれ　人も人なれ

花は散るべき時を知っているからこそ美しい、それは人も同じこと。

文に綴られているのは、玉の辞世の歌だった。その和歌の意味を思いながら、忠興は言った。

「散るべきは、私の方だったのに……。玉には、玉の心のままにあってほしかった」

二人のやり取りを黙って聞いていたオルガンティーノが、口を開いた。

「私は、奥方様より生前に問われました。神の御心のままではなく、私の心のままとは何であろうか、と。それを、奥方様は深くお考えのご様子でした」

「………」

「そして、最後は、忠興様の妻としての死を選ばれた」

「それは……」

「忠興様の妻であること、それが、心のままだった、ということでございましょう」

そう言うと、オルガンティーノは桔梗の花が飾られた十字架を示した。

「私は、忠興様から、あの青い花を十字架に飾ってほしいと頼まれた時、少し驚きました」

「驚いた？」

「あの苛烈な忠興様は、こんなに優しい色をした花を、十字架に捧げてほしいと頼まれるような心を持ったお方だったのか、と」

忠興は桔梗の花を見上げた。

「玉は、この花色が好きだったから……」

そう呟いて、忠興は玉の言葉を思い出した。

「今を、誰かのために捧げたい……それが、永遠の愛」

すると、傍らにいた紘が潤んだ声で「誰か、ではありません」と言った。

「〈今を、あなたのために捧げたい〉……それが、玉様の信じた永遠の愛です」

辞世の歌が綴られた文に目を落とした。その末尾には「からしや」と、玉の洗礼名がひらがなで記されていた。忠興は、その名を、震える指先でなぞった。

（どうして、生きている間に、呼んであげなかったのだろう）

忠興は深い後悔とともに、初めてその名を口にした。

「ガラシャ……」

その名はまるで、玻璃の破片がそっと触れ合う……玉と忠興、ふたりの心を音にしたような響きだった。

その名を口ずさんだ時、忠興は、玉の歌の本当の意味に気づいた。

「ああ……」

忠興は聖堂の椅子に座り込んだ。そのまま文を握りしめ、静かに泣き濡れた。光に包まれた聖堂でうずくまって泣く忠興の姿に、紘はそっと涙を拭い、松井康之も肩を震わせ、参列する家臣たちの間からもすすり泣きが聞こえた。

戦場を駆け回り、激情に任せて刃を振るう細川忠興は、ここにはいなかった。

そこにいるのは、最愛の妻を失った、一人の夫だった。

(花は散るべき時を知っているからこそ美しい、それは人も同じこと……)

その歌を残すことによって、玉は、遺される忠興にこう言いたかったのだ。

あなたの散るべき時は、まだ遠い……と。

それは、玉を失ってもなお生きていかねばならぬ忠興への、戒めであり、赦しであり、そして、消えることのない愛だった。

忠興は、顔を上げた。

玉を失ってもなお、生きていく。

花散るまえに、呼べなかった名をずっと抱きしめながら……。

〈生きていくのが、怖いなんて言わないで〉
優しい花色に、あの日の声が聞こえる気がした。

主要参考文献

田端泰子『ミネルヴァ日本評伝選　細川ガラシャ　―散りぬべき時知りてこそ―』ミネルヴァ書房　二〇一〇年
山田貴司『〔中世から近世へ〕　ガラシャ　つくられた「戦国のヒロイン」像』平凡社　二〇二一年
米原正義編『細川幽斎・忠興のすべて』新人物往来社　二〇〇〇年
井上章一／呉座勇一／フレデリック・クレインス／郭南燕『明智光秀と細川ガラシャ　戦国を生きた父娘の虚像と実像』筑摩選書　二〇二〇年
安廷苑『細川ガラシャ』中公新書　二〇一四年
公益財団法人永青文庫／熊本大学永青文庫研究センター編『永青文庫の古文書　光秀・葡萄酒・熊本城』吉川弘文館　二〇二〇年
池上裕子『日本の歴史15　織豊政権と江戸幕府』講談社学術文庫　二〇〇九年
林屋辰三郎『日本の歴史12　天下一統』中公文庫　一九七四年

今井林太郎『人物叢書　石田三成』吉川弘文館　一九八八年
芳賀幸四郎『人物叢書　千利休』吉川弘文館　一九八六年
中野等『戦争の日本史16　文禄・慶長の役』吉川弘文館　二〇〇八年
笠谷和比古『戦争の日本史17　関ヶ原合戦と大坂の陣』吉川弘文館　二〇〇七年
小和田泰経監修『図解　関ケ原合戦』枻出版社　二〇一八年
小和田哲男監修『戦況図解　信長戦記』サンエイ新書　二〇一九年
小和田哲男監修／高橋伸幸著『戦国の合戦と武将の絵事典』成美堂出版　二〇一七年
日本カトリック司教協議会認可／裏辻洋二訳『教皇ヨハネ・パウロ二世回勅　いのちの福音』
カトリック中央協議会　一九九六年
川村信三編／キリスト教史学会監修『キリシタン歴史探求の現在と未来』教文館　二〇二一年
白取春彦『この一冊で「キリスト教」がわかる！』知的生きかた文庫　一九九九年
聖書協会共同訳『新約聖書』日本聖書協会　二〇一八年

本作品は書き下ろしです。

佐藤 雫（さとう・しずく）
一九八八年、香川県生まれ。二〇一九年、「言の葉は、残りて」（「海の匂い」改題）で第三十二回小説すばる新人賞を受賞してデビュー。
他の著書に『さざなみの彼方』『白蕾記』がある。

花《はな》散《ち》るまえに

二〇二三年八月三〇日　第一刷発行

著者　佐藤《さとう》　雫《しずく》
発行者　樋口尚也
発行所　株式会社集英社
〒一〇一-八〇五〇
東京都千代田区一ツ橋二-五-一〇
電話〇三-三二三〇-六一〇〇（編集部）
〇三-三二三〇-六〇八〇（読者係）
〇三-三二三〇-六三九三（販売部）書店専用
印刷所　凸版印刷株式会社
製本所　株式会社ブックアート
定価はカバーに表示してあります。

ISBN978-4-08-775466-7　C0093

第三十二回小説すばる新人賞受賞作

言の葉は、残りて　佐藤雫

集英社文庫

鎌倉幕府の若き三代将軍・源実朝《さねとも》のもとに、都から公家の姫・信子《のぶこ》が嫁いでくる。自分のために鎌倉へ来てくれた妻を生涯大切にしよう、と実朝は心に誓う。やがて、信子の導きで和歌の魅力を知り、武の力ではなく言の葉の力で世を治めたいと願うようになるが――。御家人たちの陰謀が渦巻く鎌倉を舞台に、運命に翻弄された二人の切実な愛を描く歴史恋愛小説。